A Marca

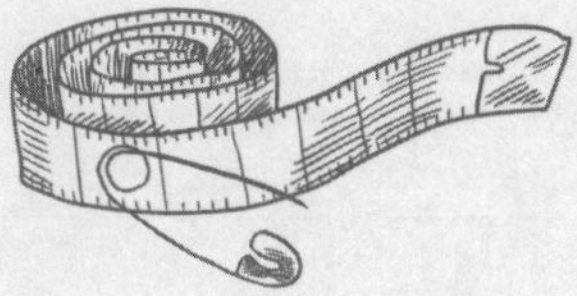

A marca

Direção editorial: Luiz Vasconcelos
Coordenação e produção editorial: Marianna Cortez
Preparação: Luciene Ribeiro dos Santos
Revisão: Ana C. Moura
Diagramação: Marília Garcia
Capa: Ligia Camolesi

Texto de acordo com as normas do Novo Acordo Ortográfico da Língua Portuguesa (1990), em vigor desde 1º de janeiro de 2009.

Dados Internacionais de Catalogação na Publicação (CIP)
Angélica Ilacqua CRB-8/7057

Cisterna, Luisa
A marca / Luisa Cisterna. -- Barueri, SP: Novo século, 2025.
256 p. (Coleção Amor no Oeste do Canadá)

ISBN 978-65-5561-960-7

1. Ficção brasileira 2. Literatura cristã I. Título II. Série

25-0180 CDD-B869.3

uma marca do Grupo Novo Século

GRUPO NOVO SÉCULO
Alameda Araguaia, 2190 - Bloco A - 11º andar - Conjunto 1111
CEP 06455-000 - Alphaville Industrial, Barueri - SP - Brasil
Tel.: (11) 3699-7107 | E-mail: atendimento@gruponovoseculo.com.br
www.gruponovoseculo.com.br

Luisa Cisterna

A Marca

Amor no Oeste do Canadá

Livro 3

São Paulo, 2025

Nota da autora

Queridos leitores,

Nesta obra, desejei expressar minha paixão pela literatura clássica. Muitos autores me inspiraram, mas em *A Marca* quis destacar especialmente Anne Brontë, Charlotte Brontë, Emily Dickinson, Charles Dickens e Nathaniel Hawthorne.

Esta é minha singela homenagem a esses escritores tão grandiosos e imortais.

Espero que apreciem essa nova história e os novos rumos que ela tomará.

Boa leitura!

Luisa Cisterna

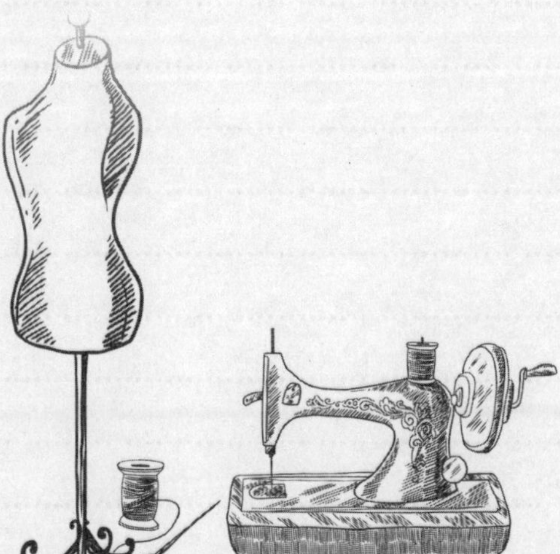

Sumário

Capítulo 1

Faz cinco meses que fugi do meu cárcere. No entanto, estou ciente de que não alcancei a liberdade. Parti de um lugar físico, mas trouxe comigo a prisão. Ainda não me libertei da pessoa que nunca sonhei ser – da pessoa na qual me transformei para me proteger. Dentro de uma casca, há vestígios da menina que acreditava ser amada incondicionalmente. Da que sonhava grandes sonhos. Ela e sua ilusão foram apagadas como linhas no papel. Apenas alguns borrões persistem. Guardo no meu armário esboços que evidenciam aquilo no qual eu gostaria de me transformar, caso a bolha de ilusão não tivesse furado. Confesso, diário, que tenho medo. Ou vergonha. Escondo a marca que trago. Ela é feia, mas o mais feio é o que ela me faz lembrar. Escondê-la é o que faço, embora a dor que ela cause esteja sempre presente em meu coração.

Por que me preocupo tanto com o que as pessoas vão dizer de mim? Não planejo cometer crime algum. Eu sei a resposta: vivi os últimos anos obrigada a fazer um papel que nunca deveria me pertencer. Eu era outra pessoa até os 12 anos. Perdi esse papel e virei figurante da minha própria história. Escondo o desejo de alcançar a liberdade plena. Sinto que, aqui em Harmony, esse desejo pode se tornar realidade.

(Anotação do diário de Jane E.)

Jane E. arrumou os livros na prateleira no canto da sala de aula. Passou pelas carteiras de madeira sólida e rústica, apanhando objetos que haviam sido largados para trás: um toco de lápis, um gorro, uma luva solitária sem seu par. Lily tinha esquecido a lancheira mais uma vez. Na pressa de começar o fim de semana, as crianças correram para a porta, chocando-se umas contra as outras como bolas de gude, quando a professora balançou a sineta. Na sala vazia, Jane E. ajustou seus ouvidos ao silêncio repentino e bem-vindo, depois que, ao sair, Elsa bateu a porta com força.

Ela precisava passar um tempo sozinha, longe da sala de aula apertada e improvisada, com chão de ripas de madeira tosca. As horas de silêncio, sem choro, reclamações e risadinhas dos alunos, recomporiam sua energia.

Seu objetivo àquela hora da sexta-feira era chegar ao seu quarto de aluguel e ler o último livro que sua mãe tinha enviado. Era mais um dos presentes que a sra. Bell lhe dava, como expiação de suas culpas. A digníssima esposa do sr. Bell jamais abriria a boca para expressar palavras de perdão. Livros substituíam o que o orgulho e a mágoa a impediam de verbalizar. O pacote aberto, que estava em cima da cama de Jane E., continha uma linda edição de *A Letra Escarlate,* de Nathaniel Hawthorne. Jane E. conhecia bem a história de Hester Prynne. Sofreu com ela e com sua filha Pearl nas inúmeras releituras da comovente narrativa, que fazia parte da enorme biblioteca do seu pai. A bela Hester carregava uma marca no peito: vermelha, com um intrincado bordado da letra A, feita pela exímia costureira – que preferiu, ela mesma, confeccionar o símbolo de sua vergonha. Esse símbolo gritava à sociedade qual tinha sido o seu pecado. E Hester escondia a outra parte culpada, que a seduziu e gerou uma filha fora do casamento. A graça estava fora do alcance de Hester, e a pequena Pearl também pagava o preço de um pecado que nunca tinha cometido.

Jane E. Bell tinha um ponto em comum com a filha da protagonista de Hawthorne, pois ambas, uma na ficção e a outra na vida real, pagavam com sua vergonha pelo pecado alheio.

Quando Jane E. saiu de casa, recusou-se a colocar na mala qualquer coisa que a fizesse lembrar-se do homem. O homem que a amou e que não a amava mais por causa da indiscrição dele próprio; o responsável pela marca que ela carregava, embora não fosse visível como a de Hester Prynne – pois não era feita de linhas e pontos elaborados no tecido, mas na própria pele de Jane E. As palavras de Hawthorne eram como uma navalha, e cortavam o coração da jovem professora, quando as lia.

"A marca tinha o efeito de feitiço, privando-a das relações comuns da humanidade e confinando-a em uma esfera solitária" – Jane E. recitou em voz baixa o trecho do romance de Hawthorne. Doía recordar e repetir as palavras do escritor; mas era como se Hester Prynne fosse sua confidente, que entenderia suas circunstâncias caso saltasse das páginas do livro.

Pegando o pesado casaco marrom de inverno do cabideiro, Jane E. vestiu-o e tirou o gorro do bolso, com a declaração de Hawthorne pulsando em suas têmporas. Um vento gelado invadiu a sala e atingiu a professora quando a porta foi escancarada, revelando uma jovem de longos cabelos castanhos, com um cachecol xadrez enrolado de qualquer jeito no pescoço.

– Sara, deixou alguma coisa para trás? – A mulher olhou para jovem e correu até a porta para fechá-la, seus pequenos pés voando pelo assoalho marcado de pisadas de barro.

Sara sentou-se em uma das cadeiras, abaixou a cabeça na carteira, chorou e fungou como se fosse anunciar uma grande tragédia. Jane E. aproximou-se dela e correu a mão pelo cabelo parcialmente coberto por uma touca de lã rosa com um enorme pompom. Sentando-se na cadeira ao lado, a professora levantou o queixo de Sara.

– Pode me contar.

A mocinha levantou a cabeça, o queixo tremendo.

– A senhora vai ficar brava comigo.

– Já fiquei brava com você alguma vez? – Jane E. inclinou a cabeça e arqueou as sobrancelhas.

A jovem balançou a cabeça negativamente.

– Mas agora tenho um motivo sério, grave, terrível. – Sara abaixou a cabeça novamente, os ombros sacudindo com os soluços.

Sara era dramática, mas Jane E. tinha o bom senso de não fazer julgamento precipitado sobre as reações das pessoas, principalmente de meninas como Sara. Como Jane E. desejou ter tido alguém que se importasse com suas reações afobadas, quando seu mundo interior desabou.

– Por que não me conta o que aconteceu?

Jane E. permitiu que a jovem desabafasse a apreensão na forma de lágrimas. Quando o choro se acalmou, Sara levantou o rosto molhado e esfregou o nariz vermelho de frio e pranto.

– Perdi seu livro. – Ela virou os olhos para um canto da sala, fugindo do exame da professora.

– O do Júlio Verne? Acho que foi o último que você pegou.

Sara balançou a cabeça, confirmando, e olhou de lado para a professora.

– Eu o guardei com cuidado na caixa de chapéus do meu armário. Nunca tiro os livros de lá. Cheguei em casa agora para ler, e ele tinha desaparecido. – O choro recomeçou.

Jane E. levantou o rosto da moça e lhe entregou seu lenço de pano, que puxou do bolso.

– Não se preocupe. Essas coisas acontecem. Tenho certeza de que vai achá-lo. Perguntou para Yael? Talvez ela o tenha pegado para ler.

Um lampejo de esperança irradiou-se pelo rosto inocente de Sara. Ela enxugou as lágrimas com o lenço e limpou o nariz.

– Pode ser. Ela anda me perguntando sobre os livros que levo para casa. Ontem no jantar, eu contei para minha família o que estava lendo, e todos gostaram da história da viagem ao centro da Terra.

Jane E. apertou a mão da aluna.

– Então, vá e pergunte. E não se preocupe caso não o encontre. Ele vai acabar aparecendo. Livros nunca se perdem. Eles caem nas mãos de leitores apaixonados, que certamente cuidarão deles.

Levantando-se, Sara devolveu o lenço para Jane E.

– Obrigada, professora. Até domingo na igreja.

– Até domingo, e mande um abraço para sua irmã e o restante da família.

Sara saiu como entrou: como um tornado. Jane E. fechou a porta, balançou a cabeça e deu um giro na sala, verificando se as janelas estavam trancadas. Definitivamente, a comunidade precisava de uma escola de verdade, com mais salas. No momento, porém, Jane E. entendia o esforço de todos para terem essa única sala, construída às pressas no fundo da igreja. Não era hora de Jane E. pensar alto. Poderia passar por mal-agradecida. Era seu quarto mês de trabalho, e estava conquistando a confiança dos pais e de seus filhos. Com o tempo, ela pretendia trazer recursos. Seu receio era de ser mal interpretada. A comunidade poderia pensar que ela se achava dona da escola. Seu desejo era fazer parte da vida daquelas pessoas que aprendeu a admirar em tão pouco tempo. A generosidade era um valor apreciado em Harmony. Todos se ajudavam, mesmo nos dias mais difíceis.

A professora vestiu as luvas, pegou a sacola carregada de livros e abriu a porta. Saiu e puxou a maçaneta devagar, dando uma última olhada na sala de aula. Ela inspirou o ar frio de fora e piscou longamente, apertando os olhos. Mesmo simples, aquela escola de uma sala era e seria seu mundo por um bom tempo, Jane E. esperava. Começava a sentir o gosto do que era ser valorizada. Era certo que as pessoas daquele lugar não sabiam da marca. Mesmo que viessem a saber, elas não conheceriam o seu significado. O que a marca representava pertencia a ela e era intransferível.

Trancando a porta, Jane E. desceu os dois degraus de madeira, e suas botas encontraram o chão com crostas de gelo. A primavera na região próxima às Montanhas Rochosas não respeitava o calendário, e a neve acumulada no inverno resistia ao sol fraco dos dias ainda curtos da transição da estação de temperaturas polares para a de raios de sol que aqueciam a pele de verdade.

No caminho para casa, Jane E. não permitiu se desanimar pelo vento frio que cortava seu rosto como pequenas lâminas afiadas. Logo estaria em seu quarto na casa de Amelie e Joaquim. A dona da casa sempre preparava um lanche gostoso e quentinho para a professora. Era uma hora especial, essa de silêncio, de comida gostosa e leitura inspiradora. A vida em Harmony era boa. As pessoas eram boas. Tudo muito diferente da sua Montreal sofisticada e cosmopolita. Mas de que adiantava viver em uma cidade grande, cheia de conforto e comodidade, ao lado de pessoas de coração mesquinho? Sim. Jane E. tinha tomado a decisão certa.

Meses antes, em sua imponente casa, conhecida em Montreal por mansão Bell, Jane E. escreveu e selou a carta que poderia mudar sua vida. A vaga de professora em um lugar remoto no Oeste do Canadá tinha surgido no jornal como a promessa de uma mudança de vida. A tão necessária mudança que Jane E. buscava no segredo do seu coração, sobre a qual nunca falava a ninguém. Seus pais, sua irmã e seu cunhado (Jane E. sentiu uma náusea acentuada ao pensar em Albert) seguiam seus dias alheios aos planos da quieta mulher.

Ao finalmente anunciar sua partida, Jane E. ouviu as várias objeções da família, que se resumiram a motivos egoístas. Em uma cabeceira da mesa de jantar, sua mãe derramou algumas lágrimas e as enxugou com o guardanapo de linho. Perguntou o que as pessoas iriam pensar. Sua irmã, Catherine, levantou o nariz arrebitado e disse que jamais falaria para as amigas que sua irmã iria para a terra de selvagens. Albert concordou com a esposa quando esta lhe deu uma cotovelada nas costelas e exigiu que ele se posicionasse. Logo, Albert abaixou a cabeça e fingiu estar ocupado com o filé em seu prato. Na cabeceira oposta à esposa, o sr. Bell declarou o assunto encerrado e olhou para a filha mais velha com um olhar que seria capaz de derreter todas as velas que iluminavam a mesa. Jane E. nunca esperaria que eles se importasse com seus planos. Mantinham-na a uma distância segura, vigiando qualquer mudança de comportamento que indicasse uma ameaça à falsa estabilidade que viviam.

Apesar da intimidação subsequente do pai, dos desmaios da mãe e da falsa preocupação de Catherine e Albert, Jane E. fez suas malas com o estritamente necessário, como alguns livros e sua pasta de couro contendo seu precioso material, e partiu em direção ao desconhecido. Nem a longa viagem de trem e carruagem, comendo poeira nas planícies infinitas, afligiu o espírito da determinada professora. Ela foi recebida em Harmony de forma calorosa, mas sem pompa, nem circunstância. Naquela vila, Jane E. Bell não era filha do poderoso empresário e de sua elegante esposa, que se importavam com a caridade alheia, mas tratavam a filha mais velha com indiferença. Aquela era a fachada que encontraram para suprimir a raiva.

Embora as animadoras perspectivas do futuro não apagassem a dor do passado e do presente, Jane E. acreditava que a redenção alcançaria sua alma conturbada, como um trem que finalmente chegava ao destino.

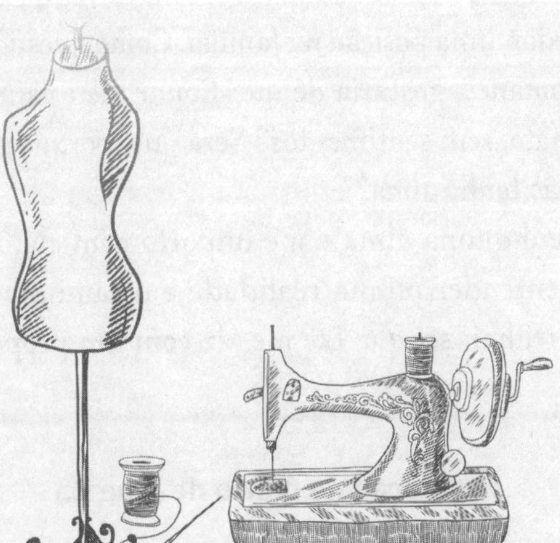

Capítulo 2

É natural a curiosidade das pessoas em relação ao meu nome. Jane é um nome comum, porém não entendem por que insisto na abreviatura E. Hoje as pessoas de Harmony não se espantam mais, apesar de não conhecerem o significado do E. Jane Eyre Bell, nome dado pela minha mãe, ex-professora de literatura em uma escola para meninas da elite de Montreal. Minha irmã mais nova não escapou da inspiração literária: Catherine E. (Earnshaw), embora ela tenha desistido da letra solta a pedido do seu marido. Dois nomes de heroínas da literatura inglesa, cada clássico escrito por duas das irmãs Brontë. Se tivéssemos um irmão, como se chamaria? Heathcliff? Não seria uma impossibilidade. O fato, diário, é que sempre me senti como a renegada Jane Eyre. Não sou adotada, mas, sem dúvida, fui abandonada desde que perdi minha posição na família. Como questionou a própria heroína do romance, gostaria de questionar meu pai: "Será que sou um ser autômato, sem sentimentos? Será que, porque sou de aparência simples, não tenho alma?".

Sim! Tenho uma alma e me importo com ela. Ainda que eu não consiga entender minha realidade e o caminho tortuoso que Deus me faz trilhar, sei que Ele me fez com um propósito. Qual é? Não sei dizer.

(Anotação do diário de Jane E.)

Jane E. apressou os passos ao avistar a casa de Amelie e Joaquim, sua confortável moradia. As árvores, ainda despidas do inverno, eram muitas, assim como os pinheiros sempre verdes. Jane E. imaginou-se debaixo de uma árvore frondosa no verão, sentada em uma toalha com um livro maravilhoso fazendo-lhe companhia. Por enquanto, era dentro de casa que passava as horas de lazer na leitura e onde preparava as aulas. No caminho de pedras até a porta, Jane E. bateu os pés no chão, tentando desprender o barro e o gelo grudados na sola da bota. Antes mesmo de empurrar a porta, ela sentiu o cheiro do que a esperava na cozinha: torta de maçã com muita canela. Sua boca salivou, e ela fez um movimento com os lábios, que era um esboço de um sorriso.

Na casa de Amelie e Joaquim, Jane E. tinha privacidade e tranquilidade além de boa comida. O casal de meia-idade recebeu a nova professora de braços abertos, como se recebessem uma parente. Aquela hora do lanche dava à Jane E. e Amelie a oportunidade de conversar sobre as crianças que frequentavam a escola e suas situações de vida. Harmony era sinônimo de muito trabalho. Conquistar o oeste canadense era correr contra o tempo para plantar e fazer negócios na curta estação mais quente. O inverno trazia dificuldades de locomoção e, não raro, a morte por doenças ou problemas físicos por causa do frio de temperaturas árticas. A professora sentia-se responsável por manter as crianças bem seguras, aquecidas e instruídas.

Jane E. abriu a porta, e seu sistema de alerta foi acionado de imediato ao se deparar com um homem corpulento de bigode farto e negro sentado no sofá. Suas roupas, visivelmente diferentes das que os habitantes de Harmony usavam, eram um sinal de que ele vinha de longe. O anel de ouro com uma pedra vermelha indicava que ele andava em altas rodas ou desejava passar essa impressão. Ele levantou-se ao ver a recém-chegada e fez um gesto brusco com a cabeça, que deveria ser uma saudação, mas pareceu uma cabeçada no ar.

– Oh, Jane E., que bom que chegou. – Amelie, enxugando as mãos no avental branco, entrou na sala vindo da cozinha. – Este distinto senhor está à sua espera.

Jane E. segurou com firmeza a alça da sacola com os livros, como se segurasse na corda de uma ponte suspensa precária. O homem, de terno com uma corrente de relógio dourada pendurada no colete, estendeu-lhe a mão.

– Dr. Elmo Stilinski, advogado.

Jane E. apertou a mão úmida do homem e logo a puxou de volta.

– Não estou entendendo.

Amelie saiu de fininho para a cozinha. O homem levantou uma pasta dura do chão, abriu a fivela com um clique e tirou um envelope. Ele puxou algumas folhas.

– Tenho aqui uma procuração de seu pai, sr. Bell, para tratar desse assunto com a senhorita. – A voz do homem soou como um trombone, fazendo Jane E. retesar os ombros.

Jane E. desabotoou os primeiros botões do casaco pesado e passou o dedo pela gola alta do vestido marrom.

– Que assunto?

O sr. Stilinski folheou o documento sem olhá-lo.

– Da sua volta para Montreal.

Jane E. travou os dentes, sentindo uma dor nos ouvidos. Quando ela informou à família que tinha aceitado a vaga de professora no Oeste do Canadá, inicialmente manteve sua exata localização em segredo até que se acomodasse. Depois, mandou uma carta para a mãe, com seu endereço. Não era de surpreender que seu pai tivesse enviado alguém para importuná-la em seu nome. Talvez o sr. Bell tivesse pensado que a filha não fosse corajosa o suficiente para permanecer na terra de selvagens, como Catherine tinha dito. Em sua última carta para a mãe, Jane E. tinha sido clara a respeito da intenção de fazer de Harmony seu lar. A mãe enviou-lhe uma resposta em forma de uma longa carta repleta de dramas, o que a filha ignorou. O gosto pela liberdade, por mais insignificante e incerta que fosse, dava à Jane E. a motivação necessária para enfrentar suas dificuldades em Harmony.

Jane E., porém, estava despreparada para enfrentar o problema materializado na forma do advogado de semblante fechado. Mesmo a milhares de quilômetros de sua antiga casa, Jane E. achou-se muito perto do poderoso sr. Bell naquele momento. Quase duas semanas de viagem, com paradas de alguns dias para descansar, provaram-se inúteis. Ali estava o sr. Stilinski, representando seu pai, jogando na sua cara que a pouca liberdade conquistada teria curta duração.

Jane E. piscou várias vezes. O esforço que fez para não desviar o rosto do advogado foi quase sobre-humano.

– Não tenho nada para tratar, nem com o senhor, nem com meu pai. – Ela virou-se para a porta e a abriu. – Tenha uma boa tarde.

O homem permaneceu plantado no lugar como se tivesse criado raiz naqueles poucos minutos segurando os papéis.

– Vou deixar esses documentos com a senhorita. Examine-os. Volto em alguns dias. Adianto que seu pai entrará com um recurso na justiça, cortando sua mesada. – Ele deixou os papéis no sofá.

Jane E. engoliu uma bola de fogo.

– O senhor é advogado, então deve saber que a mesada me foi dada como herança pela minha avó materna. Ninguém tem o direito de cortá-la.

– A não ser que se alegue incapacidade em administrá-la. – O homem levantou o lábio superior, o bigode parecendo um camundongo arrepiado.

O peito de Jane E. recebeu um golpe. Seu pai, aquele que tinha sido seu herói, provava-se o mais mesquinho dos homens.

– Incapacidade? Qual juiz acreditaria nisso?

Jane E. sabia a resposta. Seu pai era mais do que influente; era poderoso. Não era uma questão de quem acreditasse, mas quem teria dívidas com ele, dívidas que seriam pagas na moeda chamada favores.

O sr. Stilinski pegou a pasta do chão, fez o mesmo movimento brusco com a cabeça e foi em direção à porta. Parou ao lado de Jane E.

– Como eu disse, examine os documentos. Volto em alguns dias.

O advogado saiu e bateu a porta atrás de si, fazendo Jane E. dar um pulo. Os olhos dela queimavam. Seu peito doía. Ela passou os dedos com mais força pela gola alta do vestido. Estava paralisada no meio da sala, e o cheiro da torta de maçã com canela era incapaz de acordá-la de seu pesadelo.

Amelie entrou na sala e olhou a professora imobilizada. Aproximou-se dela com olhar de compaixão.

– O que aconteceu, minha filha?

Jane E. levou a mão à boca. Segurou as lágrimas. Não era de chorar na frente das pessoas, por mais carinhosas que fossem.

– Meu pai quer que eu volte para Montreal.

– Algum problema na família? – O rosto redondo de Amelie ficou vermelho.

Jane E. balançou a cabeça de um lado ao outro.

– Não. É só um capricho dele.

– Você precisa voltar?

Era uma ótima pergunta. Quanto daquela ameaça seria blefe do pai?

– Não sei ainda, mas estou decidida a ficar em Harmony.

Amelie pousou a mão no ombro de Jane E.

– Sabe que pode ficar conosco o quanto desejar.

Jane E. relaxou os ombros.

– Sou grata à senhora e ao sr. Joaquim pela acolhida.

– Por que não deixa suas coisas no quarto e vem comer sua torta preferida? O chá está pronto também.

– Vou fazer isso. – Ela pegou os papéis e os enfiou na sacola de livros.

Pedindo licença, Jane E. foi para o quarto. Jogou a sacola na poltrona estampada e tirou o casaco, que foi parar ao lado da sacola. Em cima da colcha de renda branca, o pacote com o livro enviado pela mãe estava aberto. A capa vermelha com letras douradas de *A Letra Escarlate* a convidava a fugir para o mundo de Hester Prynne. Não era um mundo bonito, mas Jane E. queria dividir com a protagonista a sua própria marca. Hester trazia uma letra *A* escarlate bordada no vestido, como marca de seu adultério. Jane E. trazia outra marca, abaixo do vestido, de um pecado que ela não tinha cometido.

Seu pai não a forçaria a voltar ao cativeiro. Jane E. estava decidida. Sua nova vida era em Harmony com Amelie, Joaquim e outras pessoas caridosas que a receberam de braços abertos. Pegando a sacola, ela puxou os papéis, segurando-os pela borda, como se estivessem contaminados. Correu os olhos pela folha de rosto: Elmo Stilinski, Advogado. Abrindo a gaveta superior da cômoda, jogou o documento dentro. O pai não tinha o direito de cortar sua mesada. Se fosse o caso de a injustiça prevalecer, Jane E. estaria disposta a abrir mão do dinheiro da herança de sua avó.

Nada valia mais do que sua liberdade e a vontade de fazer parte de Harmony.

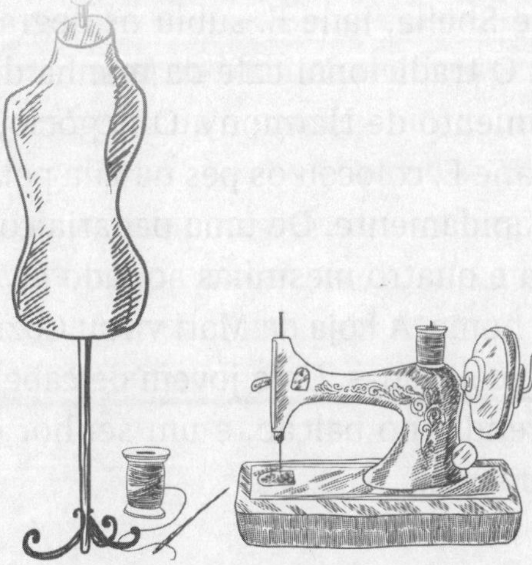

Capítulo 3

A gentileza é como água em terra árida – absorvida rapidamente, traz vida. A aridez da minha alma anseia por gotas de gentileza e, em Harmony, encontrei um manancial. As pessoas da pequena vila não são seres especiais. São pessoas comuns, com problemas comuns à humanidade: luto, pobreza, injustiça, conflito. Também vivem alegrias da graça comum: nascimento, casamento, amizade, cooperação e afeto.

Talvez por isso, encontrei-me aqui. Desejo ser humana como eles, não uma marionete comandada pelos dedos do meu pai.

(Anotação do diário de Jane E.)

Ao lado de Sheila, Jane E. subiu os degraus da Cozinha da Mari. O tradicional café da manhã de sábado era o acontecimento de Harmony. O negócio, que tinha começado quando Jane E. colocou os pés na vila pela primeira vez, transformou-se rapidamente. De uma padaria com alguns artigos de confeitaria e quatro mesinhas ao lado da janela, o lugar não mudou só no nome. A Loja da Mari virou Cozinha da Mari, e mais mesas foram colocadas. Uma jovem de cabelos cor de fogo chamada Leah atendia no balcão, e um senhor conhecido por Brioche servia as mesas.

A dona do restaurante, rechonchuda e sorridente, navegava por entre as mesas cumprimentando os clientes. Quando viu as duas amigas entrando, correu à porta.

– Já estava dando falta de vocês.

– Tive um contratempo – Jane E. disse e tirou o gorro marrom, colocando-o no bolso do casaco.

Sheila olhou para a amiga e de volta para Mari, balançando a cabeça discretamente em um gesto de confirmação.

– Mas não deixaríamos de vir. – Ela levantou o rosto e inspirou os aromas. – Torta de pêssego.

Jane E. piscou para a amiga em um agradecimento velado. Sheila a tinha arrancado de casa, decidida a manter a tradição que as duas haviam criado semanas antes – saborear a comida de Mari e conversar. Duas mulheres com histórias difíceis, vindas de mundos opostos, mas que encontraram discrição e apoio uma na outra.

Puxando Jane E., Sheila seguiu Mari até a mesa que estava reservada para elas. Brioche acenou para as mulheres e veio na sua direção.

– *Bonjour*, achei que não as veria hoje! – O homem baixo e gordinho tinha o cabelo ralo e uma barbicha igualmente rala. Ele usava uma boina, talvez para cobrir a calvície que ia avançando.

– Tivemos um contratempo. – Foi a vez de Sheila repetir a explicação.

– *Bonjour*, Brioche. – Jane E. e o atendente trocaram algumas palavras em francês. – Pode nos trazer o café simples.

Brioche pediu licença e saiu para o balcão. Jane E. e Sheila cumprimentaram, ao redor, as pessoas que elas conheciam. Algumas crianças insistiram em trocar umas palavras com a popular professora. Quando finalmente a comida chegou e as duas amigas ficaram sozinhas, o silêncio tranquilo entre elas foi o acompanhamento do café da manhã. Jane E. apreciava isso em sua melhor amiga. De qualquer forma, na agitação do lugar, uma conversa íntima estaria fora de cogitação. Elas deixariam essa parte para a volta na carroça emprestada de Amelie e Joaquim, que Jane E. pegava aos sábados de manhã.

Sheila levou o garfo ao prato e pegou o último pedaço da torta de pêssego. Brioche trouxe fatias de pão saído do forno, que Jane E. mordiscou com prazer. Ela soltou um ligeiro suspiro ao olhar para a porta do restaurante. De calça escura, paletó vermelho e chapéu marrom, *mountie* Julian Collins correu os olhos pelas mesas, até que encontrou aquela pessoa que procurava. Levantando o chapéu em um breve cumprimento, ele sorriu para Jane E. Ela retribuiu a saudação com um leve inclinar da cabeça e voltou o olhar para Sheila, que sorria.

– Temos que admirar a persistência do *mountie* – Sheila sussurrou.

Jane E. também se admirava que o *mountie* a rodeasse, apesar da distância que ela colocava entre eles. Suas boas maneiras jamais a permitiriam tratá-lo mal, mas ela estava longe de incentivar uma aproximação.

– Não sei mais o que faço para que ele entenda.

Sheila segurou a mão da amiga por cima da mesa.

– Ele entende, mas não aceita.

Jane E. deixou o assunto morrer quando alguns olhos se viraram para ela. Não era segredo em Harmony o interesse do *mountie* pela professora. Julian Collins era admirado e respeitado na comunidade. Graças a ele, Sheila foi resgatada da violência que rondava a região. Por causa de Julian, outras pessoas reencontraram seus familiares. Ele era o herói da vila, e mães esperançosas empurravam suas filhas na direção de *mountie* Julian Collins, que parecia alheio a toda a atenção recebida.

O resgate de Sheila por Julian e outros homens era a grande história de Harmony nos últimos meses. Depois de semanas em cativeiro de bandidos, que atormentavam os viajantes e os trabalhadores da ferrovia, Sheila foi encontrada. Seu estado de saúde era precário, e só tinha pele e osso. Quem olhasse para a mulher de cabelo cor de mel e rosto tranquilo, sem conhecer sua história, jamais diria que ela um dia tivesse se parecido com uma morta-viva. Os cuidados dos moradores de Harmony e o reencontro com as filhas pequenas, Elsa e Lily, trouxeram a mulher à vida.

– Olhe o *mountie*. – Mari surgiu e comentou. A mulher, que tinha trabalhado em bordéis e se transformado na comerciante de sucesso, casada com Silas, não era conhecida por sua discrição. Ela riu e levou a mão a boca depois de ter chamado a atenção dos fregueses ao redor. – Nunca conheci um rapaz tão encantador. – Mari acenou para o oficial, que tinha se sentado em uma mesa no canto do restaurante.

Jane E. abaixou a cabeça.

– Poderia trazer a conta? Tenho aulas para preparar.

Alheia ao incômodo da professora, Mari continuou:

– Outro dia ele estava rondando a escola. Ninguém me convence de que não era por sua causa.

– É o trabalho dele. – Sheila recolheu os pratos da mesa e os passou para Mari.

– Não com uma cara de quem viu o passarinho azul. Vi com meus próprios olhos. Ninguém me contou. – Mari segurou os pratos e olhou para a professora, como se esperasse uma reação.

Jane E. levantou-se.

– Acho que vou pagar a conta no balcão. Só de pensar no trabalho que tenho pela frente... – Ela foi para o balcão, e Sheila saiu logo atrás.

– Tenham um ótimo dia. Vejo vocês no domingo – Mari gritou e acenou para as amigas, que saíram apressadas do restaurante.

Na rua de chão com vestígios de neve, Sheila levou a mão à boca para prender uma risada. Jane E. apertou o rosto com mãos enluvadas.

– Nossa tradição está me colocando em uma situação constrangedora – Jane E. disse.

– Não se esqueça de que amanhã é domingo. *Mountie* Julian deve ficar esperando o pastor abrir a porta da igreja. – Sheila acompanhou a amiga até a carroça e tomou o próprio lugar no assento de madeira.

Jane E. sentou-se ao lado dela e pegou a rédea, conduzindo o cavalo marrom para a estrada.

– Tenho que me acostumar com a indiscrição de Mari.

– Ela é entusiasmada com questões amorosas. – Sheila esfregou as mãos e as enfiou nos bolsos do casaco.

– Diz isso por experiência própria também? – Jane E. balançou a rédea do cavalo e olhou para a amiga.

Sheila revirou os olhos.

– Ainda bem que Mari se distraiu com você hoje. Não posso esbarrar nela, que ela vem com insinuações sobre mim e o sr. Wilson.

– Ela não está errada, está?

Sheila deu de ombros.

– Talvez.

O sol tímido começou a mostrar seu brilho por entre nuvens cinzas. Jane E. manteve o ritmo lento da viagem até a casa de Sheila, que ficava ao lado da igreja. Pastor Samuel e sua esposa, Violeta, tinham cedido à Sheila e às suas duas filhas a pequena casa usada para missionários em passagem pela região. Quando a mulher foi resgatada por *mountie* Julian quatro meses antes, a comunidade se mobilizou para que ela tivesse condições de criar Elsa e Lily sem seu marido, morto em uma emboscada na estrada. Sheila, exímia costureira, trabalhava para uma das mulheres da igreja, Yael, que também era conhecida na região por ter uma história de violência. Sheila tinha aceitado de bom grado a oferta de emprego de Yael, a única em Harmony e arredores com uma máquina de costura. Os pedidos eram muitos e mantinham as duas mulheres ocupadas toda a semana, garantindo a Sheila o sustento de sua família.

– É confusa a situação com James, quer dizer, com o sr. Wilson. Elsa diz que ele se parece com meu falecido marido. Há uma semelhança, mas não posso me aproximar dele só porque lembra Frank.

– Claro que não, mas você gosta da companhia dele. – Jane E. examinou o semblante pensativo da amiga.

– Gosto. Ele nos ajuda muito e me tranquiliza quando o desespero ameaça bater. – Sheila encolheu os ombros.

– Não precisamos falar disso, se não quiser.

– É bom conversar com você. Não me abro com ninguém sobre esse assunto. – Sheila relaxou os ombros. – O sr. Wilson também passou por maus bocados: a perda da esposa, a viagem para a Europa e o naufrágio. Ele ficou quatro anos sem memória, e sem poder ver sua filha, Alana, tornar-se uma mulher.

– Amelie me contou a triste história. Deve ter sido uma alegria para Alana revê-lo, ainda mais semanas antes do casamento com Gabriel. Eu tinha acabado de chegar a Harmony e não fazia ideia disso quando conheci Alana.

Sheila entrelaçou os dedos.

– Como você sempre diz, todos carregamos fardos pesados, mesmo que as aparências mostrem o contrário.

Jane E. balançou a rédea, acelerando um pouco mais a velocidade. Sheila sabia da origem da amiga em Montreal, dos seus pais e de sua irmã Catherine. Sabia de Albert. Jane E. também tinha lhe contado sobre a visita do advogado, e da ameaça do pai para que ela voltasse para casa. No entanto, ainda não tinha encontrado uma oportunidade para contar à amiga sobre sua marca. Não que temesse que Sheila a rejeitasse. Era uma parte do seu passado, um assunto delicado e íntimo, que envolvia outras pessoas. Se pensar sobre isso já era doloroso, falar reabriria feridas que nem casca tinham formado ainda.

Quando a carroça parou em frente à pequena casa, Sheila desceu e agradeceu à amiga pelo café da manhã. Da única janela do casebre, Violeta, Elsa e Lily acenaram. Jane E. acenou de volta e tomou a estrada. Em poucos minutos, avistava a casa de Amelie e Joaquim, que, aos poucos, tornava-se sua própria casa. O livro que a mãe lhe mandara ainda permanecia no embrulho semiaberto. A sra. Bell certamente enviaria outros livros em breve, caso soubesse da trama do marido para obrigar a filha a voltar para Montreal.

Que ela mandasse então uma biblioteca completa, porque a decisão de Jane E. era final: não deixaria seus amigos e a vila, que lhe traziam esperança de liberdade, nem que o pai viesse buscá-la à força.

Capítulo 4

"Ninguém pode, por muito tempo, ter um rosto para si mesmo e outro para a multidão, sem no fim confundir qual deles é o verdadeiro." Diário, sublinhei essa frase no livro *A Letra Escarlate*. Por causa do que deu origem à minha marca, abandonei a menina alegre de 12 anos para me transformar na Jane E. reclusa. Depois de tantos anos, começo a me esquecer de quem eu era.

No início, minha mãe tentou me ajudar. Antes de ela própria aceitar o motivo da minha transformação. Com o tempo, a marca passou a ser constante fonte de irritação para a sra. Bell. Ela não suportava os olhos de pena dos seus sofisticados amigos sobre mim. Patético! A marca era minha, e ela ficava consternada? Levou-me a vários médicos, e todos diziam a mesma coisa: não há solução. Letrada como era, minha mãe procurou uma explicação na literatura médica. Não. Corrigindo: procurou uma cura. Saber de uma explicação poderia comprometê-la. A única coisa que a sra. Bell desejava era que a marca da filha sumisse. A observação de Hawthorne de que uma doença física pode ser um sintoma de uma enfermidade espiritual talvez fosse a resposta que minha mãe procurava. Porém, ela sempre se recusou a investigar com profundidade a causa da repugnante marca, pois ela própria teria de se confrontar com a verdade que desestabilizaria a família Bell.

"Deixe-me", um dia gritei para ela. "Nunca mais verá minha vergonha." Acho que eu já tinha 18 anos quando decidi esconder o meu *vexame da família. Hoje o escondo sempre, o que me obriga também a esconder a essência da menina que ficou no passado.*

Tenho esse direito.

(Anotação do diário de Jane E.)

– Posso acompanhá-la até sua casa?

Jane E. virou-se no banco lustroso do piano. Julian, de paletó vermelho, com o chapéu debaixo do braço, trazia expectativa nos olhos castanho-claros. Ela remexeu nas folhas das partituras, o calor subindo pelo pescoço, escondido na gola alta do vestido cinza.

O *mountie* era insistente. Quase todos os domingos, ele fazia a mesma pergunta, e a resposta era sempre o mesmo não. Jane E. viu-se constrangida naquele domingo. Talvez fosse um brilho incomum nos olhos de Julian; talvez fosse a luz que entrava pela janela atrás da pianista e que refletia no rosto dele. Quando Jane E. se deu por si, já tinha dado a resposta afirmativa, arrancando um sorriso do oficial.

Ele fez um cumprimento com a cabeça, colocou o chapéu e aproximou-se mais do piano.

– Eu a espero lá fora.

Voltando a se ocupar com as partituras como se fossem muitas e escorregadias, Jane E. engoliu em seco. Sheila surgiu ao seu lado e apertou o ombro da amiga de leve.

– Pelo sorriso do *mountie*, a resposta hoje foi "sim".

Jane E. levantou-se e guardou as partituras no assento do piano após finalmente organizá-las.

– Não sei o que deu em mim.

– Uma mudança e tanto. Uma boa mudança. – Sheila fez um sinal para as filhas, que saíam de mãos dadas com James Wilson. Alto, de chapéu sobre o cabelo grisalho, o homem parou com as duas meninas à porta.

– E, pelo visto, o sr. Wilson não vai almoçar sozinho hoje. – Jane E. cobriu o teclado do piano com uma manta de feltro e fechou a tampa.

– As meninas o convidaram. Não pude recusar. – Sheila deu um leve abraço na amiga e saiu em direção às filhas e ao homem distinto que as acompanhava.

O burburinho na igreja cessou e recomeçou do lado de fora. Jane E. viu o cotovelo coberto com a manga do casaco de lã vermelha de *mountie* Julian, pela fresta da porta semiaberta. Ela vestiu o casaco escuro e fechou os botões. Pegou a sacola de tecido e guardou sua Bíblia. O som dos saltos da sua bota no chão de madeira reverberou pelo ambiente. Ela parou por um instante e passou o dedo pela gola alta do vestido, que apertava seu pescoço. Pela janela, viu algumas crianças brincando de pique, e adultos conversando em grupos. A animação deles era sempre um contraste com a seriedade da professora.

Desde que chegara a Harmony, Jane E. sentava-se ao piano após o culto e tocava algumas músicas. Esse também era seu jeito de relaxar e de se preparar para a semana de aulas. Na verdade, não era só isso. Ela se escondia atrás das partituras, uma forma de fugir das conversas. Muitas vezes, fez-se de ocupada com as partituras no fim do culto, para evitar a aproximação das pessoas e do *mountie*. Porém, a cada domingo, ele esperava pacientemente por uma brecha.

Pastor Samuel entrou na igreja com Violeta, que agradeceu à professora pela música sempre linda. Jane E. esboçou um sorriso, apesar da agitação em seu peito. O cotovelo de *mountie* Julian ainda aparecia na fresta. Ele era persistente.

Com dedos leves, ela puxou a maçaneta, abrindo mais a porta. Julian virou-se para ela, o sorriso abrindo em seu rosto como o sol que perfurava as nuvens de algodão no céu.

– Está pronta? – ele perguntou.

– Sim.

Ele estendeu a mão.

– Permita-me carregar sua sacola.

Jane E. entregou a sacola para ele e acenou timidamente para uma família que passou de carroça ao seu lado. O sol havia saído e anunciava que a primavera não demoraria a chegar. A neve tinha descongelado e largado poças grandes no caminho. Jane E. e Julian caminharam lado a lado. Apesar de suas pernas longas, ele manteve os passos lentos. Um bando de passarinhos tirou rasante de uma árvore a outra, atraindo o olhar da professora e do *mountie*.

– "Eu não sou um pássaro; nenhuma rede me captura." – O *mountie* tropeçou um pouco nas primeiras palavras e sorriu. Jane E. olhou para Julian, boquiaberta. Ele riu e continuou: – "Eu sou um ser humano livre, com minha própria vontade."

– Não sabia que *mounties* eram versados em literatura. – Ela jogou os braços para trás e entrelaçou os dedos. Ouvir aquelas palavras de Charlotte Brontë através de sua personagem, Jane Eyre, era como um bálsamo.

Mountie Julian trocou a sacola de mão.

– Não somos. Fui obrigado a decorar vários trechos de romances na escola. O sr. Ladon, meu professor, respirava literatura.

– E ainda se lembra de muitos trechos? – Ela soltou os dedos das costas e enfiou as mãos nos bolsos do casaco.

– Preciso fazer um grande esforço de memória. Esse que citei foi o primeiro que me ocorreu – ele disse.

Jane E. virou a cabeça e olhou para ele.

– Talvez eu devesse fazer meus alunos decorarem mais trechos de livros. É um bom exercício para reflexão.

– Só não diga a eles que a sugestão foi minha.

Jane E. fez um gesto rápido com as mãos. Se ele conversasse sempre daquela forma, talvez não fosse uma má ideia aceitar seus convites para caminharem da igreja até sua casa.

– E o que mais lhe vem à mente agora?

Ele franziu a testa.

– No momento, nada.

– "Prefiro ser feliz a ser digna" – Jane E. citou. – Sempre tive dificuldade em entender o que Jane Eyre quis dizer com isso.

– Talvez que é mais importante a felicidade do que receber honraria das pessoas.

– Faz sentido. Jane Eyre não se deixava levar pela opinião dos outros com regras absurdas.

Julian chutou uma pedrinha com o bico da bota marrom.

– Não me lembro dos detalhes da história, mas tive a mesma impressão. Ela não seguia regras de modo cego. É importante questionar as convenções.

– Você acredita mesmo nisso?

Mountie Julian levantou o chapéu, correu os dedos pelo cabelo liso e o colocou novamente.

– Na minha profissão, as regras são fundamentais. Quanto à vida pessoal, gostaria de ser feliz em vez de me preocupar com o que pensam de mim quando não sigo regras sem sentido. Quem pode dizer se somos dignos ou não de alguma coisa? O julgamento pertence a Deus.

Jane E. contornou uma poça, e Julian a acompanhou.

– Mesmo sabendo disso, ainda nos entregamos ao julgamento humano.

– Temos medo de sermos rejeitados, por isso aceitamos as sentenças humanas. E não falo de leis no papel e muito menos do ensino bíblico, mas de leis que cada um cria para si, e esperam que outros as cumpram. São fardos muito pesados.

A professora olhou para o *mountie* de soslaio. Ele falava aquilo por experiência própria ou só era um observador da sociedade? Havia verdade no que ele dizia. Jane E. tinha sido rejeitada por não cumprir as regras impostas pelo pai. O julgamento dele tinha sido pesado, e não deixaria a filha livre, enquanto ela não se submetesse à pena.

A casa de Amelie surgiu logo após uma curva. Jane E. diminuiu a velocidade dos passos já lentos. Julian virou o rosto para ela e sorriu. Ela desviou o olhar para as poças no meio do caminho. Refletindo sobre as citações de Julian, Jane E. repetiu para si a verdade de que não era um pássaro aprisionado, mas um ser humano livre que buscava a liberdade. Como então ela poderia se livrar do peso da marca, do fardo impossível de carregar?

Os dois pararam no portão. O oficial devolveu a sacola de Jane E. e levantou o chapéu.

– Obrigado por me deixar acompanhá-la. Prometo que, da próxima vez, vou ter outros trechos na ponta da língua.

Ela permitiu que o canto esquerdo de seus lábios expressasse um meio sorriso e desviou o olhar para o chão. Esperava conversar sobre livros com *mountie* Julian mais uma vez.

Capítulo 5

Diário, observei os pássaros voando momentos atrás, enquanto conversava com mountie *Julian. Lembrei-me então da minha gaiola. Julian parece voar livre. Não tenho como alçar voo e encontrá-lo. Ele não entenderia o que a marca significa, mesmo que a aceitasse. Como eu poderia desejar um relacionamento, não sendo quem sou de verdade? Eu adoraria conversar mais com ele; sobre livros, quero dizer. Embora ele pudesse achar que eu estava falando de personagens da ficção, do meu ponto de vista ele me ajudou a entender questões importantes da vida.*

Nunca me abri sobre as dúvidas que carrego desde os meus 12 anos, depois do incidente. Engoli a enormidade do problema. A tentativa de falar com minha mãe acabou revelando que ela é uma mulher que se agarra às aparências como se tivesse tentáculos de polvo.

Meu pai sempre teve a certeza de que o segredo estaria seguro comigo, como o pai da pequena Pearl de A Letra Escarlate *sabia que com Hester Prynne seu pecado jamais viria a público. Porém, o digníssimo sr. Bell não se cansa de me atormentar. Ele me esbofeteia mesmo de longe, fazendo com que minha marca fique mais saliente. Que esperança posso ter quando ele me joga na cara que não sou nada?*

(Anotação do diário de Jane E.)

Jane E. tirou a chave do armário da sacola e a enfiou na tranca. Amelie não era bisbilhoteira, mas a precaução fazia com que Jane E. protegesse seu tesouro. Puxando-o para fora, ela o colocou na cama. A pasta larga e fina de couro continha seu coração. Seu sonho de se tornar a mulher que sempre desejou ficava cada dia mais distante. Jane E. abriu a pasta, fechada com uma cordinha de couro, e retirou as folhas duras de papel. Colocou-as lado a lado na colcha de renda e deu uns passos atrás. Mesmo em preto e branco, ela imaginou as cores, muitas cores, tons de azul e verde, as suas preferidas.

Tirando o casaco, Jane E. sentou-se na beira da cama. Correu os dedos pelas folhas ásperas. Meia hora antes, *mountie* Julian tinha citado Jane Eyre, sobre não ser um pássaro preso. Olhando para si no espelho da cômoda ao lado, era justamente o que Jane E. via: um pássaro preso. Seu cabelo, puxado para trás, estava escondido em um coque apertado, que fazia sua testa parecer mais alta do que era. Nenhum fio escapava. Seu vestido cinza, destituído de qualquer adorno, cobria seu colo e seu pescoço. Os lábios delineados no rosto leitoso formaram, no passado, muitos sorrisos contagiantes. No presente, eles mantinham-se em uma linha quase reta. Sua mãe dizia que a filha parecia uma estátua de mármore, na forma e na temperatura.

Uma leve batida na porta tirou a professora de suas ponderações.

– Pois não? – Jane E. foi até a porta e abriu uma fresta.

– Eu e Joaquim estamos indo ao sítio Hebron. Yael e Calebe nos esperam para almoçar. Você está convidada. – Amelie ajeitou o gorro de lã.

Jane E. abriu um pouco mais a porta, mas obstruiu a visão de Amelie da cama e do seu tesouro. – Ainda preciso preparar minhas aulas. Diga a eles que agradeço.

– Tem uma panela de sopa no fogão. Sirva-se à vontade.

Amelie despediu-se, e Jane E. fechou a porta. Guardou as folhas, e a pasta voltou para o armário. Seu humor despencou mais um pouco ao abrir a gaveta da cômoda e ver o documento que o advogado do pai tinha deixado. Até o momento, ela não tivera interesse de ler seu conteúdo. Esse seria um tapa na cara, dos muitos que o pai lhe dava sem o uso da força física. Porém, cedo ou tarde, Jane E. teria que enfrentar a verdade daquelas folhas. O advogado avisou que voltaria em alguns dias.

Inspirando e expirando lentamente, Jane E. pegou o maço de folhas. Encostou-se na janela e correu pelos parágrafos os olhos bem-treinados. Um misto de raiva e tristeza espalhou-se pelo seu peito. Jane E. abriu a janela e respirou em golfadas, como se viesse à tona da água após um mergulho longo. Voltou os olhos para as folhas de papel, alguns trechos saltando das páginas.

Incapacidade de tomar decisão, bloqueio de conta por tempo indeterminado, mau uso da herança foram as frases que conseguiu ler, e as outras informações começaram a se embaralhar diante dos olhos. A última folha era uma carta do seu pai. Jane E. correu os olhos pelas linhas, o coração acelerado. O tom de ameaça era evidente. O conteúdo da carta resumia-se a: volte para casa ou terá que se sustentar sem qualquer ajuda da família.

Jane E. largou as folhas em cima da cômoda e virou-se para a janela, puxando a gola do vestido. Um bando de passarinhos cortou o ar e sumiu por cima do telhado da casa.

Deixando a janela aberta, Jane E. pegou seu material de escola e por um tempo trabalhou sentada na cama, para dar andamento ao planejamento da semana. O trabalho a ajudaria a manter a sanidade. Era como Jane E. se sentia um pouco mais humana. Os encontros semanais com os alunos e, algumas vezes com seus pais, davam a ela um sentido de propósito. Jane E. tinha planos para a escola. Com a ameaça do pai de retirar sua mesada, ela jamais conseguiria pôr em prática esses planos. Sem essa fonte de renda, o que Jane E. tinha guardado no banco em Belleville cobriria as despesas de aluguel e alimentação por seis meses, isso somado ao pequeno salário que recebia da escola.

Amelie e Joaquim não quiseram cobrar nada da professora quando ela chegou a Harmony. Entretanto, com a insistência de Jane E. em colaborar, o casal definiu um valor bem abaixo do que ela tinha em mente. Mesmo assim, o dinheiro que trouxera de Montreal não duraria muito tempo.

Jane E. balançou a cabeça como se quisesse espantar os pensamentos preocupantes. Desviou a atenção aos seus alunos para preparar as lições. Com a mente em Lily e Elsa, Jane E. criou uma atividade com materiais que tinha juntado durante a semana. Eram folhas de papel, pedras e lascas de madeira. Do baú, Jane E. separou um novo livro para Sara. A moça era ávida leitora e repetia sempre que sonhava ser professora. Jane E. tinha um plano de usá-la como assistente nas próximas semanas. Talvez, se sua ideia de aumentar a escola fosse para frente, Jane E. pudesse treinar Sara para ensinar os alunos mais novos. O problema era que, sem acesso ao seu dinheiro, seria necessário adiar o projeto ou pensar em outras formas para que se concretizasse. Falaria com Yael sobre ele. Yael fazia parte de um grupo de assistência aos moradores de Harmony e tinha sido a responsável por trazer a professora para a vila.

Esfregando os olhos cansados, Jane E. guardou o material. Trancou a porta do armário e foi para a janela. Seu quarto, que era confortável e tranquilo, pareceu confinado. As paredes davam a impressão de se movimentarem, diminuindo o ambiente. Jane E. pegou o casaco e correu para fora. No jardim, ainda destruído pelos meses de inverno, ela colocou a mão no peito e puxou o ar com dificuldade. Jane E. olhou ao redor: nenhum ser vivente. Os passarinhos tinham sumido. Era a hora em que os moradores de Harmony se reuniam em família para almoçar e aproveitar as últimas horas do dia de descanso.

Jane E. caminhou pela estrada, desviando-se das poças de neve derretida. Ela sabia que o perigo rondava a região, mas não se importou. Precisava movimentar-se, mesmo que dentro da gaiola que a acompanhava aonde fosse.

O sol descia no horizonte. Jane E. olhou para trás, e sua casa era um ponto no fim da estrada. Ela continuou. Depois de uma curva, um movimento; uma carroça se aproximava. A tensão retesou seus ombros. Jane E. forçou a visão para identificar quem era o condutor. Para seu alívio, era Sheila com as filhas, e o sr. Wilson segurava as rédeas. Jane E. não teve dúvidas, naquele momento, de que uma família nova começava a se formar. Ficou feliz pela melhor amiga.

– Professora, professora! – Elsa e Lily gritaram e acenaram.

O sr. Wilson puxou as rédeas, e o cavalo parou, batendo os cascos no chão enlameado.

– Boa tarde! – Jane E. abraçou as duas meninas, que saltaram ao chão.

– Aonde vai? – Sheila fez um sinal para as filhas subirem de volta na carroça.

– Dando uma volta, só isso. – Jane E. examinou o rosto da amiga, que trazia uma expressão de quem tinha um segredo para contar.

Sheila olhou para James Wilson, apertou a mão dele e desceu da carroça, enganchando o braço no do de Jane E.

– Quer companhia?

– Se eu não estiver atrapalhando seus planos – Jane E. disse.

– De forma alguma – o sr. Wilson respondeu. – Levo as meninas para casa.

Elsa e Lily protestaram, dizendo que queriam ir caminhando. Um olhar da mãe as calou. A carroça seguiu. Jane E. e Sheila foram andando lentamente.

– Alguma novidade que queira me contar? – Jane E. perguntou.

Sheila suspirou.

– Acha que estou me precipitando? O sr. Wilson tem sido tão bom conosco!

Jane E. apertou a mão da amiga.

– O que você acha?

– Não sou mais jovem; tenho duas meninas para criar. – Sheila abaixou a cabeça e inspirou.

– Só isso?

– Gosto de James, e ele de mim. É um homem de grande solidez e integridade.

– Quais são seus planos? – Jane E. perguntou.

– Queremos nos casar assim que ele conversar com Alana. Ela deve vir com o marido para o piquenique de primavera da igreja.

Jane E. e Sheila caminharam em silêncio por um tempo. Finalmente, Jane E. falou:

– Acho que serão muito felizes.

Sheila olhou para a amiga e sorriu.

– Estou feliz, por mais difícil que ainda seja o luto.

Jane E. imaginou se seu próprio luto terminaria algum dia. Ela não poderia entrar em um relacionamento até que resgatasse a verdadeira Jane E. A marca estava em seu corpo para lembrá-la de era era uma farsa.

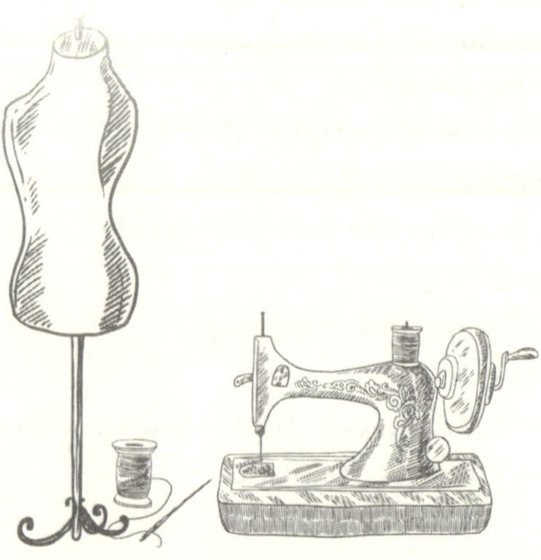

Capítulo 6

Por que, diário, quanto mais corremos, mais nos deparamos com aquilo do qual fugimos? Não corremos em linha reta, mas em círculos. Na minha prisão, não tenho espaço para alçar voo.

Tenho tantos planos! No entanto, a armadilha que meu pai colocou para mim prende meus pés. Se eu tivesse força, poderia arrancá-la mesmo que tirasse pedaço da minha pele ou dos meus ossos.

(Anotação do diário de Jane E.)

– Nathan pegou o livro, professora. – Sara arrancou o cachecol e o jogou em cima da carteira.

Jane E. recebia os alunos na porta da sala de aula, enquanto tentava prestar atenção em Sara. Alguns chegavam sonolentos, outros barulhentos, e tomavam seus lugares. Jane E. amava o barulho dos livros batendo na carteira de madeira, das risadas contidas (ou não) no início de uma nova semana.

– Eu queria saber por que Sara fica com os olhos grudados nos livros. – Nathan puxou o gorro e o enfiou no bolso do casaco. Seu rosto tinha mudado, nos últimos meses, de rechonchudo para mais fino e delineado. A leve penugem engrossava sobre seu lábio superior.

– E agora entende? – Jane E. perguntou.

– Ele deve entender, porque também ficou com os olhos grudados no livro ontem. – Sara sentou-se ao lado de Elsa.

– Isso é muito bom! – Jane E. fechou a porta da sala de aula e pediu a atenção de todos. – Esta semana teremos vários projetos. Se o tempo melhorar, vamos dar uma volta no campo para estudar os insetos.

Entre comentários dos alunos sobre os tipos de insetos que encontrariam, Jane E. escreveu no quadro-negro as atividades do dia. De vez em quando, ela observava a turma. Quinze ao todo, para uma sala tão apertada. Os pares que compartilhavam a mesma carteira se acotovelavam. Logo Nathan precisaria do próprio lugar. Seus ombros indicavam que ele cresceria muito no próximo ano. O calor que sentia quando pensava na injustiça do pai subiu pelo pescoço de Jane E. A sala ficou abafada.

Uma batida na porta quebrou a concentração dos alunos, que se viraram para ver quem entraria. Jane E. sentiu-se grata pela interrupção dos seus pensamentos.

Violeta, a esposa do pastor, entrou acompanhada de dois meninos gêmeos. Jane E. acenou para os recém-chegados, mas engoliu em seco. Onde colocaria mais crianças?

– Esses são Levi e Jonas – Violeta os apresentou.

Jane E. aproximou-se, os olhares dos alunos em cima dela.

– Prazer. Eu sou a professora, Jane E. Bell.

Os dois deram um sorriso tímido. Olharam discretamente para os colegas.

Violeta correu os olhos pela sala.

– Vou pegar duas cadeiras da igreja.

Logo a mulher voltou com o marido, que carregava as pesadas cadeiras. Os novos alunos se acomodaram em um canto da sala. Jane E. passou-lhes uma atividade. Sua mente estava acelerada. Precisava resolver aquela situação de uma vez por todas.

Chegando perto de Sara, Jane E. perguntou baixinho:

– Yael vai estar em casa depois do horário da escola?

Sara, que fazia umas dobraduras em uma folha de papel, balançou a cabeça afirmativamente.

– Ela nunca sai a essa hora.

Jane E. estava decidida: iria se empenhar na ampliação da escola. Se ela não tinha mais dinheiro, arrumaria outras formas de concretizar seu sonho.

Não era só o tempo agradável do meio da tarde. A primavera mandava uma brisa suave e morna para anunciar que estava mais próxima do que se imaginava. A neve acumulada debaixo das árvores não resistia ao calor brando, e derretia lentamente. A companhia era mais agradável ainda.

Nathan corria na frente da professora e da irmã, voltando, em seguida, para narrar alguma coisa interessante que encontrou no meio do caminho.

– Achei um ninho com ovos naquela árvore – o menino apontou para um arbusto que já mostrava alguns brotos verdes.

Jane E. fez um comentário sobre ninhos, e Sara revirou os olhos na direção do irmão, que saltava poças enlameadas. O trajeto para o sítio Hebron, onde os dois jovens moravam, foi curto demais, na opinião de Jane E. Era bom ouvir a tagarelice de Sara falando dos últimos livros que tinha lido, e a narração de Nathan do que havia ao longo da estrada de chão.

– Será possível mesmo alguém viajar ao centro da Terra? – Sara perguntou para a professora.

Com as mãos nos bolsos do casaco, Jane E. virou-se para a moça.

– Existem cavernas e grutas, algumas muito profundas, mas não acho que cheguem ao centro da Terra.

– Quando os autores escrevem, eles podem inventar qualquer coisa? – Os olhos de Sara aguardavam ansiosamente por uma resposta.

– Sim. Algumas histórias são fantásticas, outras se baseiam em histórias reais.

– Quer dizer que eu posso escrever o que quiser? – Um sorriso enorme foi se formando no rosto da moça.

Jane E. balançou a cabeça confirmando, e imaginou o que se passava pela mente fértil de Sara. Além de curiosa, a moça era dedicada ao que gostava de fazer, como a leitura. Detestava somas e multiplicações, apesar de entender a necessidade de aprender os números.

– Sua imaginação é o limite.

– Posso escrever que alguém vive na Lua? – Nathan parou de repente na frente da professora e da irmã.

– Pode também. – Jane E. diminuiu a velocidade dos passos ao ver o portão do sítio a poucos metros de distância.

Nathan olhou para o céu, os olhos fascinados. Instantes depois, os três entravam na casa de Yael e Calebe, sendo recebidos por cheiro de pão saído do forno.

Jane E. conhecia por alto a história do casal. Yael e seus dois irmãos tinham sido atacados por um homem inescrupuloso, logo após a morte dos pais na travessia de um rio. Yael fora abusada pelo homem, e seus irmãos desapareceram. Foram resgatados meses depois, quando Yael já estava casada com Calebe. Mari tinha sido a responsável por manter os dois irmãos em segurança até serem encontrados.

– Jane E., que surpresa boa! Entre, entre. – Yael recebeu a professora com um leve abraço. Atrás dela, um menininho tentava se equilibrar nas pernas, agarrado a uma cadeira.

– Desculpe-me chegar assim sem avisar, mas Sara disse que estaria em casa.

Yael apontou para uma cadeira para a professora se sentar. Jane E. fez um carinho no cabelo macio do menino.

– Zach cresceu muito nas últimas semanas.

– Sim. Hoje levou alguns tombos. Não vê a hora de sair correndo atrás de Nathan. – Yael se ocupou no fogão e logo trouxe um bule com chá e fatias de pão fresco com manteiga.

Jane E. aceitou a xícara que Yael lhe passou.

– Nathan fala muito de Zach.

Nesse momento, o jovem, que tinha sumido dentro da casa, passou como uma bala pela porta, dizendo que precisava ajudar Calebe com os animais.

Zach balbuciou o nome do jovem tio e começou a chorar. Soltou-se da cadeira e caiu no chão como um saco de batatas. Sara apareceu, pegou o sobrinho no colo.

– Vamos ver Misty – ela disse.

– Mity, Mity. – Zach esqueceu o choro e saiu com Sara.

– Um pouquinho de sossego. – Yael puxou a cadeira e se sentou em frente à Jane E.

– Espero mesmo não estar interrompendo seu trabalho. Sei que é ocupada com costura também.

– É bom ter outra mulher com quem conversar. Eu e Sheila conversamos, mas o trabalho de costura é tanto, que exige toda a nossa atenção. – Yael passou o prato com pão para Jane E., que tirou uma fatia.

– Sheila gosta muito de trabalhar com você.

– E eu não sei o que faria sem ela.

Jane E. ajeitou o vestido verde-escuro e bebericou o chá.

– O motivo da minha visita é saber um pouco sobre a nossa escola.

Yael inclinou a cabeça.

– É um projeto novo, como sabe. Pelo que Sara me conta, a sala está pequena para o número de crianças.

Não seria tão difícil conversar com Yael. Ela parecia genuinamente interessada no que acontecia na comunidade.

– Hoje chegaram mais duas. Tive que improvisar um lugar para os irmãos gêmeos.

– Você tem alguma ideia?

Jane E. tinha várias. Com o golpe baixo do pai, muitas delas dificilmente se realizariam. Por outro lado, era irreal achar que as crianças poderiam ficar apertadas em uma só sala.

– Não gostaria de colocar um peso a mais em suas costas. Sheila me contou do seu trabalho no grupo de assistência à comunidade.

Yael levantou-se, mexeu a comida na panela de ferro no fogão à lenha e voltou a se sentar.

– É bastante trabalho, mas não reclamo. Desde que Deus me trouxe para Harmony, estou convicta de que tenho muito o que fazer aqui.

Jane E. examinou o rosto da jovem mulher à sua frente. Yael parecia muito livre e feliz, mesmo tendo um passado de dor e injustiça. Seus olhos castanhos eram cheios de vida. Jane E. não pôde deixar de notar o cabelo sedoso de Yael, preso no alto da cabeça, mas com mechas descendo pelos ombros, não de uma forma desleixada, mas livre.

Jane E. levou a mão ao próprio coque. Àquela hora os grampos pareciam pregos em sua cabeça.

– Não sei como funcionam as coisas por aqui. Longe de mim reclamar ou exigir algo que não esteja ao alcance da comunidade, mas também preciso ser realista: nossa sala de aula está pequena.

Yael deu um tapinha na mão da professora.

– Entendo perfeitamente. Também tenho interesse em que a escola tenha conforto para todos. Vamos fazer o seguinte: vou convocar uma reunião com o grupo de assistência. Vou levar esse assunto. O prefeito de Belleville vai estar presente. Posso pedir ajuda.

Um peso foi tirado dos ombros de Jane E. Toda ajuda era bem-vinda e, quanto mais pessoas envolvidas, melhor; mais ideias surgiriam.

Jane E. bebeu o último gole do chá e levantou-se.

Yael segurou-a pelo braço.

– Gostaria de sua opinião.

Jane E. franziu a testa.

– Mas é claro!

Yael fez um sinal para a professora a seguir até um quarto ao lado da sala de visitas. Quando ela abriu a porta, Jane E. precisou controlar o galope do seu coração, que parecia um cavalo xucro, daqueles que ela via cortando as pradarias infinitas da região. Suas mãos ficaram trêmulas e úmidas. No quarto, o busto de um manequim exibia um lindo vestido azul real, adornado com renda da mesma cor. Os alfinetes seguravam a renda, e uma das mangas estava descosturada. Jane E. afrouxou a gola do próprio vestido e enfiou as mãos nos bolsos da saia, temendo acariciar o tecido sedoso à sua frente.

– Você vem de Montreal, e nem imagino as roupas maravilhosas que as costureiras e os alfaiates fazem. Consegui uma revista de moda com o sr. Miller, da loja, e tento fazer variações dos modelos para as clientes. – Yael aproximou-se do manequim e deu uma risada. – Nós, que vivemos em sítios, usamos roupas práticas, mas gostamos do que é belo. Sheila diz que quer trazer mais cor para Harmony. A primavera está chegando, e não acho má ideia.

Jane E. aproximou-se do manequim e segurou com dois dedos trêmulos a manga bufante.

– Não sei como eu poderia ajudar. Esse vestido é tão lindo!

Yael puxou os alfinetes da renda que enfeitava o peito do vestido.

– Eu e Sheila achamos que alguma coisa não combina. O decote, talvez.

Jane E. deu uns passos para trás, examinando o modelo. Inclinou a cabeça e levou o dedo indicador ao queixo. Depois, aproximou-se do manequim. Traçou uma linha imaginária com os dedos.

– Acho que, se cortarem aqui e aqui, fazendo um decote quadrado, a renda pode vir aqui. – Ela pegou a renda da mão de Yael e a prendeu com os alfinetes enfiados no pescoço da manequim. – O que acha?

– Que diferença! Vou fazer o decote quadrado. Fica bem melhor. Obrigada!

Jane E. correu os olhos para o restante do quarto. A máquina de costura era nova, e um pedaço de tecido amarelo caía da mesa de corte ao chão. Duas prateleiras exibiam outros cortes multicoloridos. Eram simples, sem dúvida. Nas ruas de Montreal, as mulheres mostravam o que havia de mais luxuoso em termos de moda. Jane E. virou-se rapidamente em direção à porta. Precisava sair daquele lugar. As memórias eram muitas. A dor era profunda. A marca queimava debaixo da sua roupa.

Yael seguiu a professora até a porta da cozinha e lhe agradeceu novamente pela visita, prometendo que iria conversar com seu grupo, sobre a escola. Jane E. despediu-se e saiu a passos ligeiros pelo caminho que dava para o portão do sítio Hebron.

Na estrada, ela correu; a barra do vestido enrolava em seus pés, ameaçando levá-la ao chão. A imagem do vestido azul, da renda, da máquina de costura, das linhas e agulhas giravam em sua mente como fantasmas. As lágrimas não brotaram. Jane E. não se permitia ser fraca. Precisava de forças para quando finalmente saísse de seu cativeiro.

Capítulo 7

Quando alguém tem uma dor na alma, não adianta fugir para outro lugar geográfico. A dor vai na mala, e minha mala é meu peito. A vantagem, diário, é que as acusações são menos constantes quando nos transportamos para outro lugar, e os olhares julgadores só povoam a mente. O difícil é lidar com coisas que nos lembram de quem deveríamos ser. Engraçado eu insistir nisso – será que sei mesmo quem eu deveria ser? Só tenho certeza de que estou cada vez mais incomodada com minha condição presente; não o que está ao meu redor, mas dentro de mim.

(Anotação do diário de Jane E.)

– Você está bem? Está pálida. – Amelie fechou a porta e abanou o rosto de Jane E. com o pano de prato.

A sacola de livros foi parar em cima de uma poltrona, e a professora desmoronou no sofá, o peito apertado subindo e descendo no vestido. Do sítio Hebron até sua casa, a jovem tinha intercalado corrida e passos lentos, para recuperar o fôlego. A imagem do vestido azul real no manequim do quarto de costura de Yael ainda atormentava sua mente, apesar do esforço para arrancá-lo da memória.

– Exagerei um pouco na corrida. – O peito de Jane E. precisaria expandir-se mais, para receber todo o ar que ela inspirava com dificuldade. Suas mãos estavam largadas no estofado.

Amelie correu à cozinha e voltou com um copo d'água, seu corpo rechonchudo atrasando seus passos.

– Beba. – A mulher sentou-se ao lado da professora. – Por que veio correndo? Algum perigo? Se for, chamamos *mountie* Julian.

Entre goles de água, Jane E. explicou para Amelie que tinha vindo do sítio de Yael e queria chegar em casa antes de escurecer.

– Exagerei no passo...

Era verdade que em Montreal ela se locomovia na charrete da família. Porém, suas pernas eram acostumadas a caminhadas longas e solitárias para fugir do clima pesado de casa. Seu problema não era a caminhada, mas a distância que queria colocar entre ela e o vestido no quarto de costura de Yael.

A bondosa senhora bateu de leve na mão de Jane E.

– Por que não descansa um pouco antes do jantar? Joaquim deve chegar em uma hora. Posso levar um lanche para você, enquanto espera.

– Não precisa, obrigada. Lanchei com Yael. Vou descansar um pouco.

Jane E. reuniu forças e foi para o quarto. Jogou em cima da cama a sacola com livros e destrancou o armário, de onde puxou sua pasta de couro. Tirou uma folha em branco de dentro e a colocou na cômoda, que servia de escrivaninha. Por meia hora, Jane E. fez traços e linhas no papel, a mão firme trabalhando com destreza. A folha voltou para a pasta, juntando-se à coleção de outras folhas.

Mais tranquila, Jane E. esticou-se na cama e relaxou a musculatura tensa. Obrigou sua mente a se concentrar no projeto da escola. Ela precisaria chegar mais cedo ao trabalho no dia seguinte, para reorganizar as mesas e carteiras. Com os dois novos alunos, o restante teria que se aglomerar em grupos em vez de pares. Se os filhos mais velhos de Noélia conseguissem autorização do pai para frequentar as aulas, Jane E. estaria em uma situação complicada. Por enquanto, Ted vociferava toda vez que a esposa sugeria levar as duas crianças para a escola. Jane E. tinha ficado chocada ao ver a situação da família. Não se conformava que crianças tão novas trabalhassem tão duro no sítio. O homem era um bruto e, segundo diziam em Harmony, não deixava a mulher descansar quando estava de resguardo dos partos difíceis.

Existiam homens horríveis em todos os lugares. Jane E. soltou um suspiro, inconformada que sua mente voltasse cativa às lembranças do pai. Ela fechou os olhos, esperando que um cochilo aliviasse sua mente. Levou o antebraço à testa e deixou a cabeça pesar sobre o travesseiro.

Nas semanas que antecederam os preparativos para sua viagem, Jane E. cuidara do que achava mais importante. Despediu-se das duas turmas da prestigiada escola de meninas onde trabalhava e de sua turma em um bairro na periferia de Montreal, onde imigrantes sem recursos moravam. Jane E. passava a maior parte do tempo fora de casa, evitando ouvir as ameaças do pai e o choro da mãe. Catherine dava desculpas para não se encontrar com a irmã mais velha. *Como se eu não soubesse o motivo*, Jane E. pensou e soltou um riso amargo.

Depois de dois anos casada com o ex-noivo da irmã, Catherine ainda evitava encontros com Jane E., quando Albert estava junto. Porém, seu pai insistia em almoços e jantares de família, e Jane E. sabia que era outra forma que o homem tinha de torturá-la. Foram as maquinações do sr. Bell que afastaram Albert da filha mais velha; foi a oferta de um grande emprego que ele usou para empurrar o jovem para Catherine. O mal-estar pairava no ar quando Albert e Jane E. dividiam a longa mesa de refeições da família Bell. Sua mãe e Catherine fingiam ignorar a tensão, enquanto o sr. Bell mostrava a satisfação em ver Jane E. incomodada. Esse era um dos motivos periféricos que empurraram a jovem professora a aceitar um emprego tão longe de casa.

Na correria dos preparativos para a longa viagem a Harmony, Jane E. deixou seu dinheiro em Montreal, só ficando com uma pequena quantia, que guardava no banco em Belleville. Essa quantia já tinha quase chegado à metade com as despesas de viagem e a acomodação em Harmony.

Amelie bateu de leve à porta, dizendo que o jantar estava na mesa. Jane E. agradeceu, ajeitou-se e foi para a cozinha. A dona da casa, o marido (Joaquim) e a professora trocaram palavras corteses, mas sem grande profundidade. O trabalho duro tirava as pessoas da cama cedo e as levava para a cama cedo também. Joaquim bocejou, e Amelie lhe serviu mais café.

Quando o jantar terminou, Jane E. lavou a louça, como sempre fazia. Amelie guardou a comida e limpou o chão. Joaquim saiu e voltou com mais lenha para o fogão e a lareira. Os três já iam se retirar para o quarto, quando batidas fortes na porta os levaram rapidamente à sala. Joaquim abriu a porta. O coração de Jane E. quase parou. *Mountie* Julian e Sheila entraram.

– Boa noite. – Ele fez um rápido cumprimento, batendo no chapéu.

– O que aconteceu? – Amelie levou as mãos ao rosto.

Sheila abraçou Jane E.

– Elsa desapareceu.

– Quando? – perguntou Joaquim.

Sheila soltou-se da amiga.

– Foi depois do jantar. Ela comeu conosco. Parecia chateada. Disse que ia para cama cedo, mas, quando fui dar boa-noite agora há pouco, ela não estava na cama. Lily já dormia. Pedi a Violeta que ficasse com ela, e o pastor foi chamar o *mountie*. – O tom de voz afobado fez com que as palavras se atropelassem.

– Notou alguma coisa diferente em Elsa hoje? – perguntou Julian a Jane E.

A professora balançou a cabeça negativamente.

– Ela é sempre mais calada, mas não estava agindo diferente.

– Viemos aqui primeiro. Achamos que procuraria alguém de confiança. – *Mountie* Julian aproximou-se de Jane E. – Ela tem alguma amiga, para onde pudesse ter ido?

– Ela admira Sara. Será que foi para o sítio Hebron? – O estômago de Jane E. se revirava.

Mountie Julian virou-se para Sheila e bateu no chapéu.

– Fique aqui, que vou mais rápido sozinho. Deixei meu cavalo na frente da igreja – disse ele, saindo apressado.

– Querem um chá? – perguntou Amelie, indo para a cozinha sem esperar pela resposta.

Joaquim colocou lenha na lareira e saiu de fininho atrás da mulher.

– O que acha que aconteceu? – Jane E. puxou a amiga para o sofá.

Sheila balançou a cabeça e enxugou uma lágrima.

– Ela ainda está estranha, desde que voltei. É como se eu fosse uma outra pessoa para ela.

– Elsa sente falta do pai. Quando vê você, pensa nele e se lembra de que ele nunca mais vai voltar.

– Eu sei, mas achei que estivesse mais feliz com a atenção que o sr. Wilson dá para ela.

Jane E. esfregou as mãos.

– Você contou a elas que planeja se casar com ele?

– Ainda não. Queremos que seja surpresa. Só o pastor e você sabem.

– Onde o sr. Wilson está, a propósito? – perguntou Jane E.

– Foi a Edmonton para visitar Alana e Gabriel. A mãe dele também está por lá, visitando uma prima. – Sheila soltou um soluço e entrelaçou os dedos.

Jane E. passou o braço pelo ombro da amiga.

– Será que Elsa está confusa com seu relacionamento com o sr. Wilson?

Sheila arregalou os olhos.

– Pode ser. Durante o jantar ela perguntou por ele, e eu disse que tinha viajado. – A mulher se colocou de pé e andou pela pequena sala. – Acha que Elsa pensa que ele foi embora?

– É provável. Quem seria mais próximo do sr. Wilson aqui em Harmony? – Jane E. levantou-se e levou as mãos à cintura.

Amelie chegou com uma bandeja com xícaras.

– Os sogros do sr. Wilson, Nita e Raini. Nita e Alana cuidaram das suas filhas quando elas surgiram em Harmony, como sabe – disse Amelie, colocando a bandeja na mesinha de chá.

Sheila apertou a testa com os dedos.

– É uma possibilidade.

Amelie chamou o marido, que veio da cozinha.

– Joaquim, tente encontrar o *mountie* e vão até a casa de Nita e Raini.

– Vou agora mesmo. – O homem puxou o casaco do cabideiro perto da porta e saiu.

Sheila segurou as mãos de Jane E.

– Por que tudo tem que ser tão difícil? Não sobrevivi ao terror de passar semanas com bandidos, para agora perder minha filha.

Jane E. engoliu em seco. Com uma oração silenciosa, ela pediu que *mountie* Julian chegasse a tempo de evitar que algo ruim acontecesse à Elsa nas estradas e campos escuros de Harmony.

Capítulo 8

Será que penso muito em mim mesma, diário? Vi minha amiga sofrer sem saber o paradeiro da filha pequena e, mesmo assim, fiquei imaginando o que meu pai sentia com a ausência da própria filha. Não só isso, ainda me deixo consumir pela raiva de ter a herança retirada, a herança que é minha por direito. A justiça me falhou. Então, olhei para Sheila com as costas encurvadas, os cotovelos apoiados nos joelhos, chorando baixinho por Elsa, e me detestei. Uma atitude deveras patética de quem carrega o pecado do pai para onde vai, como se fosse um caracol. O peso atrasa meus passos, que agora são lentos. Tudo é muito mais penoso.

(Anotação do diário de Jane E.)

Jane E. levantou-se da poltrona e deu a volta na mesinha de chá, colocando-se ao lado de Sheila, que espiava pela janela.

A noite encobria qualquer movimento no jardim e na estrada. Mais de uma hora já tinha se passado, e nem sinal de *mountie* Julian ou Joaquim. Amelie andava de um lado para outro, como se procurasse alguma coisa para fazer que adiantasse o tempo. Ela veio da cozinha com um bule e repôs água quente nas xícaras.

– Não vou me perdoar se algo acontecer a Elsa. – Sheila soltou um soluço angustiado e apoiou a testa no vidro da janela.

Jane E. apertou o ombro da amiga.

– Não acredito que ela tenha ido muito longe ou para algum lugar desconhecido. Não depois do que ela e Lily passaram.

Sheila virou-se para Jane E.

– Será que eu não soube ler os sinais de que ela estava sofrendo mais do que eu imaginava, por causa da perda do pai?

Se eu recebesse a notícia da morte do meu pai hoje, não acho que minha reação seria de grande tristeza. Os ombros de Jane E. ficaram caídos. Precisava se policiar para não projetar na situação de Sheila e Elsa a mágoa que ela mesma sentia.

– Nunca sabemos ao certo o que as pessoas sentem. Muitas vezes, elas próprias não sabem explicar seus sentimentos.

Sheila balançou a cabeça ligeiramente.

– Verdade. Esses últimos meses foram um pesadelo para nós; ao mesmo tempo que foi tudo real, parece fruto da imaginação.

Amelie foi até a porta e a abriu.

– Espero que Joaquim tenha encontrado *mountie* Julian. Não estamos tão longe do sítio Hebron e do sítio de Raini e Nita. – Ela começou a fechar a porta, quando soltou um gritinho. – Estou ouvindo cavalos!

Jane E. e Sheila correram para a porta. As três mulheres se aglomeraram na passagem.

– Sim, são cavalos. – Sheila correu pelo caminho no jardim. – Dois cavalos. Consigo ver. – E saiu apressada na direção do som.

Amelie levou a mão à boca e deu um suspiro.

– Espero que tenhamos uma boa notícia.

O desejo de Amelie foi confirmado quando o choro de alegria de Sheila chegou até Jane E.

– Ah, graças a Deus! – A dona da casa disse.

A professora e Amelie se abraçaram, saindo em seguida pelo caminho escuro do jardim. Sheila puxou Elsa da sela de *mountie* Julian e, ajoelhando-se, abraçou a filha.

– Elsa, querida, que bom que está bem. – O choro da mãe era uma mistura de angústia liberada e alegria.

– Venham, entrem todos. Vocês precisam se aquecer. – Amelie virou-se e entrou na frente.

Jane E. abraçou Sheila e Elsa, e as levou para o sofá. Pegando duas mantas de um balaio ao lado da lareira, enrolou-as com cuidado. Ela preparou um chá na mesinha e deu uma xícara para a mãe e outra para a filha. Ao ver Julian parado à porta, Jane E. o convidou a entrar. Ele tirou o chapéu, colocando-o debaixo do braço, e fechou a porta.

– Onde Elsa estava? – Jane E. olhou para ele.

– Na casa dos avós de Alana. Ao que tudo indica, Elsa se perdeu uma parte do caminho, e Aurora, o cachorro-lobo de vô Raini, a achou perambulando próximo ao sítio. – Ele apertou os olhos, nitidamente cansado.

– Venha, sente-se aqui. – Jane E. apontou para a poltrona e correu à cozinha, voltando com mais uma xícara. Preparou um chá para o *mountie*. – Onde está Joaquim?

Jane E. sentou-se ao lado de Sheila e Elsa. Amelie entrou na sala com uma cesta cheia de biscoitos. Ouviu com atenção a explicação do oficial.

– Ele foi avisar à Violeta e ao pastor que achamos Elsa. – Julian bebeu longos goles do chá e aceitou um biscoito de Amelie.

– Não sei como agradecer, *mountie* Julian. Mais uma vez, você salvou alguém da minha família. – Sheila enxugou uma lágrima e abraçou a filha, que soluçava baixinho.

Jane E. examinou o rosto de Julian na iluminação amarelada dos lampiões. Era a primeira vez que o esquadrinhava. Os olhos castanho-claros eram tranquilos, como um lago límpido de verão. A testa era forte e emoldurada pelo cabelo castanho curtíssimo. Os lábios dele pareciam estar sempre sorrindo, como se nada o abalasse. Jane E. notou também suas mãos fortes, com um dedo mínimo ligeiramente torto, talvez resultado do seu dever de cumprir a lei. Quantas pessoas como Sheila ele já teria salvado? O que o motivava a seguir uma profissão tão perigosa?

Jane E. tinha curiosidade em saber se os pais dele o apoiavam. Como seria sua família?

Mountie Julian olhou para mãe e filha, o sorriso aumentando no rosto sossegado.

– O que faço é por convicção, com alegria. Ver vocês duas juntas dispensa agradecimentos.

Foi com dificuldade que Jane E. tirou os olhos de Julian e ajudou Amelie a reabastecer as xícaras de chá.

O *mountie* terminou sua bebida e se levantou.

– Bom, preciso ir andando. Preciso escrever um relatório sobre o caso. – Ele pegou o chapéu do colo e se levantou, entregando a xícara para Jane E.

Uma onda de agradecimentos acompanhou o *mountie* até a porta. Jane E. olhou para Amelie, que lhe fez um sinal com a cabeça na direção de Julian. Ela entendeu a indireta. Os bons modos exigiam isso de Jane E., ou ela decidiu crer que sim.

– Eu o acompanho até o portão.

O *mountie* sorriu e fez um gesto para Jane E. passar na frente. No caminho de pedra entre as árvores, eles seguiram até a cerca branca, onde o cavalo estava amarrado. Jane E. inspirou o ar noturno e correu os olhos pelo céu estrelado. Julian desamarrou a corda do animal e virou-se para ela.

– Uma noite intensa para mãe e filha.

– Não faço ideia do que Sheila passou nas mãos dos bandidos. Imaginar que o mesmo poderia ter acontecido à Elsa... – Ela balançou a cabeça de um lado para o outro.

O cavalo relinchou, e Julian afagou o pescoço robusto do animal.

– Basta um momento para a vida dar uma reviravolta. Planos, sonhos, tudo pode ir por água abaixo.

Jane E. levou a mão ao lado esquerdo do seu peito, o vestido grosso impedindo o contato com a pele sensível.

– Um minuto no lugar errado, e tudo fica de cabeça para baixo.

Mountie Julian fixou o olhar no de Jane E.

– Um bom motivo para nos despirmos de todo o peso, para trilhar o caminho da vida com mais leveza.

Por mais que Jane E. acreditasse na verdade contida naquelas palavras, praticá-la era uma tarefa quase impossível.

– Seria o ideal.

Julian colocou o pé no estribo e montou no cavalo. Jane E. se afastou, recuando alguns passos.

– Tenha uma boa noite, e obrigada por tudo.

Ele controlou a rédea. Jane E. teve a impressão de que Julian queria dizer alguma coisa além da despedida. Ela esperou. O barulho dos grilos e cigarras encheu a noite estrelada. Virando-se, ela seguiu em direção à porta da casa.

– Senhorita Bell. – A voz dele era firme. Ela voltou-se para ele e esperou. O cavalo balançou a cabeça, afoito para sair. Julian segurou a rédea com firmeza. – Gostaria de saber se no domingo posso acompanhá-la na volta da igreja.

O coração dela deu um salto. Era a surpresa do convite ou mais alguma coisa? Talvez a ansiedade da noite cobrava seu preço. Jane E. desejou não ter que responder ao pedido. Quais as consequências se ela aceitasse o convite? Ela estaria pronta para o que viesse depois?

Grata por Julian não poder ver seu rosto, que queimava, ela disse:

– Gostaria da sua companhia.

Jane E. virou-se rapidamente e correu para dentro de casa. Fechou a porta e encostou-se na madeira lisa. Ela ouviu os cascos do cavalo a galope. Três pares de olhos curiosos a encararam.

O que fui fazer, meu Deus?

Capítulo 9

Eu vejo bondade nos olhos de mountie Julian. Diário, não entendo por que ele me fez o convite. Dois domingos seguidos – onde estou com a cabeça? Se ele soubesse de mim, da marca vergonhosa, o que diria?

Não sou uma pessoa de muitos amigos. Sheila é a mais chegada. Gosto de Yael, mas ainda somos distantes. Mas uma amizade com o mountie*? Não sei nem se é possível amizade entre um homem e uma mulher. Deixei-me levar pelo momento. Ele foi tão corajoso em salvar Elsa, em salvar Sheila! Como seria ter uma coragem assim? Ele enfrenta o perigo; eu corro de conflito. Não foi isso que fiz? Fugi do meu pai. Sou covarde. Julian vai se decepcionar. Não posso deixar que isso aconteça. Ele não merece. Ele não me merece nem como amiga.*

(Anotação do diário de Jane E.)

As paredes da sala de aula pareciam comprimir a professora. As carteiras aglomeradas no pequeno espaço lembravam Jane E. de que uma reforma da escola era urgente.

Limpando o quadro-negro com um pano, ela repassou na memória o vexame de ter aceitado que *mountie* Julian a acompanhasse até em casa no domingo. Felizmente, Jane E. conseguira desviar o assunto quando Sheila e Amelie perguntaram por que ela estava com o semblante assustado depois que se despediu dele.

Aproveitando o assunto da noite anterior, que era a fuga e o retorno de Elsa, Jane E. lhes dissera que o dia tinha sido cheio de emoções. Logo Joaquim chegara e levara mãe e filha para casa. Amelie tinha ido para a cozinha lavar a louça, e Jane E. correra para o quarto quando a mulher afirmara que não precisava de ajuda.

Ali na sala de aula, Jane E. era a mesma pessoa que os moradores de Harmony conheceram. Aquela que *mountie* Julian conhecera. Eles tinham olhos bondosos para ela, embora ela não merecesse.

A porta abriu-se com violência, e Nathan entrou com os meninos gêmeos. Jane E. deixou o pano de lado e foi para a porta receber o restante da turma.

– Bom dia. Tomem seus lugares, mas não se empurrem.

Sara entrou, acompanhada de duas amigas asiáticas, filhas de construtores da ferrovia. Ela aproximou-se da professora com as mãos na cintura.

– Esses meninos são uns bobalhões.

– O que aconteceu? – Jane E. olhou de Sara para Nathan e seus amigos, que cochichavam alguma coisa.

A moça mirou o irmão e fez uma careta.

– Eles ficam dando susto em nós, dizendo que os bandidos da ferrovia vão nos sequestrar.

– É só brincadeira, professora. – Nathan passou a mão pela testa suada.

Os outros alunos começaram a falar ao mesmo tempo, uns colocando mais medo nas meninas.

Jane E. deu-lhes uma ordem para ficarem calados. Ela aproximou-se da escrivaninha, passou o dedo indicador pela gola alta do vestido.

– Isso não é assunto para brincadeira. – Jane E. notou o semblante preocupado de Elsa e Lily. – Algumas crianças aqui foram separadas dos seus pais.

– Os meus morreram, e um gavetão me sequestrou – Nathan disse.

– Cafetão, Nathan. Você nunca aprende. – Sara revirou os olhos. – Mais um motivo para você não fazer esse tipo de brincadeira de mau gosto.

As crianças começaram a tomar partido de Sara ou Nathan, uma falando mais alto que a outra.

Jane E. balançou a mão no ar.

– Quietos, todos vocês. Não devemos tratar de coisas sérias em tom de brincadeira.

– *Mountie* Julian vai matar todos os bandidos – Nathan declarou.

– Não acho que ele consiga fazer isso. – Sara colocou as mãos na cintura e empinou o nariz.

Por que tudo parecia desandar? Jane E. se achava tão experiente como professora, mas, naquele momento, sentiu-se incapaz de colocar ordem na sala. Um desânimo desceu sobre ela, como uma forte neblina de inverno. Abrindo a janela, ela abanou-se e se sentou, apoiando a cabeça nas mãos.

– Professora? – A voz era de Elsa.

– Viu o que você fez com ela? – Sara acusou o irmão.

Jane E. já tinha passado tempo o suficiente com aquelas crianças, para conhecer cada voz, cada jeito. Naquele momento, porém, ela não sabia o que fazer – a sala apertada era uma realidade tão diferente da sua! Como realizar sonhos quando tudo lhe escapava?

O plano de aula que preparara com tanto cuidado foi deixado de lado. Jane E. disse aos alunos que lessem qualquer livro que quisessem. Designou Sara para ler aos menores, enquanto os outros puxavam da estante aquilo que lhes interessava.

O dia se arrastava, como se mãos invisíveis segurassem os ponteiros do relógio na parede. Jane E. chegou a duvidar de que ele estivesse mesmo funcionando. Quando finalmente ela os despediu no meio da tarde, a primeira coisa que fez foi desabar em sua cadeira, cruzar os braços em cima da escrivaninha e descansar a cabeça, que parecia uma bigorna.

A batida na porta a fez dar um longo suspiro. Na certa, alguma criança esquecida voltava para buscar o que largou para trás.

– Entre. – Sua voz se arrastou mais do que o tempo no relógio.

Yael abriu uma fresta e enfiou a cabeça.

– Está ocupada?

Jane E. levantou-se. Seria bom conversar com outro adulto.

– Não. Entre, por favor.

Yael entrou, desviando-se das carteiras.

– Estão mesmo bem apertados aqui.

Jane E. fez um sinal para que ela se sentasse.

– Bastante.

Yael olhou de um lado para o outro e ajeitou a mecha de cabelo que se soltava do coque.

– Fico até constrangida de lhe pedir um favor.

– Em que posso ajudá-la? – Jane E. sentia-se incapaz de ajudar a si mesma, que dirá aos outros. Yael era tão corajosa!

Yael inclinou o corpo para frente.

– Sabe a Noélia?

– A mulher cujos filhos não frequentam a escola?

– Essa mesma. O marido deu permissão para que os mais velhos frequentem. – Yael sorriu como se trouxesse a melhor notícia do ano.

Jane E. forçou um sorriso, mas seus olhos estavam fixos nas carteiras aglomeradas na sala.

– Que novidade!

Yael levantou-se e colocou as mãos na cintura.

– Precisamos dar um jeito nesta sala. Com a primavera chegando, podemos pedir aos homens que construam uma cobertura lá fora, mesmo sem paredes. Assim daria para dividir a classe; uns ficam do lado de fora, outros dentro. Depois, revezam.

Jane E. considerou a ideia. O problema era que teria de se dividir para dar conta dos dois grupos. Ou Sara poderia ajudar.

– Com o início do plantio, os homens terão tempo?

– Se for só a cobertura, eles fazem em um fim de semana. O problema seria fazer paredes, piso e janelas – Yael explicava, fazendo movimentos com as mãos.

– Quanto custaria? – Ela pensou na fortuna à qual não mais tinha acesso. – Tenho certeza de que cada família poderia doar um pouco de madeira.

O entusiasmo de Yael não foi o suficiente para animar Jane E. O que, porém, ela diria? Que a ideia era paliativa, e que logo precisariam de mais espaço interno para quando o frio voltasse?

– Podemos tentar, sem dúvida.

– No domingo, converso com os outros membros do nosso grupo de assistência. Nem precisamos falar com o prefeito de Belleville para isso. Deixamos o problema maior para depois. Assim, podemos nos organizar. Seria bom resolvermos isso antes da semana que começa o plantio. – Yael ajustou o casaco. – Vou andando.

Jane E. aproximou-se dela.

– Só mais uma coisa. – Ela explicou a brincadeira de Nathan e a reação de Sara. – Talvez fosse bom conversar com Nathan. Sei que ele próprio passou por uma situação terrível.

Yael deu um suspiro.

– Ele quer provar que não é mais criança, então fica contando vantagem sobre o sequestro.

– Ele disse também que *mountie* Julian pode matar todos os bandidos. – O nome do oficial pareceu um pequeno favo de mel em sua boca.

– Posso dar uma ideia?

Jane E. assentiu.

– Claro.

– Por que não convida o *mountie* para falar com seus alunos? Talvez os ajude a entender o que realmente acontece em Harmony.

Chamar Julian à escola. Mais uma oportunidade de estarem juntos. Jane E. poderia fazer aquilo pelas crianças.

– Boa ideia. Obrigada pela sugestão.

– Bom, tenho que correr. Sara mal chegou da escola e já teve que cuidar de Zach. Mas eu precisava conversar com você sobre os filhos de Noélia.

Yael despediu-se e deixou a pensativa professora considerando como seria trabalhar com duas turmas distintas. Sem dúvida envolveria Sara em seu planejamento. De repente, o mais difícil não era esse o grande desafio. O mais difícil seria convidar Julian para falar à sua turma. O que ele pensaria?

Os olhos do *mountie* surgiram com clareza em sua mente. Ele sorriria para Jane E. e aceitaria o convite de bom grado, o que a deixava mais nervosa ainda.

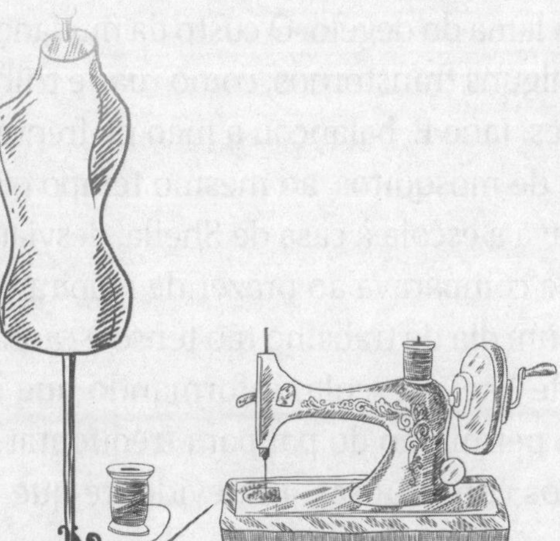

Capítulo 10

Tenho uma amiga. Diário, essa é minha primeira amizade desde os 12 anos. Desde o dia fatídico. Depois daquele dia, meu pai cortou minhas amizades. Não eram adequadas, segundo ele. A verdade era que ele tinha medo de que eu confidenciasse o nosso segredo. O segredo que carimbou meu peito. Ainda preciso me acostumar com amizade verdadeira. Há muito que desejo dizer à Sheila. Há muito que não tenho coragem de dizer. Como, porém, ter um relacionamento mais profundo sem mostrar as feridas? Não sei a resposta. Gostaria de tê-la um dia.

(Anotação do diário de Jane E.)

A primavera era cheia de caprichos, com os dias mais longos e muita lama do degelo. O custo da mudança de estação causava alguns transtornos, como ruas e trilhas escorregadias, e insetos vorazes. Jane E. balançou a mão na frente do rosto, espantando a nuvem de mosquitos, ao mesmo tempo que ziguezagueava a trilha que ligava a escola à casa de Sheila, desviando-se das poças. Nada, porém, se comparava ao prazer de respirar o ar fresco, ainda mais depois de um dia de trabalho tão tenso e cansativo.

A visita de Yael à escola, informando que os dois filhos de Noélia tiveram permissão do pai para frequentar as aulas, lhe gerou sentimentos conflituosas. Era evidente que Jane E. desejava ensinar todas as crianças de Harmony, mas a restrição de espaço colocava um freio em sua vontade. A sugestão de Yael de levantarem uma cobertura simples para acomodar algumas crianças não era má, mas a professora teria que se desdobrar, indo da sala para o espaço externo. A opção de convidar Sara para ajudar era boa, mas a jovem ainda precisava fazer suas próprias tarefas na escola.

Levantando a saia do vestido e a sacola cheia de livros, Jane E. pulou uma enorme poça. Os mosquitos aproveitavam as mãos ocupadas dela, para sugar o sangue em seu pescoço e de qualquer outra parte do corpo à mostra, que eram poucas. Aproximando-se da casa de Sheila, Jane E. bateu à porta e foi logo atendida por Elsa.

– Oi, professora! – A menina segurou a porta, e sua irmã mais nova esgueirou-se para o lado de fora. – Lily, a mamãe não quer que a gente saia.

Lily segurou Jane E. pela mão e a levou para dentro de casa.

– Minha mãe está na cozinha.

– Não estou incomodando, estou? – A professora só teve tempo de jogar a sacola em uma das duas poltronas da pequena sala e foi sendo arrastada pelo corredor.

– Ela está fazendo pão e eu estou ajudando. – Lily sorriu, dois dentes novos surgindo na boca vermelha.

– Ajudando você não está. – Elsa seguia logo atrás.

Jane E. entrou na cozinha, que tinha um fogão à lenha com duas bocas e uma mesa e quatro cadeiras. Os poucos utensílios domésticos estavam acomodados em um caixote de madeira. A professora lembrou-se da cozinha dos Bell em Montreal, com um fogão esmaltado, panelas de cobre, água encanada e uma cozinheira que fazia as melhores receitas da França.

Sheila amassava pão na mesa coberta de farinha. Levantou a cabeça e correu o antebraço pela testa com manchas brancas.

– Jane E., que surpresa boa. – Virando-se para Elsa, a mãe pediu que ela limpasse a cadeira para a amiga.

– Não queria incomodar. – Jane E. sentou-se.

Apertando a massa com as mãos, Sheila sorriu.

– Somos amigas. Você nunca incomoda.

Você é um transtorno, a voz do sr. Bell invadiu sua mente. Ela surgia nos momentos mais inoportunos. Sim. Jane E. sabia muito bem a que o pai se referia.

– Vim ver se você está bem depois do susto.

– Mamãe levou susto? – Lily pegou na mão da professora. – Foi Nathan?

– É porque eu sumi. – Elsa abaixou a cabeça.

– Elsa fugiu de casa. – Lily olhou para Jane E. e fez uma cara de choro.

Sheila bateu a massa na mesa.

– Chega. Vão fazer a leitura de vocês no quarto.

Jane E. sentiu-se mal pela amiga e pelas filhas. Era difícil imaginar o que Sheila estava passando com o luto pela morte do marido, seguido de sequestro e cativeiro nas mãos de bandidos, e a fuga de Elsa. Era injusto que Jane E. viesse de tanta fartura e não pudesse ajudar sua melhor amiga. Seu pai a chamaria de louca se ela sugerisse usar seu dinheiro para tirar Sheila e as filhas daquele casebre.

Sheila cobriu a massa com um pano, limpou as mãos no avental e encheu um copo de água da talha, oferecendo-o a Jane E.

– Está tudo bem?

O carinho e a preocupação na voz de Sheila deixaram Jane E. constrangida.

– Sim, estou. Foi um dia agitado.

Puxando a outra cadeira, Sheila sentou-se de frente à amiga.

– Quer me contar?

Sheila era sensível ao modo reservado de Jane E. Era a única que conseguia adentrar a armadura que a professora usava.

– Vou receber mais crianças na escola – ela contou da ideia de Yael.

– A primavera está chegando. As crianças vão achar bom ficar ao ar livre.

– Vou ter que me dividir entre as duas turmas. Não quero fazer um trabalho desleixado. – Jane E. colocou o copo na mesa.

– Todos em Harmony estão empenhados em melhorar a escola. James me disse que quer ajudar. Todos empenhados, e eu impossibilitada de contribuir.

– Quando ele volta?

– No sábado. – Sheila brincou com a barra do avental. – Sinto falta dele.

Jane E. bateu na mão da amiga.

– Fico muito feliz por você. Conversou com Elsa?

– Ela ficou surpresa. Lily fez uma festa com a notícia do casamento. Elsa não demonstrou, mas sei que está feliz. Ainda muito contida.

– Elsa se apegou ao sr. Wilson. Talvez ela não saiba se expressar direito.

– Deve ser uma confusão na cabeça dela.

Uma batida na porta interrompeu a conversa das amigas. Sheila foi atender. Jane E. lavou o copo em uma bacia. Pegou um pano de prato e começou a enxugá-lo. A voz grossa que chegou aos seus ouvidos fez seu coração saltar. Com o pano e o copo nas mãos, ela virou-se para a o corredor quando ouviu passos.

Sheila entrou, e logo veio o homem de jaqueta vermelha e chapéu. O sorriso de *mountie* Julian cresceu ao ver Jane E.

– Boa tarde. – Ele tirou o chapéu e fez um cumprimento com a cabeça.

– Sente-se. – Sheila apontou para a cadeira.

Ele hesitou. Seus modos não lhe permitiram sentar-se, enquanto duas mulheres ficavam de pé. Jane E. percebeu a hesitação dele e se sentou, fazendo um movimento com a mão para ele fazer o mesmo.

– Vejo que estão ocupadas. – Ele olhou para a mesa cheia de farinha.

Sheila pegou uma lata do caixote e abriu a tampa.

– Aceita um biscoito?

Julian olhou para a anfitriã, depois para a lata, e então de volta para a anfitriã. Jane E. pegou a lata da mão da amiga e a aproximou do *mountie*.

– Sheila faz biscoitos maravilhosos.

A risada de Lily chegou à cozinha e, segundos depois, uma repreensão de Elsa. Julian pegou um biscoito e agradeceu.

– Vim verificar se está tudo bem. – Ele partiu o biscoito ao meio e colocou uma metade na boca.

– Sim. E, mais uma vez, obrigada. – Sheila devolveu a lata para o caixote.

Jane E. levantou-se, e o *mountie* colocou-se de pé rapidamente. Ela ajeitou o casaco e disse:

– Preciso ir antes que escureça.

– Permita-me acompanhá-la. – Julian recolocou o chapéu.

Jane E. abaixou a cabeça. Sheila deu um breve abraço na amiga e virou-se para o oficial.

– Boa ideia. Não é bom arriscar.

As meninas tiveram permissão da mãe para se despedirem de Jane E. Lily fez uma festa com *mountie* Julian, insistindo que gostaria de andar a cavalo. Sheila cortou o assunto e acompanhou os dois à porta.

Julian pegou a sacola de livros da mão de Jane E. e puxou o cavalo pela rédea no caminho.

– Teve um bom dia de trabalho hoje?

Jane E. entrelaçou os dedos graciosos.

– Alguns desafios, mas nada comparado aos seus, imagino.

O cavalo pisava nas poças e espirrava água escura, mas Julian não parecia se importar com os respingos na bota e na calça.

– O que você faz é muito importante. Só é diferente do meu trabalho.

Ela olhou para ele.

– Sem a proteção dos *mounties*, não haveria segurança para as escolas.

– Sem professoras, não haveria *mounties*.

Jane E. relaxou os ombros. Ela encheu-se de coragem.

– Você poderia conversar com minha turma algum dia desses? Isto é, se não estiver ocupado.

– Sobre alguma coisa específica? – Ele controlou o cavalo, que balançava a cabeça, impaciente com o passo lento.

Jane E. contou-lhe sobre a conversa de Nathan e o susto que dera nas meninas.

– Não é para assustar as crianças, claro. Algumas já passaram por coisas terríveis.

– Será um prazer ajudá-la.

Jane E. avistou a casa de Amelie. Por um momento, desejou que não estivessem tão próximos do fim do caminho. Ela estendeu a mão, pedindo a sacola. Ele balançou a cabeça negativamente e disse que a carregaria até o portão.

Jane E. arrumou o coque, enfiando uma mecha fina do cabelo que tinha escapado. Eles chegaram ao portão e, ainda segurando a sacola, o *mountie* amarrou a rédea do cavalo na cerca. Ela estendeu a mão novamente, e Julian lhe entregou a sacola. Com um movimento rápido, ele levou sua mão ao rosto de Jane E. Ela ficou paralisada.

Ele trouxe o dedo em pinça.

– Um mosquito.

Jane E. passou os dedos no calombo que tinha ficado.

– Eles estão famintos.

Mountie Julian bateu os calcanhares, levantou o chapéu e fez o típico cumprimento com a cabeça.

– Entregue em segurança.

– Obrigada.

– Espero que minha companhia hoje não cancele nosso passeio de domingo. – Ele sorriu.

Para ela aquilo era um passeio? Jane E. apertou a sacola de livros no peito.

– Até domingo. – Ela virou as costas e correu para a porta.

Capítulo 11

Não é fácil para mim confessar isso, nem mesmo nas folhas de papel: mountie Julian me deixa constrangida. É estranho, porque gosto da presença dele. Ele é calmo, tranquilo. Porém, não sei direito o que falar nem como me comportar. As regras sociais do meu mundo passado não se aplicam a Harmony. As pessoas aqui são mais livres dessas convenções, essas que me aprisionam. O calombo no meu rosto causado pelo mosquito está coçando muito. É uma constante lembrança dos dedos de mountie Julian na minha pele. A sensação é boa.

Quem diria que a picada de um mosquito fizesse todo o meu rosto esquentar?

(Anotação do diário de Jane E.)

– Nathan, Sara não vem à aula hoje? – Jane E. distribuiu os livros de leitura em cada carteira.

O menino correu a mão pela testa suada, a voz mudando de grossa para fina, arrancando risada de algumas meninas.

– Ela está lá fora.

– Por quê?

Ele deu de ombros e fez uma careta de língua para as meninas.

– Ela rasgou o vestido.

Jane E. apertou a testa com os dedos. O que Nathan teria aprontado?

– Leiam dois capítulos da história. Os mais velhos devem ler para os mais novos. – Ela correu até a escrivaninha, abriu uma gaveta e tirou uma sacolinha de veludo. – Volto já.

Saindo da sala, Jane E. encontrou Sara debaixo de uma árvore, chorando. Ela aproximou-se da menina e tomou sua mão.

– O que houve?

Sara virou-se e mostrou o rasgo na costura do vestido, à altura das costas.

– Rasgou em um galho. – Ela limpou os olhos com os dedos.

Jane E. abriu a sacolinha e tirou agulha e linha.

– Vou costurar para você.

A moça olhou de um lado para o outro.

– Aqui? Não posso tirar o vestido.

– Não precisa. Só vou desabotoá-lo um pouco. Venha para trás da árvore.

Sara fez o que a professora pediu. Com dedos ágeis, Jane E. fechou o rasgo com a pequena agulha.

– Não vai abrir. Quando chegar em casa, peça a Yael que costure à máquina.

A mocinha fez um contorcionismo para olhar o resultado da costura por cima do ombro.

– Obrigada!

As duas voltaram para a sala de aula. Para alívio de Jane E., os alunos liam. O vestido rasgado de Sara foi o único incidente do dia. Quando dispensou os alunos da aula, a professora suspirou e recolheu os livros e outros materiais usados em várias atividades.

Chegando em casa, Jane E. tomou café com Amelie e provou sua famosa torta de ruibarbo. As duas conversaram sobre trivialidades, como sempre faziam àquela hora do dia. Joaquim entrou com a correspondência. Jane E. o cumprimentou, sem se preocupar com os envelopes que ele segurava. Não era dia de receber um livro de sua mãe. Cartas, Jane E. não esperaria de nenhum membro de sua família. A carta de seu pai com ameaças estava guardada no fundo da gaveta, com o documento que o advogado tinha deixado.

Joaquim passou os envelopes, verificando os remetentes.

– Jane E. – Ele puxou o envelope e lhe entregou uma carta. – Esta é para você.

Amelie, que estava servindo uma fatia de torta para o marido, olhou para a professora.

– Da família?

Jane E. leu o remetente. Suas mãos gelaram. Ela se levantou, quase derrubando a cadeira.

– Sim. Se me dão licença, vou para o quarto.

Ela saiu apressada e trancou a porta. Sentou-se na cama. A garganta tinha secado. O que esperar de uma carta do seu pai, a não ser ataques ou ameaças?

Jane,

A esta altura você já deve ter recebido a visita do sr. Stilinski. Esta carta é para enfatizar que estou disposto a levar a cabo o bloqueio da conta bancária. Sua atitude vergonhosa de ir morar em um fim de mundo só pode ser explicada pela perda total do juízo.

Estou agindo de forma justa, e até enviei o sr. Stilinski para mostrar que estou disposto a recebê-la de volta em casa. Não há necessidade de você passar por dificuldades. Imagino que, agora, você deva estar considerando voltar para Montreal, já que não foi preparada para viver em condições sub-humanas.

Sua mãe continua com os desmaios, e Catherine sente falta da única irmã. Vamos esquecer as animosidades.

Seu pai.

Jane E. deixou a carta de lado e respirou profundamente. Os pulmões doíam como se mãos invisíveis estivessem apertando seu peito. Ela pegou a carta de novo, com os dedos trêmulos, e correu os olhos pelo texto. Condições sub-humanas? Jane E. olhou ao redor do seu confortável quarto. O que seu pai queria dizer com esquecer as animosidades? Certamente significava jogar mais poeira para debaixo do tapete. Ele nunca consideraria isentá-la de uma culpa que não tinha. Isso significaria que ele precisaria expor seu pecado. Jane E. apertou os olhos, levantou-se e correu para a janela, escancarando-a.

Debruçando-se no parapeito, ela preparou-se para vomitar. Inspirou. Expirou. O estômago se acalmou, mas não seus nervos. Olhou para o pomar no quintal. Precisava sair correndo, ziguezagueando entre as árvores de galhos nus com pequenos brotos de primavera. Nem gritar lhe era permitido. O que diria à Amelie? Logicamente ela e Joaquim tinham percebido seu mal-estar ao pegar a carta. O que Amelie teria ouvido da cozinha quando o advogado apareceu com ameaças, a mando do pai dela? Jane E. considerou compartilhar com a mulher uma parte do problema, mas temia perguntas. Perguntas que poderiam levar a questões profundas. À sua marca. Não era o momento.

Jane E. esticou o corpo, respirando pausadamente. Pegou a carta com as pontas dos dedos. Abriu a gaveta e a colocou no envelope das outras ameaças. Era sua coleção de veneno vindo do pai, o homem que um dia a chamara de princesa.

Uma leve batida na porta fez Jane E. fechar a gaveta com força e engolir o mal-estar que ainda subia pela garganta.

– Pois não?

A voz veio abafada. Era Amelie.

– Yael está aqui para falar com você.

Era uma péssima hora para visitas.

– Um minuto. Já vou.

– Certo.

Jane E. ouviu os passos de Amelie e vozes vindas da sala. Qual seria o motivo da visita de Yael? Alguma coisa sobre a escola? Nathan? A professora olhou-se no espelho. Os olhos estavam fundos como se ela tivesse chorado por horas, mas o choro estava preso no peito. Pegando uma toalha branca, Jane E. molhou a ponta na jarra de água e a pressionou no rosto. Os olhos ficaram mais vermelhos. Ela ajeitou no coque o cabelo impecável e saiu do quarto.

Yael cumprimentou a professora com um sorriso e um leve abraço.

– Desculpe-me pela visita inesperada.

Amelie pediu licença, dizendo que iria preparar um café. Jane E. fez um sinal com a mão para Yael se sentar no sofá.

– Alguma coisa com Nathan?

Yael balançou a cabeça.

– Não, não. Na verdade, é sobre o vestido de Sara.

Jane E. sentou-se de frente para Yael.

– O que tem o vestido?

– A costura que você fez. Impressionante!

Uma costura rápida, em um pequeno rasgo. O que tinha isso de impressionante?

– Não foi nada de mais.

Yael sentou-se na beira do sofá e entrelaçou os dedos no colo.

– Se você faz um reparo daquele jeito, imagino seu dom para costurar.

Não! Esse não era um bom assunto.

– Coisa boba. – Jane E. suspirou aliviada quando Amelie entrou com o café.

– Como vão as coisas no sítio Hebron? – disse a mulher, servindo duas xícaras.

Jane E. desejava, mais do que tudo, que a conversa tomasse outro rumo. Yael bebericou o café e deu uma breve atualização para a tia sobre cada membro da família.

– Que ótimo. Mande meu abraço a todos. – Amelie saiu da sala.

– Sara está me saindo uma ótima assistente. – Jane E. apertou as mãos fechadas no colo.

Yael deixou a xícara na mesa de centro.

– O sonho dela é ser professora. Você a inspira. Mas, voltando ao vestido...

Não tinha escapatória.

– São pontos simples.

– São pontos perfeitos. Por isso, tenho uma proposta.

Jane E. sentiu-se encurralada. Nenhuma proposta que envolvesse costura seria boa. Ela balançou a cabeça de um lado ao outro, as palavras presas em sua garganta.

– Eu e Sheila recebemos um pedido da diretora de uma nova escola de moças em Belleville, para confeccionarmos os uniformes. Não daremos conta de fazer tudo sozinhas. O pagamento é bom. Sei que é um trabalho extra para você, mas, na verdade, precisamos de ajuda.

– Amelie não se interessa em ajudar?

– Falei com ela, mas disse que anda cansada. Vó Nita costura bem, mas a artrite está avançando. Não conheço ninguém que faça esse tipo de ponto que você faz.

Recusar a proposta dificultaria o trabalho de Yael e Sheila. As duas tinham família para sustentar. Jane E. lembrou-se do casebre da melhor amiga. Quanto ela estaria disposta a deixar suas próprias dores de lado para ajudar?

– Talvez eu possa tirar umas horas. Trago a costura para cá e adianto o serviço.

– Minha ideia e de Sheila é trabalharmos juntas. Eu tenho a máquina de costura. Se você pudesse vir à minha casa, seria melhor, mas pode trazer a costura para os retoques finais. – Yael explicou em detalhes o trabalho que fariam. Eram vinte uniformes que deveriam ser entregues em um mês. – A diretora já me entregou o tecido e um esboço do que deseja. Ela disse que, se eu quiser sugerir um modelo diferente, tudo bem.

Jane E. fugira para tão longe de Montreal, contando em manter parte de sua vida em segredo! A costura poderia revelar muito mais do que simples pontos em uniformes de moças.

Poderia abrir um baú de lembranças que deveriam morrer.

Capítulo 12

Para todos os lados que olho, não vejo escapatória. Meu pai me pressiona de um lado, usando suas artimanhas carregadas de maldade. Por outro, vejo o sorriso de *mountie* Julian, sua coragem e gentileza.

Yael me fez uma proposta com vários desdobramentos possíveis. Ajudá-la significa ajudar Sheila. As duas mulheres dependem do trabalho para o sustento de suas famílias. Sheila mais ainda. Quando penso em seu casebre com uma janela e as prateleiras da cozinha praticamente vazias, meu coração aperta a ponto de quase parar. Além disso, as costuras são para uma escola de moças. Diário, fiz um esforço grande para não deixar transparecer no meu rosto a surpresa em saber de uma escola de moças em Belleville. Como será essa escola?

Vou confessar aqui, diário: por uma fração de segundos tive a ideia de me candidatar à vaga de professora. O pagamento deve ser bom. Belleville está crescendo e é a cidade mais importante da região. Mas como eu deixaria a escola de Harmony? Que tipo de pessoa sou eu ao sequer pensar em deixar meus alunos e suas famílias por causa de dinheiro? Eu estaria agindo como meu pai. Melhor seria voltar para casa e ter todo o meu dinheiro de volta. Poderia mandar quantias mensais para nossa escola aqui.

Isso tudo me passou pela cabeça, mas, vendo o rosto de Yael, lembrei-me de Sara e seu sonho de ser professora. Lembrei-me de Elsa, Lily, Nathan e, quem sabe, os filhos de Noélia, que nunca frequentaram a escola.

Se eu me for, quem ficaria no lugar? Eu seria desprezada pela minha falta de compromisso justamente em Harmony, onde as pessoas são dadivosas.

Para onde corro?

(Anotação do diário de Jane E.)

Jane E. examinou o rosto cheio de expectativa de Yael. Como ela poderia ajudar sem gerar mais curiosidade? Não tinha uma resposta. A imagem do rosto de Sheila veio à sua mente. O que significaria aquela oportunidade de trabalho para ela?

– Então, o que me diz? – O sorriso de Yael era contido, mas seus olhos brilhavam.

Jane E. suspirou e afrouxou o aperto das mãos.

– Acho que posso dispensar umas horas por semana, para ajudar.

Yael levantou-se do sofá e abraçou a professora.

– Obrigada. Vou me sentir mais confiante tendo outro par de mãos habilidosas para ajudar. Vou falar com Sheila. Podemos nos encontrar na minha casa amanhã depois da sua aula?

Yael foi em direção à porta de saída, e Jane E. a acompanhou.

– Sim. Passo lá amanhã.

Em seu quarto, Jane E. levou as mãos ao rosto, aturdida. Depois, abriu o armário e tirou sua pasta de couro, puxando o conteúdo para fora. Pegou uma das folhas com um desenho inacabado e fez uns retoques. Deixando o desenho de lado, Jane E. pegou uma folha em branco, colocou-a na cômoda e começou a desenhar freneticamente, fazendo linhas e sombreados com o lápis preto.

Uma batida na porta não foi o suficiente para fazê-la parar o traçado.

– Pois não?

A voz de Amelie passou pela porta e soou um tanto preocupada.

– Aquele senhor de bigode está aqui para falar com você.

Jane E. parou o lápis no papel e correu para a porta, abrindo-a.

– Homem de bigode?

– Sr. Stilinski. – Amelie fez uma leve careta com os lábios. – Vou fazer um café escaldante para ele. Espero que queime a língua. – A mulher deu meia-volta e saiu pelo corredor.

Jane E. apertou as mãos como se estivesse se preparando para dar socos no ar. Depois, ajeitou a blusa de gola alta e correu os dedos pelo cabelo preso. Ergueu a cabeça e foi para a sala.

– Senhorita Bell. – O advogado fez um gesto brusco com a cabeça.

– Estou ocupada. – Jane E. parou do outro lado da sala e cruzou os braços.

– Trago uma notícia que será do seu agrado – respondeu o sr. Stilinski, pegando a pasta de couro e tirando uma folha de papel, que entregou a Jane E.

Com desconfiança, ela correu os olhos pela folha, que trazia uma única frase e uma quantia de dinheiro.

– O que é isso?

– O generoso sr. Bell está disposto a ajudar a escola de Harmony. Essa é a quantia que ele reservou para construir novas salas. – O homem mexeu os lábios e o bigode parecido com um camundongo.

Jane E. teve a impressão de que iria entrar em combustão, tamanho o calor que sentiu subindo do peito ao rosto. Qual era o plano ardiloso de seu pai agora? Tudo ficou muito claro para Jane E.

– Você andou investigando a situação da escola? Anda investigando minha vida? Como ousa vir aqui com essa proposta cheia de segundas intenções? – A voz da jovem professora trouxe Amelie para a sala. A mulher parou a pouca distância do homem.

– Saia daqui! – Jane E. apontou o dedo para a porta. – Saia, antes que eu chame o *mountie*. – Seu coração disparava, como o de um beija-flor em pleno voo.

– Senhorita Bell, o que estou fazendo é parte das minhas obrigações de advogado.

– É melhor sair da minha casa. – Amelie aproximou-se do homem.

O sr. Stilinski pegou a pasta do chão e levantou a cabeça, indo em direção à porta. Ele virou-se para Jane E.

– A proposta estará de pé por um mês apenas.

Jane E. rasgou o papel em vários pedaços e os enfiou no bolso do paletó do advogado.

– Saia já.

O sr. Stilinski virou-se para sair e esbarrou no homem de paletó vermelho que entrava.

– Algum problema? – *Mountie* Julian olhou do advogado para as duas mulheres à porta.

– Não. Esse senhor já está saindo. – Jane E. manteve o olhar fixo no sr. Stilinski.

O advogado franziu o beiço, empinou as costas e passou pelo *mountie*.

Jane E., Amelie e Julian correram para fora. O homem subiu em um imponente cavalo e saiu pela estrada cheia de lama. Quando ele sumiu de vista, os três entraram na casa. Jane E. desmoronou na poltrona e cobriu o rosto com as mãos trêmulas.

– Senhorita Bell, o que aconteceu? Eu estava de passagem por aqui e o vi entrar. Não me pareceu amistoso.

– Vou buscar um café – Amelie anunciou e saiu para a cozinha.

Jane E. abaixou as mãos e cruzou os dedos no colo. Respirou profundamente para recobrar a sanidade. O *mountie* estava parado no meio da sala, com o chapéu debaixo do braço e as pernas semiabertas. A testa estava franzida e os olhos, tristes. Jane E. engoliu a saliva e passou o dedo pela gola sufocante do vestido. O que ela diria a *mountie* Julian? Como explicaria a presença de um advogado em casa?

– É uma história complicada de família. – Ela desviou o olhar para o chão de madeira encerada.

– Aquele homem estava importunando a senhorita? – O tom de voz era grave.

– Espero que ele não volte mais. – Jane E. sabia que a resposta era inadequada. Mas era melhor que nenhuma.

Amelie entrou com uma bandeja com xícaras de café e a deixou na mesa de centro.

– Preciso olhar as panelas no fogão. Fiquem à vontade – disse ela, saindo de modo tão discreto quanto entrou.

Jane E. ergueu a cabeça. Julian estava parado no mesmo lugar. Ela levantou-se, pegou a bandeja e a levou a ele. O *mountie* seguiu os movimentos dela e aceitou o café.

– Meu pai quer que eu volte para casa. – A bandeja tremeu levemente nas mãos da jovem.

Mountie Julian segurou a bandeja e a colocou de volta na mesinha.

– Por que não se senta?

Jane E. obedeceu. Suas pernas estavam bambas. O rapaz deixou a xícara na bandeja e se sentou na beira do sofá, olhando diretamente para ela.

– E a senhorita quer voltar?

– Não quero. Aqui é meu lugar. – Jane E. viu um leve sorriso começar a se abrir no rosto do *mountie*, mas ele logo o reprimiu.

– Seu pai teria poderes de levá-la à força?

Meu pai é o todo-poderoso de Montreal.

– Difícil explicar.

– Como posso ajudá-la?

Jane E. massageou a testa.

– Não sei.

– Senhorita Bell, muitas vezes nos vemos em situações que parecem não ter saída. Dividir com alguém nos ajuda a ver possibilidades. Por que não conversa com Amelie, Sheila ou Yael, se é que já não conversou?

– Não quero levar mais preocupação para elas. Sheila sabe um pouco, mas não falo tudo. Ela tem seus próprios problemas.

Mountie Julian ergueu as costas e deixou o chapéu no estofado.

– Eu ficaria honrado em saber um pouco mais, se isso a deixar à vontade. Quem sabe posso ajudar com alguma ideia?

Jane E. observou o rosto do *mountie*. E se ela contasse parte da sua história para ele com o intuito de achar uma lei que impedisse o importuno do advogado? Afinal, ele era um homem da lei. Ela entrelaçou os dedos.

– Poderia fazer uma consulta oficial. Sendo *mountie* e sabendo das leis...

Ele levantou o canto direito da boca em um leve sorriso.

– Claro, senhorita Bell, uma consulta formal. Pode ser na delegacia, se preferir. Será tudo confidencial. Podemos marcar para amanhã depois da escola?

– Tenho que passar no sítio de Yael a essa hora. – Jane E. fixou o olhar no dele.

– Se me permitir, posso pegá-la no sítio, e vamos para delegacia. – Julian pegou o chapéu e o apertou no colo.

– Está certo. Cinco horas?

Ele levantou-se e colocou o chapéu.

– Cinco horas. Busco a senhorita no sítio Hebron.

Jane E. passou os dedos pelo pescoço e se levantou, acompanhando o oficial até a porta.

– Obrigada, *mountie* Julian, por sua disposição em me ajudar.

Ele fez uma discreta continência.

– É uma honra. – Ele saiu apressado pelo caminho do jardim e montou no cavalo, partindo a galope.

Jane E. ficou à porta até que ele sumiu na curva da estrada. *Uma consulta formal com* mountie *Julian*. Ela repetiu para si a frase várias vezes, tentando se convencer de que essa era a natureza do encontro com ele.

Capítulo 13

Diário, fazia um tempo que eu não me colocava de joelhos em oração. Dizem que, se estamos distantes de Deus, nós que nos afastamos. Quando vemos o mal vencendo batalha atrás de batalha, a fé enfraquece. Pelo menos a minha. Já clamei a Deus; já chorei. Preferi então me calar. Porém, agora há pouco me pus de joelhos. Necessito de vários milagres. A escola em Harmony, a costura com Yael e Sheila, o dinheiro do meu pai e suas ameaças, mountie *Julian... são tantas situações que me puxam e empurram em várias direções! Sinto que vou acabar me rasgando como um pano velho.*

Pensando bem, diário, talvez eu precise de uma transformação para ter a fibra de um tecido resistente, igual ao do estofado da casa de Amelie.

Anotação do diário de Jane E.

Jane E. virou-se mais uma vez na cama e jogou a longa trança para trás do corpo. Sentou-se e abriu os dois primeiros botões da camisola, liberando o pescoço. Ela respirou profundamente e olhou para as sombras dos móveis em seu quarto. O sono a tinha deixado por completo, e seus olhos abriram-se como os de gato, tentando enxergar no ambiente escuro. Acender o lampião chamaria a atenção de Amelie e Joaquim. O que mais Jane E.

precisava era de uma noite reparadora de sono para enfrentar os desafios do dia seguinte: a sala de aula apertada, o encontro com Yael e Sheila e a consulta com o *mountie*. O que eles diriam se soubessem que seu pai tinha oferecido uma bela quantia para refazer a escola, e ela recusara a oferta? Era egoísmo? Se ela aceitasse a oferta (ou suborno) do pai, em poucas semanas Harmony teria uma bela escola. A comunidade poderia contratar uma professora menos enroscada em fios de problemas familiares e pessoais.

Jane E. abriu mais dois botões da camisola e passou a mão no peito. A marca estava lá, embora ela não a visse no quarto escuro. Poucas vezes Jane E. se olhava no espelho sem roupa ou sem o vestido devidamente abotoado. Para quê? Sempre se lembraria do pai e do pecado dele, assim como Hester Prynne olhava para sua letra escarlate e se lembrava do homem, anônimo para a sociedade, que a seduzira.

Com os dedos longos, Jane E. foi abotoando a camisola devagar. Virou-se para o lado da janela e contemplou o luar através da cortina fina. O silêncio da noite afagou a professora como mãos de mãe carinhosa, fazendo-a afastar os pensamentos dolorosos. Talvez Deus tivesse ouvido suas orações e quisesse lhe dar descanso naquela noite. Jane E. precisava de força emocional e física para as tarefas do dia que raiaria em poucas horas. Ela fechou os olhos e deixou que o afago da noite a embalasse.

O primeiro pensamento que veio à mente de Jane E. quando o galo cantou foi do encontro que teria com *mountie* Julian. Encontro, não; consulta. Por um lado, ela desejava contar-lhe parte de sua história para ele não pensar que a presença do advogado na casa de Amelie fosse por algum problema da parte dela. Por outro, esperava que ele pudesse lhe dar uma ideia para impedir as visitas inconvenientes do homem de bigode esquisito e intenções danosas.

Depois de um rápido café da manhã, a professora seguiu para o trabalho após garantir à Amelie que estava bem, apesar do confronto com o sr. Stilinski.

Para a consternação de Jane E., Noélia apareceu com um menino e uma menina. A professora recebeu com cordialidade as duas crianças tímidas, mas, ao olhar para a sala de aula lotada, cogitou novamente se deveria aceitar a proposta do pai. Esse seria seu sacrifício para que aquelas crianças tivessem melhores condições de aprendizado.

– Professora – Sara levantou a mão –, posso levar os mais novos lá para fora? Posso ler para eles.

De sua escrivaninha, Jane E. olhou para a menina sorridente e depois pela janela. O sol já não estava tão tímido, e tinha secado o gramado entre a escola e a igreja.

– Boa ideia. Leve a turma de seis a oito.

Sara levantou-se, e quatro crianças a seguiram. Da janela, Jane E. observou a movimentação na grama até que todos se sentaram ao redor de Sara.

Na hora seguinte, a professora trabalhou a lição de matemática e deu graças a Deus por Nathan e seus amigos estarem mais quietos. Ela passou de carteira em carteira, orientando os alunos.

Jane E. considerou um pequeno milagre que a aula tivesse chegado ao fim sem contratempos. Os próprios alunos pareciam perceber o esforço da professora em manter uma turma tão grande em um lugar tão pequeno.

Às três da tarde, ela tocou a sineta. Todo o barulho contido dos alunos explodiu, como se aquele badalar fosse um tiro dando início à corrida de cavalos afoitos na baia. As lancheiras de lata batiam nas carteiras de madeira como pequenos gongos; os pés calçados galopavam no chão empoeirado, e as risadas e gritinhos reverberavam pela sala apertada. As crianças se engarrafaram na porta estreita, mas logo conquistaram seu espaço do lado de fora. Jane E. se abanou com as mãos. Olhou para dois rostos remanescentes à sua frente. Sara e Nathan aproximaram-se da professora.

– Obrigada, Sara, por cuidar dos menores. – Jane E. começou a recolher os livros das carteiras.

– Acho que me saí bem de professora. – Sara enfiou a touca no bolso do casaco e correu para ajudar Jane E., colocando alguns livros nas prateleiras.

– Tenho certeza de que se saiu bem. – Jane E. arrumou o restante dos livros na estante.

– Professora – disse Nathan –, Yael pediu que a gente fizesse companhia à senhora até o sítio. Se aparecer um bandido, eu defendo vocês! – Ele levantou o pulso no ar.

– Eu não preciso de você para me defender. – Sara torceu o nariz.

– Ah, não? E se o bandido amarrar você? – Nathan provocou.

Jane E. balançou as mãos, pedindo silêncio.

– Vamos indo. Podemos proteger uns aos outros.

Sara bufou e revirou os olhos na direção do irmão. Os três saíram depois que Jane E. verificou as janelas fechadas e trancou a porta. O assunto de ataques foi esquecido, e o pequeno grupo saiu pela estrada, que apontava alguns sinais da primavera: brotos nas árvores, lebres com a pelagem quase toda cinza, a grama mais viçosa.

Jane E. foi saudada por Yael com café e pão fresco. Sara e Nathan comeram às pressas e foram fazer suas obrigações de casa. Zach chorou no colo da mãe.

– Ele está um pouco febril – disse a jovem, balançando o menino agarrado ao seu quadril.

Sara saiu de um dos quartos.

– Posso cuidar dele para vocês conversarem.

Sheila bateu na porta aberta e entrou.

– Desculpe o atraso. Violeta teve um contratempo e se atrasou um pouco para cuidar de Elsa e Lily. – A mulher aceitou a xícara de café e se sentou.

Depois de uma troca de assuntos amenos, Yael as convidou para o quarto de costura. Jane E. sentiu o coração disparar ao ver o mesmo vestido azul real no manequim.

– Aqui está o tecido. – Yael levantou uma pilha de cortes de tecido azul-marinho.

Sheila aproximou-se da amiga, pegou um dos cortes e o estendeu em cima da mesa alta, esticando as partes marcadas pelas dobraduras.

– Vai ser um trabalho e tanto. Amanhã vamos a Belleville para tomar as medidas.

Jane E. permanecia parada como o manequim. Correu os olhos pelas caixas de madeira repletas de artigos de costura.

Yael colocou a pilha de tecidos em cima da mesa.

– Saímos logo depois da escola. Sara vai cuidar de Zach.

Naquele momento, a menina entrou na sala de costura com o sobrinho no colo. Ele chorava e esfregava o ouvido esquerdo.

– Acho que a febre aumentou. – Sara entregou a criança para Yael.

A jovem mãe balançou o menino e levou a mão à testa avermelhada.

– Sim. A febre subiu.

– Por que não chama o dr. Maldo? – Sara sugeriu.

– Peça a Nathan que vá ao consultório dele. – Yael dava palmadinhas nas costas do filho, que tinha deitado a cabeça em seu ombro.

Sara saiu apressada. Jane E. olhou para a pilha de tecidos e para a mãe preocupada. Como Yael dava conta de tanto serviço? Jane E. repreendeu-se ao ter ainda uma pequena dúvida se deveria ou não ajudar com a costura dos uniformes. Como ela podia ser tão egoísta, enquanto as duas mulheres à sua frente eram ocupadas com filhos, casa e trabalho? Jane E. não tinha que cozinhar ou cuidar de crianças, a não ser dos alunos, por tempo limitado durante o dia.

A professora aproximou-se de Yael e correu os dedos longos pelo cabelo úmido do menino.

– Posso ir no seu lugar, para tirar as medidas.

– Tem certeza? Você é tão ocupada com a escola... – Yael mudou Zach de posição no colo.

– Tenho certeza. – Jane E. virou-se para Sheila. – Como vamos para Belleville?

– Na carroça de Yael.

Acertados os pormenores da curta viagem a Belleville, as três mulheres discutiram como iriam fazer o trabalho. Ficou acertado que Yael cortaria e alinhavaria os vestidos, e Sheila e Jane E. fariam a costura. Sheila usaria a máquina de Yael, e Jane E. faria os arremates finais à mão. Os botões forrados eram a parte mais meticulosa, e ela os levaria para casa, a fim de começar o trabalho.

Sara apareceu na porta da sala de costura. Jane E. viu atrás da moça parte do uniforme vermelho do *mountie*. Seu coração deu um leve salto, e as duas mulheres olharam para a professora com curiosidade.

– *Mountie* Julian veio buscar a professora. – Sara fez o anúncio sem tirar os olhos dele.

– Tenho uma consulta com *mountie* Julian. – Jane E. observou os olhares das mulheres voltados ao recém-chegado.

– Aceita um café, *mountie* Julian? – Yael perguntou, e Zach resmungou.

– Eu pego! – Sara girou nos pés, a saia mídi rodando junto.

– Não, obrigado. – O oficial apertou o chapéu no peito. – Como a senhorita Bell disse, temos um compromisso na delegacia.

Jane E. trincou os dentes. Aquele comentário dele foi expresso de maneira confusa e ambígua. Compromisso na delegacia?

Sheila e Yael balançaram a cabeça, concordando. Sara soltou um suspiro tão profundo, que parecia ter ar ilimitado nos pulmões.

– Vamos indo então. – Jane E. fez um sinal com a cabeça, para o *mountie*. Depois, olhou para Sheila. – Saímos para Belleville às três e meia amanhã.

– Certo. – Sheila inclinou a cabeça e levantou a mão em um aceno.

Do lado de fora da casa, Jane E. respirou fundo. O que suas amigas estariam pensando? Certamente achavam que ela tinha cedido à insistência de Julian em cortejá-la. E se fosse verdade?

Capítulo 14

Onde estou com a cabeça, diário? Fui à delegacia com o mountie, *mas senti-me em um compromisso social. Ele me deixa muito à vontade. No caminho, ele citou um poema de Emily Dickinson. Fiquei chocada com quanto as palavras eram apropriadas ao que desejo. Em sua voz grossa, Julian recitou os poucos versos, e tive a impressão de que ele gastou um tempo memorizando-os: "A esperança é a coisa com penas que, empoleirada na alma, canta a melodia sem palavras".*

No restante do caminho, fiquei me perguntando se havia um motivo para ele ter escolhido aquele poema. Talvez fosse só uma coincidência, mas, sem dúvida, foi bem apropriado.

(Anotação do diário de Jane E.)

Mountie Julian colocou na escrivaninha um pequeno livro marrom de capa dura e sentou-se de frente à Jane E.

– Um dos poucos livros que trouxe comigo.

Jane E. pegou o livro nas mãos e passou os dedos pelas folhas amareladas.

– Por que Emily Dickinson?

Ele riu.

– Era um dos mais finos. Trouxe pouca bagagem para Harmony.

Jane E. folheou as páginas, leu um verso e outro, e fechou o livro. Ela correu os olhos pela pequena delegacia, que tinha uma janela, poucos móveis e uma cela no canto com barras grossas de ferro. Por um instante, ela se imaginou ali dentro e refletiu como sua própria vida tinha barras imaginárias e, nem por isso, menos poderosas.

Talvez notando a hesitação da professora, o *mountie* disse:

– Por que não me fala sobre o advogado?

Jane E. desabotoou o casaco marrom e cruzou os dedos em cima da escrivaninha.

– Sr. Stilinski. Ele veio a mando do meu pai, com uma procuração.

– E quais são as demandas do seu pai?

– Ele quer que eu volte para Montreal.

– Você disse que não quer voltar.

Ela fez um gesto leve com a cabeça.

– Não quero.

– Já falou isso ao seu pai?

Jane E. apertou os dedos entrelaçados. Olhou mais uma vez ao redor e voltou o olhar para o *mountie*.

– Precisei sair de casa. O motivo não importa. Meus pais não concordaram com minha saída. Recebo uma quantia mensal da herança que minha avó deixou para mim. O sr. Stilinski disse que meu pai vai recorrer à justiça para cancelar meu acesso ao dinheiro. Sem ele, não tenho como permanecer em Harmony. Não quero reclamar do que me pagam aqui. Na verdade, não gostaria que me pagassem, mas que usassem o dinheiro para melhorar a escola. Está tudo tão apertado, tão abafado, as crianças, elas, não sei como... – Jane E. apertou a testa com os dedos.

Mountie Julian levantou-se e encheu um copo de barro com água de uma talha, passando-o a ela. Ele permaneceu de pé ao seu lado. Jane E. bebeu a água em poucos goles. Sua garganta estava tão seca, tão apertada!

– Posso dizer que as famílias de Harmony pagam esse salário com amor. Eu estava na reunião com Yael, quando receberam sua carta oferecendo-se para a vaga. Todos se sentiram honrados, e depois constrangidos por trazerem alguém tão bem-preparada, a uma quantia tão pequena. Eles assumiram o compromisso de trabalharem mais para poder pagar melhor a experiente professora.

Jane E. balançou a cabeça de um lado para o outro, com veemência.

– Não, não poderia aceitar jamais que trabalhem mais por minha causa. Isso está errado. É errado. – A tristeza transformou-se em raiva do seu pai. Como ele podia fazer aquilo com as famílias de Harmony, pessoas decentes, generosas, trabalhadoras? Yael e Sheila já se desdobravam para dar conta de suas obrigações, como poderia exigir mais delas para receber algumas moedas a mais quando tinha uma pequena fortuna a seu dispor em Montreal?

Jane E. levantou-se e andou pelo cômodo apertado. Segurou nas grades e deitou a cabeça no ferro gelado. No ouvido direito, escutou uma voz suave.

– Senhorita Bell, desculpe-me se a aborreci com essa informação. Eu queria ajudar, mas atrapalhei.

Jane E. virou-se para ele, os olhos suplicantes.

– Não diga isso. Não é sua culpa. Se há alguém culpado, sou eu. – Ela bateu no peito, no tecido grosso do vestido cinza. – Coloquei todas essas pessoas de bem em uma situação difícil.

– Não é verdade. Eles a amam e a respeitam; é admirada aonde quer que vá. Já vi as crianças conversando sobre a linda professora e falando como elas querem aprender bastante para fazê-la orgulhosa.

As palavras de Julian desceram da cabeça ao peito de Jane E., como puro mel. As famílias de Harmony a amavam? Linda professora? Como poderiam ver beleza em uma pessoa com a alma obscurecida e com os ombros pesados de culpa e medo?

Jane E. segurou as grades com força e sacudiu o corpo.

– Não vê, Julian, que sou uma prisioneira? Olhe para mim, para meu rosto pálido, meus lábios que nunca sorriem. Olhe para meu vestido apertado, uma jaula de pano. – Ela bateu no peito. – Dói aqui dentro. Não mereço nada disso que vocês me dão.

– Jane. – O tom de voz dele era mais suave que o canto de um beija-flor.

Era a primeira vez que ele a chamava pelo primeiro nome, talvez encorajado por ela própria tê-lo chamado de Julian. Ele repetiu o nome, sem a letra E. Ela soltou a grade e virou-se para ele, surpresa com a proximidade do seu rosto. No entanto, não o temeu. Permaneceu onde estava, sentindo o hálito quente do oficial.

– Não sei nada sobre a sua dor – ele sussurrou. – Mas acredito no que me diz. Há dores que só nós sentimos, e ninguém mais consegue entendê-la. Disso eu sei. Talvez você não consiga acreditar hoje que é digna do amor e do respeito de todos nós, mas insisto que é a mais pura verdade. – Ele correu os dedos pelo cabelo castanho, fez uma pausa e continuou. – O sr. Stilinski não irá mais importuná-la. Não há lei alguma que o proíba, mas eu não permitirei. Desejo que você viva em paz em Harmony até que creia, Jane, que é amada.

O coração dela disparou. Há quanto tempo não ouvia sobre amor? Seus olhos queimaram. Ela virou o rosto para o lado, longe do olhar de Julian. O hálito dele queimava sua nuca. Jane E. permaneceu naquela posição e esperou. Ela sentiu um leve toque em seu cotovelo coberto com a manga do vestido.

– Sente-se, por favor, Jane.

Jane E. obedeceu e permitiu que *mountie* Julian a guiasse até a cadeira. Ela soltou o peso do corpo no assento duro e cruzou os dedos no colo.

– Quero pedir desculpas pelo meu comportamento.

Julian sentou-se e inclinou o corpo para perto dela.

– Não tenho nada para desculpá-la. Sou eu que peço perdão pela minha incapacidade de mudar sua situação.

– Nem eu me sinto capaz de mudar minha situação.

– Senhorita Bell, sei que é uma pessoa forte, e Deus vai lhe dar mais força ainda para mudar o que parece impossível. Creio nisso.

– Não sou forte.

– Uma pessoa fraca jamais largaria o conforto para vir para cá; isso falando de força física. Porém, o mais forte são o caráter e a integridade. Sim, a senhorita é uma mulher muito forte e admirável.

Jane E. arregalou os olhos. Admirável? Se Julian soubesse da sua covardia! Ela, porém, não retrucou. Ele sabia apenas uma pequena parcela da história.

– Obrigada, *mountie* Julian. – Ela se levantou. – Preciso voltar para casa. Amanhã é um longo dia.

Ele correu para puxar a cadeira para ela.

– O que vai fazer em Belleville, se me permite perguntar?

Jane E. foi até a porta.

– Eu e Sheila vamos tirar medidas das alunas da nova escola para moças. Ofereci-me para ir, pois Yael precisa cuidar de Zach, que está febril.

– E vão sozinhas?

– Sim, mas voltaremos antes do anoitecer. – Ela examinou o olhar preocupado dele.

– Gostaria que eu as acompanhasse? Preciso mesmo ir a Belleville e...

Fortes batidas na porta interromperam Julian, que a abriu imediatamente. Jane E. deu uns passos para trás ao ver a afobação do fazendeiro Tobias, que ela conhecia da igreja e de eventos da comunidade.

– O que aconteceu, Tobias? – Julian assumiu a postura oficial e colocou o chapéu, que estava pendurado em um gancho ao lado da porta.

– Uma briga feia no acampamento dos construtores da ferrovia. Fui fazer uma entrega de alimentos, e um dos homens está ameaçando atear fogo nas barracas. – A voz tinha urgência.

Mountie Julian olhou para Jane E., que imediatamente saiu da delegacia na rua empoeirada.

– Não se preocupe comigo. Vou dar um pulo na Cozinha da Mari. – Ela apontou para a loja ao lado.

Do tablado de madeira, que servia como calçada, ela observou os dois homens saírem a galope pela rua principal, pegando logo a estrada. Uma grande angústia tomou conta de Jane E. ao imaginar os perigos que eles correriam. Era difícil acreditar que o homem com quem ela conversara durante quase uma hora na delegacia, que lhe oferecera palavras doces de ânimo, era o mesmo que sumia na poeira da estrada.

Jane E. esperou no tablado até que a poeira baixasse. *Julian*. Ela tinha gostado de falar o seu nome sem o título. Também tinha gostado de ouvir seu nome, puro e simples: *Jane*.

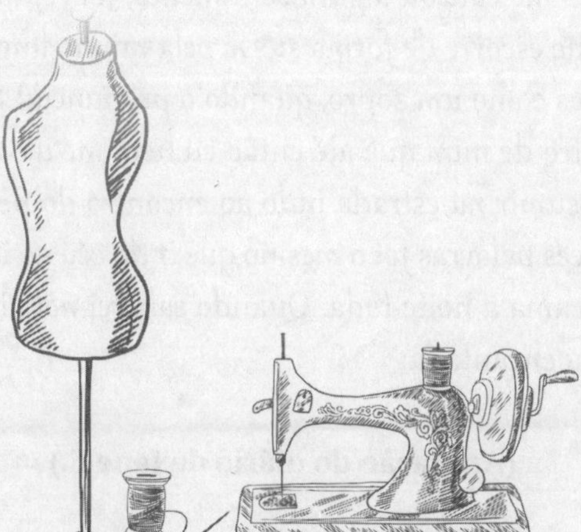

Capítulo 15

Preciso me deitar, fechar os olhos e apagar da memória a imagem de Julian sumindo a cavalo na poeira. Só não conseguirei dormir pensando no que ele pode estar passando nesse momento. Eu disse a ele que iria para a Cozinha da Mari, mas, na verdade, saí correndo pela estrada até em casa. Amelie levou um susto quando eu cheguei sem fôlego. Ela achou que eu tinha sido seguida por um bandido das estradas. Depois que recuperei o fôlego, eu disse que tinha me excedido na caminhada apressada. Ela perguntou de onde eu vinha e disse que do sítio Hebron. Fiquei constrangida de falar sobre meu encontro com o *mountie.*

Diário, ele me deixa de pernas bambas. Jamais senti isso com Albert, que, se me causou algum sentimento, foi repulsa. Julian (ah, como seu nome escorre de forma suave pela minha língua e passa pelos meus lábios como um sopro, quando o pronuncio) tocou em alguma coisa dentro de mim que até então eu nem me dava conta de que existia. Vê-lo sumir na estrada indo ao encontro do perigo depois de ouvir suas doces palavras foi o mesmo que ir do céu ao inferno. Sei que vou rolar na cama a noite toda. Quando saberei notícias dele? Estou perdida. Estou encantada.

(Anotação do diário de Jane E.)

A cabeça de Jane E. pendeu para o lado e, assustada, a professora se ajeitou na cadeira de madeira. Viu vários pares de olhos curiosos colados nela. Tinha mesmo cochilado em frente à sua turma? A noite insone a deixara com a cabeça pesada e os olhos ardendo. Nenhuma notícia de *mountie* Julian.

– Professora, está com sono? – Nathan perguntou.

– *Shhhh.* – Sara levou o dedo aos lábios, pedindo para o irmão ficar calado.

As outras crianças, aglomeradas nas carteiras, olharam de Sara para a professora.

– Quando o *mountie* vem falar com a gente? – Nathan perguntou.

Jane E. tinha ventilado a possibilidade da visita no dia anterior. A mera referência a ele a deixou com o coração agitado. Onde ele estaria?

– Não sei ainda.

– Acho que só depois que ele ficar bom. – Nathan olhou da professora para os colegas.

A cabeça de Jane E. latejou.

– Bom? Ficar bom de quê? – Ela se colocou de pé, os olhos curiosos a seguindo até a janela.

– Do olho roxo. – Nathan ficou de pé e fez um movimento com o punho acertando o próprio olho. – Ele prendeu o bandido. *Mountie* Julian é corajoso.

– Nathan, pare com essa história. Está chateando a professora. – Sara apontou o dedo para o irmão e depois para a cadeira.

A turma irrompeu em comentários, perguntas e outras histórias envolvendo bandidos. A cabeça de Jane E. doía tanto, que ela via pontos luminosos dançando na sala de aula. Em seguida, tudo começou a girar, e a escuridão a envolveu.

Os olhos claros foram a primeira coisa que Jane E. viu ao recobrar a consciência. Ao redor de um dos olhos, uma grande mancha escura contava uma história de violência. Jane E. estava deitada no chão da sala de aula. O silêncio na sala era incomum. Onde estariam as crianças?

– Você desmaiou. Tomei a liberdade de mandar seus alunos para fora. – Julian segurou os braços de Jane E. e a ajudou a se sentar ali mesmo no chão.

Ela levou a mão ao coque e começou a ajeitá-lo. Depois, apalpou a gola alta do vestido.

– Deus, que vergonha. Como fui cair em plena aula? – Ela examinou o rosto de *mountie* e levou a mão em direção ao olho roxo dele. – O que... – Sua boca secou.

Ele levantou um canto dos lábios em um meio sorriso.

– Ossos do ofício. Nada de mais. – Passou o braço pela cintura dela e a ajudou a se sentar na cadeira.

– Seu olho. – A mão ainda estava levantada, mas não tocava o rosto dele.

– O olho vai ficar bom, não se preocupe. Quero saber como está, o que sentiu. – Ele encostou-se na mesa, seu chapéu estava jogado por cima dos livros.

– Não sei bem. Estou com dor de cabeça. Acho que foi o abafamento da sala. – Jane E. espiou pela janela e viu Violeta conversando com as crianças. – Preciso continuar minha aula. – Ela virou-se para *mountie* Julian. – Como você apareceu aqui?

Ele pegou o chapéu e o levou ao peito.

– Vim falar com os alunos sobre os ataques na região. Acho que foi providencial eu ter aparecido nesse momento.

Forte, dando chilique e desmaiando como minha mãe, Jane E. pensou.

– Eu...

– Ouça, senhorita Bell, por que não dispensa os alunos? Vá a Belleville mais tarde. Precisa se recompor.

A ideia era tentadora. Os pais poderiam até achar bom que os filhos estivessem mais cedo em casa para ajudar com o plantio e outros trabalhos nos sítios. Ela suspirou.

– Tem razão.

Julian colocou o chapéu.

– Deixe que os chamo. – Ele foi para fora e, minutos depois, os alunos entraram em silêncio, observando a professora. O *mountie* ficou à porta.

– Quero pedir desculpas por esse incidente. Estou melhor agora. – Jane E. viu Violeta entrar e ficar ao lado do oficial. – Vou deixá-los ir para casa agora. Digam aos seus pais que passei mal, mas que estou bem. Amanhã venham para a aula normalmente.

Os alunos pegaram seus pertences e saíram em silêncio, passando por Julian e Violeta. Quando o último estudante saiu, a mulher do pastor aproximou-se de Jane E.

– Minha querida, ficamos preocupados com você. Graças a Deus o *mountie* apareceu bem na hora. Venha até em casa, para descansar. Sei que vai a Belleville com Sheila. Vou ficar com Elsa e Lily.

Jane E. olhou ao redor da sala.

– Preciso arrumar tudo e fechar...

Julian aproximou-se.

– Faço isso. Pode ir, e deixo a chave com o pastor.

A professora pegou um livro da carteira.

– Os livros ficam ali. – Ela apontou para a estante.

– Não se preocupe. Eu encontro o lugar dos materiais. – Ele pegou a bolsa de pano dela. – Tome. Vá descansar.

Violeta segurou no braço da professora e a conduziu para fora. Jane E. olhou para trás e viu o *mountie* se movimentando na sala. Ela tinha tanta coisa para perguntar a ele! Queria saber se estava bem mesmo, se o olho doía, se precisava de alguma coisa. Ele morava nos fundos da loja da Mari, mas teria conforto? Como descansaria depois do ataque sofrido no dia anterior?

Chegando ao portão da casa de Violeta, Jane E. viu Sheila vindo pelo gramado com as mãos levantadas.

– O que aconteceu? – Sheila perguntou ao se aproximar. – Lily disse que você caiu.

Violeta foi quem respondeu, explicando que Jane E. tinha se sentido indisposta.

– Ela só precisa descansar uma horinha.

Sheila segurou no braço da amiga.

– É melhor deixarmos as medidas dos uniformes para amanhã.

– De jeito nenhum. Temos muito trabalho e precisamos começar o mais breve possível.

Com muito custo, Jane E. convenceu Sheila a saírem uma hora mais cedo. Depois de descansar na casa de Violeta e de comer uma sopa nutritiva, Jane E. subiu na carroça que Sheila buscara no sítio Hebron.

Mais disposta, Jane E. puxou o assunto para o trabalho de costura que teriam pela frente. A última coisa que ela queria era que Sheila perguntasse sobre Julian, pois certamente seus sentimentos por ele a trairiam. Ela pouco sabia dele, e essa falta de conhecimento a deixava ansiosa. Quanto tempo ele ficaria em Harmony? Ela sabia que os *mounties* patrulhavam grandes áreas e que se mudavam de tempos em tempos. De onde ele tinha vindo? E quais eram seus planos?

– ... da fita métrica. – Sheila sacudiu a rédea do cavalo e olhou para Jane E. – Ouviu o que eu disse?

– Desculpe-me. Fita métrica?

– Eu disse que quase me esqueci da fita métrica. Lily e Elsa estavam brincando de costura e a tiraram do cesto. – Sheila apontou para o cesto ao lado.

As duas amigas pareceram ter feito um acordo de silêncio, pois não trocaram mais palavras no restante do percurso.

Entrando em Belleville, Jane E. se surpreendeu com o desenvolvimento da cidade. Ela tinha passado por ali cinco meses antes, no caminho para Harmony, e novos prédios e casas formavam outra área da cidade. O tráfego de carroças e cavalos era intenso. As pessoas atravessavam as ruas com pressa, parecendo estar ocupadas ou atrasadas para seus compromissos.

– Pelo endereço, a escola é logo ali atrás da igreja. – Sheila apontou para a igreja com uma torre e um sino, conduzindo o cavalo para lá.

Uma casa elegante de pedras com dois andares, que parecia ter sido recém-construída, exibia uma placa: Escola para Moças de Belleville. A arquitetura lembrou Jane E. de algumas casas do seu bairro em Montreal, porém as dali eram mais modestas que a sua, mas nem por isso de menos bom gosto.

Sheila parou a carroça rente à calçada, amarrou a rédea do cavalo em um poste e deu umas moedas a um menino para cuidar do animal. Ela e Jane E. subiram os degraus da entrada e bateram à porta. Uma criada de roupa preta e touca de linho branco as recebeu. As duas mulheres seguiram a moça e foram instruídas a aguardarem em uma saleta com uma mesa com chá e finos salgadinhos.

– Sirvam-se. Madame Blanchet já vem. – A criada saiu da saleta e fechou a porta.

Sheila sentou-se no sofá brocado e encheu duas xícaras de chá. Jane E. circulou pela saleta de chão polido, parte dele coberto por um tapete de tons escuros de vermelho, e parou na estante de livros, que tomava uma das paredes. Com as janelas altas fechadas, apenas a luz entrava. O tumulto e a poeira das ruas permaneciam do lado de fora. Ela correu os dedos pelas lombadas dos livros, identificando seus autores preferidos. Jane E. lembrou-se da pequena estante na sala de aula em Harmony, com uma coleção limitada de grandes autores.

O suave barulho da xícara de Sheila no pires fez a professora se virar para a amiga.

– Preciso de mais livros para nossa escola.

Sheila colocou um delicado salgadinho na boca e o mastigou com gosto. Ela assentiu com a cabeça e levou a xícara de chá aos lábios.

A porta se abriu. Uma mulher alta com um penteado estilizado, usando um vestido de listras cremes e verdes, entrou.

Jane E. olhou para aquele rosto e seu estômago apertou. A mulher veio ao seu encontro com um largo sorriso e a mão estendida.

– Jane E. Bell. Que grata surpresa!

Sob o olhar curioso de Sheila, que tinha se levantado, Jane E. estendeu a mão, mas foi saudada com um breve abraço.

– Coraline. O que faz aqui em Belleville? Trabalha para a madame Blanchet? – Os olhos de Jane E. mal piscavam.

A mulher sorriu e apresentou-se a Sheila. Depois, fez um sinal para as amigas se sentarem.

– Eu sou madame Blanchet. Casei-me há quatro meses. O sr. Blanchet é farmacêutico, e viemos abrir nossos negócios em Belleville. A farmácia é na rua principal. Deve ter passado por ela.

Jane E. estudou a figura à sua frente, que de nada destoava da saleta elegante. Quando iria imaginar que uma de suas colegas da Escola de Boas Maneiras para Moças de Montreal viria parar no Oeste do Canadá?

– Minhas felicitações.

Sheila roubou mais um salgadinho da bandeja, enquanto olhava de uma mulher para a outra. Madame Blanchet falou um pouco sobre a escola e explicou que ela seria referência em toda a região. As moças aprendiam francês, música, bordado, desenho e aritmética.

– Queremos nossas moças bem-preparadas para cuidarem de seus lares e, quem sabe, de seus negócios. – Madame Blanchet levou os dedos aos lábios e riu de forma contida. Sheila interrompeu a conversa:

– Sobre os uniformes, madame...

– Ah, sim. Vocês viram o tecido, imagino – disse madame Blanchet. Sheila fez um sinal positivo com a mão. A diretora da escola continuou: – Não decidi o modelo. Gostaria de algo prático, mas bonito. Quero que as pessoas aí fora reconheçam nossa atenção aos detalhes. Tudo deve salientar nossa elegância.

Jane E. imaginou se a população de Belleville perderia tempo admirando coisas elegantes. Todos eram ocupados demais para se preocupar com requintes.

– O que tem em mente?

Madame Blanchet jogou a cabeça para trás e simulou um sorriso.

– Jane E. Bell, está querendo elogios? Você melhor do que ninguém saberia desenhar um vestido nesses parâmetros.

Sheila olhou para a amiga de boca aberta, um pedaço do salgadinho quase caindo dos seus lábios. Jane E. sentiu o rosto queimar. Que outras indiscrições Coraline soltaria a respeito do passado da professora fugida de Montreal?

– Vou pensar em um modelo e o apresento a você, para aprovação.

– Aprovação? O que eu poderia sugerir em um modelo seu?

Sheila arregalou os olhos, pegou a xícara de chá e a levou aos lábios. Jane E. levantou-se e pegou o cesto de costura, que estava aos pés de Sheila.

– Podemos tirar as medidas das moças? Temos que retornar a Harmony logo. – Apesar da temperatura agradável na saleta, Jane E. sentiu o suor escorrendo pelas costas.

– Certamente. – Madame Blanchet pegou uma sineta da mesinha redonda ao seu lado e a balançou. A mesma criada que tinha atendido a porta recebeu instruções de buscar a primeira moça para as medidas.

A diretora da escola saiu da saleta depois de dizer que voltaria quando as medidas estivessem anotadas.

Sozinhas, as duas outras mulheres tiraram do cesto a fita métrica e o caderno de anotações.

– Você desenha roupas? – Sheila pendurou a fita métrica no pescoço.

– Desenhos bobos. – Jane E. rabiscou alguma coisa no caderno e deu graças a Deus quando a primeira moça entrou.

Sorridente e de cachos escuros, a jovem levantou os braços, enquanto Sheila tirava suas medidas. Uma a uma, as moças foram entrando. Algumas eram falantes e contavam de sua animação em começar as aulas. Umas delas soltaram umas frases em francês, e Jane E. respondia, fazendo as moças vibrarem. Sheila observava as interações com olhar curioso.

Quando terminaram o trabalho, madame Blanchet retornou à saleta e acompanhou as duas mulheres à porta. Sheila agradeceu e desceu a escada de pedras em direção à carroça.

Madame Blanchet segurou Jane E. pelo braço.

– Jane E., preciso de mais uma professora qualificada. Gostaria que me desse a honra de trabalhar em minha escola.

Jane E. olhou da mulher para o casarão atrás dela e engoliu em seco. Em seguida, olhou para Sheila na carroça. Seu coração dividiu-se. Se saísse da pequena escola, os moradores de Harmony não precisariam trabalhar dobrado para pagar o salário dela. Talvez arrumassem alguém de Belleville que pudesse dar aulas. A cidade tinha crescido, e certamente haveria mulheres qualificadas.

Coraline representava o que havia de bom nas escolas de Montreal, e o peito de Jane E. ardia pela possibilidade de ter acesso a bons livros e poder ensinar línguas e desenho. O rosto de cada criança de sua sala lhe passou pela memória. Sheila a chamou da carroça. Coraline ainda segurava em seu braço.

– Tenho compromisso com a escola em Harmony – disse Jane E.

– Mais dois meses de aulas, e depois terão férias. Nesse meio-tempo, sua escola pode procurar alguém. Não será difícil. As qualificações não devem ser muitas. Eu, porém, preciso de alguém com seu calibre. – O tom de voz de madame Blanchet era firme.

– Preciso ir. Acho que não é a hora. – Jane E. soltou-se do braço de Coraline e desceu as escadas.

– A proposta vai continuar de pé – a mulher disse e entrou no casarão, o babado da saia longa arrastando no piso.

Jane E. subiu na carroça. Ela viu a farmácia da rua principal com a vitrina repleta de potes e artigos variados. Os prédios foram diminuindo em número, e Belleville ficou para trás.

Sheila conduzia o cavalo em silêncio. Quando finalmente pegaram a estrada, ela virou-se para a amiga.

– Que proposta?

Jane E. examinou o rosto preocupado da melhor amiga.

– Não importa.

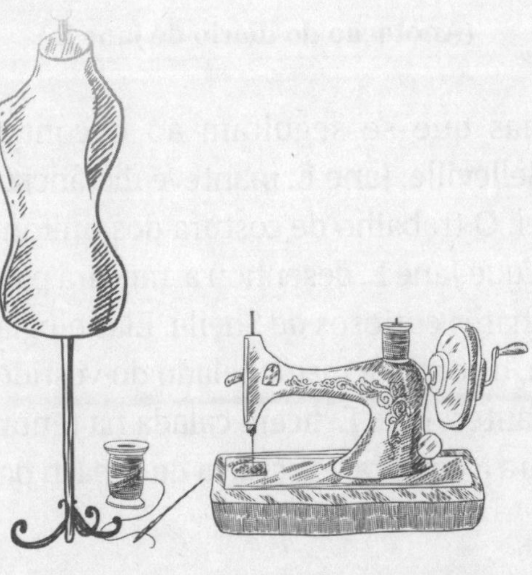

Capítulo 16

O passado sempre nos persegue, não importa para onde vamos. Coraline é um exemplo disso. A visita à escola em Belleville veio me lembrar de que devo contar com a possibilidade de nunca ficar livre. Vi o assombro de Sheila. Ela deve estar pensando que sou uma farsa. E não sou?

Nem posso fugir, pois não tenho dinheiro para isso. Correr pelas pradarias me colocaria em perigo. Talvez fosse mais sensato aceitar a oferta de Coraline. Afinal, seria um compromisso que começaria depois das férias de verão. Nesse tempo, as famílias de Harmony encontrariam outra professora. Se até Coraline atendeu ao chamado do Oeste, por que não outras moças preparadas?

Meu pai me deixou em xeque. Estou encurralada.

(Anotação do diário de Jane E.)

Nos dias que se seguiram ao encontro com Coraline em Belleville, Jane E. manteve distância de Sheila, Julian e Yael. O trabalho de costura dos uniformes tinha começado. O modelo que Jane E. desenhou arrancara palavras de admiração de Yael e olhares curiosos de Sheila. Elas elogiaram os detalhes da saia plissada, o corpo bem-modelado do vestido e as mangas ligeiramente bufantes. Jane E. ficara calada na tentativa de desviar a atenção dela para a costura. Precisava de espaço para pensar.

Jane E. sabia que sua atitude era errada. Suas amigas e o *mountie* não tinham culpa de seu mau humor e das dúvidas que atormentavam sua mente. Até as crianças notaram a mudança da professora, e Sara cochichou com Elsa que deveria ser por causa do tombo na sala de aula.

– Ela bateu a cabeça no chão – dissera a menina – e ficou um pouco estranha.

Nos dois domingos seguintes, Jane E. fechava o piano assim que o pastor Samuel se despedia dos congregantes. Ela se esgueirava porta afora, não dando atenção aos amigos, e corria para casa. Julian afastou-se um pouco, mas Jane E. notava que ele a rodeava de longe. Quando ele se distraía com alguém que puxava conversa, Jane E. sumia de vista.

Uma tarde depois da aula, Jane E. sentou-se na cadeira da varanda da casa de Amelie para forrar os últimos botões dos uniformes e fazer alguns arremates sugeridos por Sheila.

A tarde clara intensificava as cores da primavera, que tinha finalmente se instalado em Harmony. Não havia sinal de neve nem de lama, e a grama verde forrava o jardim como um enorme tapete. As árvores tinham se vestido em todo o esplendor para a nova estação, exibindo brotos das flores que logo enfeitariam seus galhos. A brisa transportava as fragrâncias da primavera como se fosse uma vendedora de perfumes das que se via em Montreal, levando cheiros florais e amadeirados pela vizinhança.

Com a agulha nos dedos, Jane E. trabalhava de forma meticulosa ao som da melodia dos pássaros. Amelie saiu na varanda com um copo de chá gelado e o deixou em cima da mesinha, para a inquilina. Jane E. agradeceu.

Antes de entrar de volta, Amelie esticou o pescoço na direção da estrada.

– Vem alguém ali.

Jane E. abaixou a costura no colo e olhou para a figura de saia que vinha pela estrada. Era Sheila. Ela andava a passos rápidos, como se estivesse marchando. Jane E. apertou o vestido, a preocupação ocupando sua cabeça. Teria acontecido alguma coisa com Elsa ou Lily?

Sheila chegou à varanda, cumprimentou Amelie e virou-se para a amiga.

– O que você está fazendo não é justo.

Amelie olhou de uma mulher para a outra, pediu licença e foi para dentro de casa, fechando a porta atrás de si.

– Do que você está falando? – Jane E. tentou manter o tom de voz firme, mas ele falhou nas últimas sílabas.

– Você sabe muito bem. Todos estamos preocupados com você. Lily chorou, disse que a professora está assim chateada porque ela não consegue acertar as tarefas de matemática. *Mountie* Julian anda melancólico, e Yael pensa que forçou você a fazer essa costura.

Uma onda de vergonha tomou conta de Jane E. Se era prisioneira da raiva pelo pai e da amargura pela família, agora era prisioneira de seu egoísmo. Ela abaixou a cabeça, olhou para o vestido azul-marinho com uma carreira de delicados botões forrados e se sentiu um trapo.

Devagar, Jane E. levantou-se com o vestido no braço. Pegou Sheila pela mão e a puxou para seu quarto. Jane E. fechou a porta, fez um sinal para que a amiga se sentasse na cama e pendurou a costura na cadeira. Ela fechou a cortina. Lentamente, seus dedos longos e graciosos começaram a desabotoar os botões da gola alta do vestido marrom. Seu coração batia de forma descompassada, enquanto a gola e o peito do vestido iam se abrindo. Sheila olhava com olhos arregalados e as mãos apertadas no colo.

Uma lágrima rolou no rosto pálido de Jane E. Ela desabotoou o botão à altura do peito. Devagar, puxou o tecido escuro para o lado esquerdo e fechou os olhos. Ela sabia que sua marca estava à mostra; sua vergonha e seu segredo expostos, sem volta. Quando teve a certeza de que toda a mancha estava visível, ela apertou mais os olhos, temendo ver o rosto de decepção ou repulsa da melhor amiga. Inspirando profundamente, Jane E. abriu os olhos. Em um segundo, Sheila colocou-se de pé e envolveu a jovem em seus braços. A desolada professora soltou um choro silencioso, mas com a alma gritando. A marca que afastou seu pai da sua princesa, a marca que apontava para o sr. Bell, estava exposta.

– Jane E., minha querida amiga – Sheila sussurrou no ouvido da mulher. – Não sei o que é isso, mas estou aqui.

As palavras simples de Sheila arrancaram mais lágrimas quentes de Jane E., que se agarrou à amiga e se deixou acalentar. Quando tinha recebido o último abraço? Não foi do pai. Não foi da família, na despedida ao deixar Montreal. Como aquele gesto tinha o poder de juntar alguns pedaços, mesmo que não muitos, naquele instante!

Com o vestido aberto no peito, Jane E. se afastou de Sheila e se sentou na cama. Na próxima hora, despejou sua mágoa sobre a mulher de olhos tranquilos que estava sentada ao seu lado. Sheila ouviu dos lábios de Jane E. a história do incidente com o sr. Bell, quando a filha tinha apenas 12 anos. Escutou sobre o jogo sujo de o pai manipular uma simples menina para que seu segredo continuasse velado.

Jane E. contou à Sheila as visitas aos médicos e o desespero de sua mãe para apagar a marca da filha (não por se preocupar com a menina assustada, mas para não ser confrontada com a indiscrição do marido). A sra. Bell descartara os médicos e correra para os livros, mas não encontrou fórmulas para se desfazer da marca da filha. O diagnóstico era claro: a marca tinha sido causada por um grande choque.

Jane E. enxugou as lágrimas para logo derramar outras, frescas, quando falou dos aniversários que comemorou sozinha, das festas onde Catherine era enaltecida por sua beleza, de Albert, que preferiu alguém sem complicações. Jane E. contou detalhes da sua despedida fria, do olhar insensível do pai.

Explicou as chantagens dele através do advogado e falou como se sentia culpada por não ajudar a escola em Harmony.

Sheila permaneceu calada, segurando a mão de Jane E., apertando-a vez por outra em momentos de maior intensidade. Sentindo como se um fardo insuportável tivesse sido levantado dos ombros, Jane E. fechou o vestido e examinou o rosto da amiga. Não viu condenação. Se não estivesse enganada, diria que viu empatia.

– Jane, querida Jane. – Sheila acariciou o rosto da mulher pálida. – Sou indigna de ouvir sua história, pois não tenho nada a lhe oferecer, além do meu ombro.

O queixo de Jane E. tremeu.

– Quantos anos desejei um ombro!

Sheila tocou no seu próprio ombro de um lado e do outro.

– Tem dois então.

Novas lágrimas lavaram os olhos de Jane E.

– Peço desculpas por despejar tudo isso em cima de você.

– O verdadeiro amigo não despeja nada, apenas divide.

– Tenho vergonha dessa marca.

– O que mais a incomoda em relação a ela?

Jane E. passou os dedos no peito.

– Quando estou aflita e nervosa, ela fica mais saliente e inflamada. Minha mãe sempre disse que era o preço que eu pagava pela minha indiscrição.

– Sua indiscrição? Sua? E seu pai? Jane, você paga o preço por ele. – O tom de voz de Sheila estava carregado de irritação e incredulidade.

– O que esperar de alguém que ouve isso há quinze anos? Pois é exatamente o que meus pais repetem: eu fui indiscreta. Não tinha que ter perambulado em casa como uma desocupada, saltitando de cômodo em cômodo para bisbilhotar a intimidade dos outros.

Sheila entrelaçou os dedos.

– Imagino Elsa ou Lily passando pelo que você passou. Sim, eu entendo.

Jane E. colocou-se de pé, foi até a janela e abriu a cortina. Olhou para fora e falou, como para si mesma:

– Posso cruzar toda essa pradaria infinita, mas o passado ainda vai me perseguir.

– Está falando de madame Blanchet? – Sheila perguntou.

Jane E. virou-se para a amiga, sentada em sua cama.

– Ela, os desenhos... – Aproximou-se do armário e escancarou a porta. Tirou a pasta de couro e as folhas duras com traçados a lápis. Espalhou os desenhos pela cama. – Veja.

Sheila correu os dedos pelas linhas precisas, que formavam vestidos elegantes e estilizados.

– Jane, são lindos!

– Aprendi a costurar com madame Vartan, em Montreal. Uma de suas costureiras foi falar em minha escola quando eu tinha uns 14 anos, e ela viu os esboços que eu fazia. Colocou-me em contato com madame Vartan. Quando terminei a escola, passei um tempo indo ao seu ateliê e aprendi mais sobre desenho e costura. Meus pais acharam uma boa forma de se livrar de mim por mais algumas horas no dia. Aos 22 anos, cheguei a costurar com a equipe de madame Vartan. Eu sonhava com aquelas roupas. Meu guarda-roupa só tinha vestidos sérios, que cobriam meu peito. Era o que minha mãe me obrigava a usar. Ela não queria que eu competisse com Catherine na sociedade e, é claro, não queria que a marca aparecesse e gerasse perguntas e indiscrição.

Sheila pegou um dos desenhos, de uma mulher com um vestido de festa e um chapéu com plumas.

– Mas, Jane, não prive as pessoas de apreciarem seu talento.

– Acha que em Harmony alguém iria se interessar por essas coisas?

– Yael tem planos para o negócio de costura. A confecção dos uniformes para madame Blanchet irá validar o nome dela. Ela já tem encomenda de um vestido de festa para a mulher do prefeito de Belleville. – Sheila levantou-se com alguns desenhos nas mãos.

– Podemos trabalhar juntas. Que grande oportunidade seria! Você não precisa depender do seu pai para melhorar nossa escola. Se é seu sonho, por que não usa seus desenhos para lhe gerar renda?

– Não quero que as pessoas tenham a impressão errada de mim, que não sou grata pelo salário da escola.

Sheila segurou nos ombros da amiga.

– Uma coisa que aprendi desde que fui resgatada por *mountie* Julian, por Gabriel e por Tobias é que, em Harmony, ninguém mede esforços para ajudar quem está mal. Na verdade, ninguém tem tempo para fazer avaliações das pessoas e de suas intenções. Todos estão ocupados demais em sobreviver.

Mountie Julian. O que ele diria de sua marca e de sua história? Ah, como ela o estava tratando mal! Precisava achá-lo, pedir desculpas.

Jane E. observou sua amiga com os desenhos. Sheila e Yael mereciam ter reconhecimento do trabalho de costura. Se Jane E. pudesse ajudar, ela o faria, mesmo que a exposição do seu talento levantasse suspeita de Julian e das famílias de Harmony, sobre seu passado. Por outro lado, Sheila estava certa em dizer que as pessoas ali não tinham muito tempo para se ocupar da vida alheia.

Jane E. correu os olhos pelas costas das mãos. Não podia lamber suas próprias feridas. Seu pai desejava que a filha se sentisse desanimada e derrotada, e voltasse para casa, onde ele teria controle sobre ela.

Juntando os desenhos, Jane E. colocou tudo na pasta.

– Vamos conversar com Yael.

Capítulo 17

É possível sentir júbilo e tristeza ao mesmo tempo? Quando Sheila saiu daqui há pouco, deparei-me com uma mulher diferente, no espelho do meu quarto. Amelie veio trazer roupa de cama limpa para mim e perguntou o que tinha acontecido, porque eu estava mudada. Talvez devido ao meu cabelo preso em uma trança. Ela só me via de coque até então. Verdade, algo mudou. Uma esperança ao olhar para frente, a esperança como aquela coisa de pena empoleirada na alma, conforme citou Julian.

Por outro lado, diário, sinto profunda tristeza. Há tanto que já gostaria de fazer por Sheila, Yael, pelas crianças, por Harmony! Ainda estou de mãos atadas. Desenhar roupas pode ser um bom negócio (quero que seja principalmente por Sheila e Yael), mas levará um tempo para que renda o suficiente à escola. A proposta de Coraline estará de pé, como ela enfatizou. Se eu passar um tempo dando aulas para ela, o dinheiro entrará mais rapidamente. O problema é que, só de pensar em me afastar de Harmony e de todos aqui, meu peito arde.

Sobre minha marca, não sei o quanto Sheila entende do sofrimento que ela me causa. Foram anos na minha vida olhando-a no espelho e me lembrando de que não sou nada para meus pais, apenas um estorvo. Como mudar minha mente agora? Sheila sugeriu, antes de sair daqui, que eu poderia conversar com Nita, vó de Alana. Não entendi se a mulher nativa teria um remédio para minha marca ou para minha alma.

(Anotação do diário de Jane E.)

Do piano, Jane E. olhou de relance para *mountie* Julian, que conversava com Sheila e o sr. Wilson. O rosto dele estava sério. Ela deduzia o motivo. Desculpar-se com ele era uma das coisas que precisava fazer para remover parte do mal-estar causado por seu silêncio.

Uma mão leve pousou no ombro da pianista, e ela virou-se no banco de madeira.

– Vó Nita, bom dia!

– Oi, minha filha. Sheila me disse que você talvez precise de ajuda. – A mulher de trança longa e grisalha usava uma bata bordada com linhas coloridas e pequenas contas.

– Sim. – Jane E. olhou ao redor para se certificar de que estavam sozinhas, e seu olhar se encontrou com o do *mountie*. Ela voltou a atenção para a mulher idosa, muito respeitada em Harmony. – É um problema na minha pele. – Levou a mão ao lado esquerdo do peito. – Não acho que tenha cura.

– Às vezes, a cura que buscamos não é necessariamente física. – Os olhos negros examinaram o rosto de Jane E. – Por que não passa na minha casa mais tarde?

– Obrigada. Vou depois do almoço.

Nita apertou o ombro de Jane E. e afastou-se. Fechando o piano, a jovem levantou-se, e seu semblante caiu. Julian tinha saído. A professora guardou suas coisas na bolsa de pano e foi a passos lentos para a porta, onde pastor Samuel se despedia dos últimos congregantes. Ela trocou umas breves palavras com o ministro e se colocou a caminho de casa. As caminhadas de domingo sempre lhe proporcionavam minutos de reflexão e tranquilidade. As duas caminhadas que Jane E. fizera com Julian instigaram-na a ponderar sobre as verdades impressas nos seus clássicos preferidos. Foi tão bom conversar através da literatura com o *mountie*, embora ele admitisse que conhecia pouco sobre o assunto. O que ficara claro à Jane E. era que Julian tinha sensibilidade para tratar de assuntos difíceis. Agora, por sua própria atitude egoísta, ela voltava a fazer o trajeto sozinha.

O céu azul com esparsas nuvens deveria alegrar esse momento, mas Jane E. não conseguia ignorar o vazio que se formou no coração. Naquele momento, Sheila estaria almoçando com o sr. Wilson e as filhas. Uma nova família estava se formando. Jane E. sempre tinha desejado a sua própria família, ainda mais quando se sentia órfã. Porém, ela tinha ainda tanto o que conquistar antes que algo assim pudesse acontecer! Não tinha um pretendente, era verdade, mas nem por isso o sonho era menos importante. Com o tratamento que estava sendo dado ao *mountie*, ele logo se afastaria de vez.

Jane E. seguiu a trilha entre as árvores de folhas novas, inspirando o ar fresco. Já que não podia limpar a mente, limparia os pulmões. O trote de um cavalo chamou sua atenção, e ela desviou os passos para a beira da trilha. Parou para o cavaleiro passar, mas ele se deteve e desceu do cavalo.

Aproximando-se, Jane E. disse:

– Preciso falar com você. Achei que tivesse voltado para a delegacia.

Uma carroça passou com uma família. As crianças acenaram para a professora. Julian tocou no cotovelo dela, enquanto manejava a rédea do cavalo.

– Podemos ir para a beira do lago? – Ele apontou para uma trilha curta na mata, que terminava em um lago.

Jane E. entrou na trilha. Julian amarrou a rédea em um galho e conduziu a professora para a beira d'água. Ela seguiu, com o olhar, um bando de gansos canadenses cortando o plácido lago. Ao longe, as Montanhas Rochosas mostravam como estava distante de Montreal.

Jane E. virou-se para Julian, que rodava o chapéu marrom nas mãos.

– Devo um pedido de desculpas a você.

– Não precisa...

Ela levantou a mão em um gesto suave.

– Preciso. Sei que tenho andado distante nas últimas semanas. – Jane E. deu um longo suspiro, como se fosse mergulhar nas águas calmas à sua frente. – Quando eu tinha 12 anos, peguei meu pai em uma situação muito comprometedora. No início, não entendi o que era aquilo, mas sabia que era errado. Chorei muito, sem saber o que fazer. Ele veio até mim e disse que, se eu contasse para alguém o que vi, a família poderia ser destruída. Guardei o segredo por um bom tempo, até que minha saúde começou a ficar ruim. Minha mãe me levou a vários médicos, e nenhum diagnóstico. Ela começou a me pressionar, sugerindo que eu tinha feito alguma coisa errada para ter ficado doente. Então, eu contei o que vi. O rosto dela ficou pálido, depois muito vermelho. Ela me deu um tapa na cara.

Mountie Julian jogou o chapéu em um tronco de árvore caído e levantou a mão na direção do braço de Jane E., que se afastou.

– Preciso continuar, senão nunca mais terei coragem de me abrir com você. – Ela entrelaçou os dedos e os apertou com força. – Depois do tapa, minha mãe parou no meio do meu quarto, olhou para mim com raiva e disse que estava explicado o motivo da minha doença: eu era mentirosa e queria destruir a família. – Jane E. engoliu em seco. – Naquele dia, engoli o choro e não mais me permiti derramar lágrimas na frente de qualquer um. Meus pais mudaram comigo. De princesa do papai, passei a órfã emocional. Toda atenção e carinho foram canalizados para Catherine, minha irmã. Vivi assim desde então, até que tomei a decisão de sair de casa. – Jane E. desviou o olhar para o lago.

Ela estava ciente da presença e da angústia do *mountie*. Primeiro, liberou uma lágrima, depois, várias. Julian tirou um lenço do bolso interno da jaqueta vermelha e o passou para Jane E., que tentou enxugar, em vão, as lágrimas silenciosas que escorriam.

Os gansos alçaram voo com seu grasnar barulhento e entraram em formação de V, afastando-se no céu azul, como se decidissem deixar a professora a sós com o *mountie*.

Jane E. virou-se para Julian e apertou o lenço nos olhos.

– Ainda hoje sofro com minha saúde. – Ela levou a mão ao peito e depois passou os dedos pela gola alta do vestido cinza. – Meu pai quer me manter na rédea curta, como se faz com um cavalo. – Jane E. apontou para o cavalo do *mountie*. – Ele consegue, com chantagens. Essa é a rédea.

– Jane... – Ele segurou em seu cotovelo.

– Julian, você não...

Foi a vez de o *mountie* levantar a mão.

– Eu sinto muito pela sua história, mais do que eu seria capaz de me expressar. Visualizei a menina de 12 anos chocada, triste, rejeitada. Não sei exatamente qual foi o ato flagrante do seu pai, mas vejo que deixou marcas profundas em você.

– Sim, uma marca.

Julian inclinou a cabeça e examinou o rosto de Jane E.

– Há momentos horrorosos em nossa vida, quando parece que um grande buraco abriu e caímos nele. Não ouso dizer que nos curamos de tudo o que acontece de ruim conosco. Sei que não. Porém, acredito que podemos caminhar com leveza na vida, sem carregar o peso que outros nos impõem.

Jane E. colocou-se de frente a ele e levantou as mãos.

– Como pode dizer isso, quando a minha dor é tão grande?

Ele correu os dedos pelo cabelo e abaixou a cabeça.

– Porque eu carreguei um peso semelhante durante anos.

Jane E. fixou o olhar nele.

– Peso?

Julian abaixou-se, pegou uma pedra e a lançou ao lago.

– Harry, meu irmão mais velho, morreu há três anos. Ele era *mountie*. Saiu em expedição para os territórios do norte e desapareceu. Minha mãe desabou sua tristeza em mim, disse que eu não fiz o suficiente para impedir Harry de ir para o norte, na expedição. Ela achava que eu tinha influência sobre ele. Quando recebemos a notícia da morte, a situação piorou. Meu pai se calou, mas eu via a acusação em seus olhos. Meses depois, recebi minhas ordens de vir para o Oeste. Estou aqui há dois anos; passei por vários lugares. Escrevi para meus pais, e eles nunca me responderam. Não sei o que é feito deles.

Jane E. afrouxou a gola do vestido com o dedo.

– O que você fez para não carregar mais esse peso?

– Entendi que esse tipo de peso é feito de uma mentira. Há pesos que são justos; são as nossas responsabilidades. Outros, porém, as pessoas jogam sobre nós porque precisam de um bode expiatório. Depositam em nossos ombros o peso da culpa e das frustrações. A dor da minha mãe foi tão grande, que ela precisou encontrar alguém para culpar.

– Então, enquanto meus pais me culpam pelo pecado do meu pai, eles não precisam encará-lo. É isso? – Jane E. examinou o rosto de Julian e a ruga que surgiu entre seus olhos.

– Acho que sim. De qualquer forma, que culpa tem você? Nem consigo imaginar seu medo e sua tristeza. Eu tive que lidar com a situação do meu irmão já sendo adulto. Você era uma criança. – Julian estendeu as mãos e segurou nas pontas dos dedos de Jane E. Ele continuou: – Acredito que você pode ainda caminhar com leveza, mesmo que seu pai ainda a atormente.

Ela segurou os dedos dele com firmeza. O contato a fez acreditar que tinha à sua frente alguém em quem podia confiar.

– Não sei como fazer isso. – O tom de voz dela era de quem pedia ajuda.

Mountie Julian puxou-a para mais perto.

– Você é uma mulher de muitos talentos, de fibra e integridade. Pode construir uma vida plena em alicerces sólidos.

Era a primeira vez que Jane E. via o rosto de Julian tão de perto. Na verdade, era a primeira vez que se aproximava tanto de um homem, sem sentir medo ou repulsa.

– Meu pai cortou minha mesada. Estou de mãos atadas, sem conseguir melhorar a escola. A alternativa que tenho é aceitar o convite de madame Blanchet. – Jane E. resumiu o que aconteceu na visita à nova escola de moças em Belleville, enquanto notava a mudança no semblante dele, a ruga entre os olhos aumentando. – Assim, terei condições de ajudar a escola.

– Uma escola sem professora? – Ele apertou os dedos dela.

– Podem arrumar outra. Serei mais útil trabalhando em Belleville.

A pressão dos dedos dele aumentou, mas ela não queria perder aquele contato com sua pele.

Mountie Julian balançou a cabeça de um lado para outro com veemência.

– Jane, vamos arrumar uma saída.

Dessa vez, ela se soltou dele, virou-se e foi na direção do lago. Cruzou os braços e olhou para o céu. Sentiu a presença de *Mountie* Julian ao seu lado.

– Preciso fazer isso sozinha. Esse é o meu peso da responsabilidade.

– Certo, concordo; mas vamos então pensar em outras saídas. Primeiro me responda: quer mesmo ir para Belleville?

As lágrimas quentes brotaram mais uma vez em seus olhos. Ela virou-se para o *mountie*.

– Não. Aqui é meu lugar.

A ruga entre os olhos dele desapareceu, e seus lábios se abriram em um sorriso.

– Dessa forma, se me permitir, quero ajudá-la a buscar outra solução.

Jane E. balançou a cabeça, concordando. Seus lábios fechados formaram um leve sorriso. Ela levou os dedos ao botão da gola alta do vestido e o desabotoou. Depois, contemplou a água espelhada, que refletia as árvores ao redor. Seus olhos subiram aos céus e encontraram outra formação em V de gansos. Sem desviar os olhos do azul imenso, ela disse:

– Gostaria de sua ajuda.

Capítulo 18

Querido diário, que dia! Primeiro, tive uma conversa com Julian na beira do lago. Ouvi o desabafo dele pela perda do irmão e contei-lhe sobre meu peso, que ele insistiu que não é meu. Quero só interromper essas ponderações para dizer que meu coração disparou quando Julian segurou meus dedos. Ele é muito forte e honesto.

Voltando ao assunto, Julian disse que quer me ajudar a pensar em uma solução para o problema da escola. Eu acabei explicando sobre a costura que estou fazendo com Yael e Sheila. Ele ficou muito feliz. Comentou que Belleville está crescendo muito e que certamente vai precisar de costureiras. Falou de um grande hotel que estão construindo e contou que talvez precisem de uniformes para os empregados. Essa foi uma boa notícia, e vou conversar com Yael e Sheila. Fiquei empolgada.

Depois dessa conversa, ele me acompanhou até em casa, e Amelie insistiu para Julian ficar para o almoço. Como ela e Joaquim já tinham comido devido ao avançado da hora, eu fiz as honras da casa com meu convidado. Almoçamos juntos na cozinha e falamos de coisas mais alegres, como leituras e memórias de infância. Ele me contou do seu dedo torto, que esmagou na porteira do sítio quando tinha 6 anos. A memória em si pode não ser tão alegre, mas ele disse que usou o acidente como desculpa para ganhar carinho e biscoitos da avó por um bom tempo. Ah, diário, é tão maravilhoso conversar com ele! Os minutos passam com tanta velocidade, que parece que todos os ponteiros são de segundo.

Meu dia, porém, não terminou com esses dois acontecimentos importantes. No meio da tarde, tive outro encontro, mas vou narrá-lo amanhã, pois o sono bateu, e tenho que acordar cedo para o trabalho. Mountie Julian vai falar com meus alunos logo cedo. Espero que meu coração não dispare e que meu rosto não fique vermelho.

Só deixo registrado que esse segundo encontro me fez considerar mudar minha perspectiva a respeito da minha marca.

(Anotações do diário de Jane E.)

O almoço com *mountie* Julian na cozinha de Amelie foi muito diferente de qualquer refeição na mansão Bell, com criados, pratos requintados e conversas polidas, mas tensas. Jane E. serviu seu convidado e sentou-se de frente para ele. O *mountie* abaixou a cabeça e fez uma breve oração de agradecimento pelo alimento e pela acolhida do casal Amelie e Joaquim.

Se na mansão Bell as trocas de palavras pareciam ensaiadas, com Julian a conversa fluía tão bem como o córrego cristalino de Harmony em dias de primavera. Um assunto de livro gerava trocas de ideias sobre o significado de símbolos do enredo. A partir daí, Jane E. e Julian filosofavam sobre a aplicação das ideias na vida real.

O almoço terminou, deixando a professora mais desejosa de estender o assunto. Enquanto ela arrumava a cozinha e ele recolocava lenha no fogão para o café, desviaram a conversa para o crescimento de Belleville e as oportunidades que surgiriam para os moradores de Harmony.

No portão, Julian recitou um breve poema de Emily Dickinson, dessa vez mais bem ensaiado. Jane E. juntou todas as suas forças para dar por encerrada a conversa, pois a hora do encontro com vó Nita se aproximava.

Embora o *mountie* tivesse insistido em acompanhar Jane E. ao sítio dos avós de Alana, a jovem professora preferiu fazer o percurso sozinha na carroça de Joaquim. Por mais que desejasse continuar a conversa com Julian, precisava de um tempo a sós para digerir o que ele tinha lhe dito à beira do lago. Seria bom contar com ele para pensar em formas de ajudar a escola, porém ela precisava colocar as ideias em prática sozinha.

Nunca, em sua vida, Jane E. tinha tomado decisões, salvo pela única e definitiva de sair de casa para vir para o Oeste. Sua mãe ditava o que as filhas tinham de fazer, embora a própria sra. Bell recebesse ordens superiores do seu poderoso e intransigente marido. Se desejava transformar seus sonhos em realidade, Jane E. precisava assumir as responsabilidades dos seus projetos.

O calor incomum daquela tarde de primavera fez a jovem abrir mais um botão da gola alta do vestido. Sua mãe teria um desmaio se visse a filha tão desleixada e prestes a mostrar sua marca.

A carroça deu um solavanco ao passar por um buraco na estrada de chão, e Jane E. direcionou o cavalo para um trecho menos castigado pelo tempo. Ela já avistava a casa simples com a chaminé soltando uma leve fumaça metros adiante.

Jane E. conhecia a reputação de vó Nita e de sua neta, Alana, que agora cursava enfermagem na grande cidade de Edmonton. A mulher nativa cuidava dos moradores da região com suas ervas, além de dar-lhes conselhos sábios. Na igreja, a idosa vivia cercada de outras mulheres, e, várias vezes, Jane E. ouviu das pessoas histórias de cura através de vó Nita, como era carinhosamente chamada por todos.

Jane E. sacudiu a rédea do cavalo, ansiosa para chegar ao sítio. Talvez vó Nita tivesse uma cura para sua marca odiosa. A professora levou a mão ao peito e imaginou que seria bem mais fácil para Hester Prynne arrancar a letra escarlate da roupa. O que intrigava Jane E. era o fato de Hester nunca ter removido a letra ao longo dos anos, mesmo após cumprir sua punição. A letra escarlate tinha passado de estigma para uma lembrança do seu pecado. As pessoas olhavam para ela com piedade, e até com reverência. Jane E. não queria piedade, nem reverência. Ela desejava justiça.

Talvez vó Nita lhe dissesse que a marca permaneceria em seu peito o resto da vida. O que Jane E. faria nesse caso?

Ao passar pelo portão de madeira, ela viu a porta da casa se abrindo e a mulher de trança fina grisalha acenando. Minutos depois, as duas se cumprimentaram e foram para um galpão anexo à casa, acompanhadas de dois cachorros-lobos.

– Aurora e Dusk são amistosos – disse a mulher, ao perceber a hesitação da convidada em entrar no galpão atrás dos animais.

– Nunca tive contato com muitos animais. – Jane E. apontou para o cavalo, que bebia água em uma tina. – Tive que aprender a cavalgar e dirigir carroça aqui.

Nita apontou uma cadeira ao lado de um fogão à lenha, onde dois panelões soltavam vapores aromáticos.

– Os animais têm seu papel na nossa vida. Além do trabalho, eles nos ajudam a entender a natureza humana.

Jane E. tomou o assento indicado e permitiu que os vapores entrassem nos pulmões ao respirar profundamente.

– Como assim?

Nita pegou uma concha de madeira, enfiou-a em um dos panelões e encheu uma caneca de louça com o líquido claro.

– Beba isto. – Ela passou a caneca para Jane E. – Os animais agem por instinto. Sabemos se são amistosos ou ariscos. Os seres humanos, muitas vezes, escondem suas intenções, geralmente as piores. – Ela apontou para os dois cachorros-lobos deitados aos pés de Jane E. – Aurora e Dusk confiam em você. Não vão atacá-la, pode ter certeza.

Jane E. ficou intrigada com o comentário. Se fosse aplicá-lo à sua vida, diria que seu pai era um humano que escondia suas intenções muito bem. E mordia sem aviso. Ela bebericou o líquido quente e adocicado que vó Nita lhe dera. Olhou para os dois animais aos seus pés e relaxou na cadeira.

De vestido com um corte reto, bordado de várias cores, a mulher mais velha aproximou-se da anfitriã.

– Como posso ajudá-la?

Tire essa marca do meu peito, foi o que Jane E. quis dizer. Porém, ela, que não agia por instinto, procurou uma resposta adequada. A professora segurou a caneca com as duas mãos e a desceu ao colo, sentindo o calor do chá irradiando pelos braços.

– Ando preocupada com algumas questões pessoais. – Era verdade; porém, muito longe do que realmente queria dizer.

Nita estudou o rosto da visitante. Depois, virou-se e foi até uma bancada onde havia alguns pilões pequenos de madeira e pedra. Pareceu considerar um e outro, logo puxando um deles para a beira da bancada. Socou umas folhas secas, pegou um dos muitos vidros de uma das prateleiras e despejou um fio de óleo no pilão. Jane E. observou os dedos ágeis, porém inchados, da mulher. O que ela faria com aquela mistura para acabar com a angústia de sua convidada?

Passando o conteúdo do pilão para um pote de louça, Nita aproximou-se da jovem professora. Aurora e Dusk levantaram a cabeça, para logo voltarem ao cochilo.

– Pode desabotoar a gola do seu vestido mais um pouco? – Sem dar atenção à hesitação de Jane E., Nita posicionou-se atrás dela.

Jane E. desabotoou mais dois botões, deixando o pescoço todo à mostra. Ela apertou a caneca nas mãos e olhou para um canto do galpão com ervas secas penduradas em varais. Sentiu dedos oleosos massageando seu pescoço e sua nuca. Jane E. relaxou os ombros e liberou a pressão das mãos na caneca. Um dos cachorros-lobos deu um longo bocejo, que mais pareceu um uivo. Jane E. fechou os olhos. Inalou os vapores do ambiente, enquanto os dedos de Nita corriam por sua nuca e entravam pela gola do vestido até os ombros. Os dedos de Jane E. foram até os botões e abriram mais dois. Ela acomodou-se na dura cadeira, que, àquela altura, parecia estofada.

O único som do galpão era o das borbulhas da fervura na panela. A professora arrancou da mente visões do rosto carrancudo do pai e dos olhos sempre arregalados da mãe. Apagou as imagens de Catherine e Albert no altar, fazendo as juras e os votos matrimoniais. No lugar dessas visões e imagens, Jane E. trouxe outra melhor: a dos seus desenhos de roupas no armário do quarto. *Mountie* Julian tinha dito que Belleville estava crescendo e que o novo hotel precisaria de uniformes. Quais outros negócios e outras pessoas precisariam de roupas novas? Yael e Sheila não brincavam em serviço. E se Jane E. investisse em uma nova máquina de costura com o pouco que restava das economias no banco? Era um risco, mas as três mulheres poderiam pegar mais trabalho com uma segunda máquina.

Nita interrompeu o pensamento da jovem, com uma voz baixa e suave.

– Você é uma mulher forte.

Baseado em que a idosa fazia aquele comentário? Talvez sentisse seus músculos.

– Faço muita caminhada aqui.

Nita fez um traçado com o dedo besuntado em óleo nos ombros de Jane E.

– Forte na alma.

A mulher tinha poderes sobrenaturais?

– Não entendo.

– Senti vários nós no seu pescoço e nos ombros. Você carrega um peso grande e não desanima.

– Às vezes, sinto-me derrotada. – Jane E. abriu os olhos por um instante.

– Percebi que, minutos atrás, uma boa ideia lhe ocorreu.

Aí! A mulher lia pensamentos. Jane E. virou-se ligeiramente para trás.

– Como sabe?

Nita riu.

– Não sou vidente. Senti seus músculos relaxando. Eram bons pensamentos. Esperança, talvez?

Jane E. abriu mais um botão do vestido. Àquele ponto, tinha certeza de que sua marca estava visível.

– Queria muito me agarrar à esperança, mas ela vive fugindo, como se meus dedos estivessem besuntados do seu óleo.

Nita parou a massagem. Saiu de trás da cadeira e colocou-se de frente a Jane E. Seu olhar foi do rosto ao colo desnudo da jovem, que sentiu a face queimar.

– A esperança irá alcançá-la. Quando a desejamos, ela não foge. Sinto que é isso que você quer. – Nita estendeu o braço e ofereceu o pote com a mistura à jovem. – Passe isso na sua testa e nas têmporas.

Jane E. esperava que a mulher dissesse que ela passasse a mistura na marca. Nita não via a mancha irregular esbranquiçada com algumas áreas avermelhadas? Não viu que a marca cobria o lado esquerdo do peito e subia sorrateiramente pelo pescoço? Nas poucas vezes que Jane E. tivera coragem de olhar de mais perto a marca no espelho, ela via nitidamente as escamas que se formavam quando sua tristeza era maior. A pele passava de fina e quase transparente para grossa e escamosa. A marca parecia ter vida própria e se vingar de Jane E. em ocasiões de grande angústia. Vó Nita não curava as pessoas? Por que não sua marca? De qualquer forma, a jovem obedeceu. Enfiou as pontas dos dedos no pote e massageou os lugares indicados.

– O que isso cura?

Nita levou o pote para a bancada, sob os olhares atentos de Aurora, Dusk e Jane E. A senhora nativa virou-se para sua paciente na cadeira, que tinha os olhos arregalados, com a expectativa de uma resposta mágica.

– Nada. A cura do seu problema vem de dentro de você.

Jane E. sentiu os olhos arderem e uma vontade enorme de correr do galpão. Toda sua esperança de cura lhe fugiu. Nita estava errada. A esperança fugia, sim.

A bondosa mulher aproximou-se de Jane E. e segurou suas mãos com os dedos oleosos.

– O seu caso não pode ser resolvido por outras pessoas, nem médicos, nem ninguém.

A frustração borbulhou no peito da professora como as misturas das panelas de vó Nita. Ela levantou-se e balançou as mãos no ar. Aurora e Dusk correram para o lado de Nita.

– Não vê essa marca? – Jane E. bateu no peito desnudo. – É minha maldição. Meu pai a colocou aqui como se fosse um selo de propriedade. Estou amarrada a ele.

Nita acariciou os dois animais de pelo denso.

– Não conheço sua história. Mas, na jornada humana, carregamos pesos que não são nossos. Isso nos prende ao passado e a pessoas que jogam responsabilidades sobre nós.

Jane E. deu um soluço e soltou o peso do corpo na cadeira.

– Meu pai cometeu adultério. Vi tudo. Eu tinha 12 anos. Ele me ameaçou, dizendo que eu destruiria a família, se contasse para alguém. Ousei contar à minha mãe. Ela me chamou de mentirosa. Foi quando a marca apareceu, da noite para o dia. – Jane E. tomou fôlego, como se estivesse se afogando. – Ainda hoje meu pai me controla e manipula... – Ela cobriu o rosto com as mãos. – Estou presa, e não consigo sair dessa gaiola.

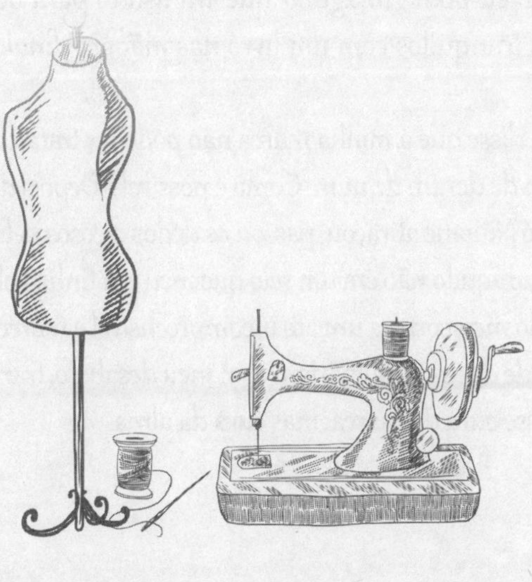

Capítulo 19

Diário, veja como minhas palavras saem trêmulas no papel. Desde o encontro com vó Nita, ainda tremo. Pela primeira vez, abri-me sobre o que vi naquele dia fatídico. Como uma menina de 12 anos podia ter visto um ato de natureza íntima sem nem mesmo saber que aquilo existia? Meu pai na biblioteca com uma mulher estranha, a saia do vestido suspendida até a cintura, os cabelos desvairados. Primeiro, achei que era uma briga ou algo assim. Depois, pensei que a mulher era louca, até que percebi que a aparência do meu pai não estava muito diferente, com a calça arriada. Corri da biblioteca, bati a porta, mas meu pai me alcançou no corredor, me agarrou pelos cabelos e tapou minha boca. Acusou-me de estar bisbilhotando. A biblioteca era meu lugar preferido de casa. Como eu podia imaginar que era usado para outra coisa além de momentos tranquilos com um livro nas mãos? Afinal, a porta estava destrancada.

Vó Nita disse que a minha marca não pode ser tratada por ninguém e que a cura vem de dentro de mim. Como é possível? Depois do meu desabafo no domingo, vó Nita me abraçou, passou os dedos oleosos pela marca no meu peito e falou que aquilo não era um selo que meu pai tinha colocado em mim, mas a reação do meu corpo a um ato incompreensível e repreensível. O tempo e a tranquilidade da alma, que viriam com meu desabafo, trariam a cura, mas vó Nita não disse cura da marca, mas cura da alma.

Há uma grande revolução no meu coração e na minha mente. A ira pelo meu pai aflorou como se eu tivesse cutucado um vespeiro e recebido centenas de ferroadas. A mágoa pela minha mãe me faz desejar rasgar os livros que ela mandou de presente e que estão no meu armário. Que tipo de pais eles são? Será que conseguem colocar a cabeça no travesseiro à noite e dormir tranquilamente?

(Anotação do diário de Jane E.)

Jane E. apoiou os cotovelos na escrivaninha e sustentou a cabeça nas mãos como se ela pesasse uma tonelada. Os alunos não tinham culpa de sua angústia. A responsável professora controlou sua vontade de gritar e sair correndo quando a turma se dividiu, uns tomando partido de Sara e outros de Nathan, que discutiam qual trabalho era mais importante em uma fazenda: cuidar dos animais ou da plantação. Jane E. não soube definir como e quando a discussão tinha começado e, durante a aula toda, o assunto voltava. Quando os alunos finalmente foram embora, Jane E. se deu um tapinha nas costas, congratulando-se pelo domínio próprio. Porém, o preço do autocontrole foi uma dor de cabeça poderosa.

Uma leve batida na porta a fez levantar a cabeça pesada e soltar um suspiro. Por mais que ela desejasse ver *mountie* Julian, esperou não ver o casaco vermelho. A porta abriu-se, e Violeta entrou com a testa franzida.

– Minha filha, o que aconteceu? Ouvi o tumulto na sala o dia todo. Você está bem? – A mulher de vestido estampado gasto aproximou-se da escrivaninha.

Jane E. esticou as costas e tentou resgatar um sorriso.

– Cansada. Uma discussão sobre trabalho na fazenda. Não sei como começou, mas dou graças a Deus que acabou.

Violeta ajeitou o avental na cintura.

– Vamos à minha casa. Você precisa de um chá antes de ir embora.

Deus sempre mandava anjos nas horas mais críticas.

– Aceito. Ainda tenho que dar um pulo ao sítio Hebron. – Jane E. apontou para um cesto no canto da sala. – Preciso entregar os uniformes que costurei.

– Sheila já foi. Estou com Elsa e Lily em casa.

– Eu vou sozinha mesmo.

– Talvez o *mountie* apareça e lhe faça companhia. Esse cesto parece bem pesado. – Violeta lançou um olhar ao cesto mais uma vez.

Jane E. levantou-se e ajeitou o coque apertado. Como desejava arrancar todos os grampos e jogá-los pela janela! Balançaria a cabeça, jogaria os cabelos para os lados. Aproveitaria para abrir a gola do vestido. Depois, ela sairia correndo pelo campo, tomando o ar fresco da primavera. Talvez até arrancasse as botas e molhasse os pés no riacho.

– O *mountie* tem o trabalho dele e eu, o meu. Dou um jeito.

Violeta fez um gesto com a cabeça, sem muita convicção.

– Vamos então ao chá.

Sentada à mesa de Violeta, Jane E. terminou de beber o líquido quente e perfumado, e pegou mais um biscoito do pratinho pintado com pequenas flores. A dor de cabeça foi desaparecendo.

– Agora a cor voltou ao seu rosto. – Violeta, de dedos cruzados em cima da mesa, sorriu. – Mas ainda não acho que você deva carregar o cesto a pé até o sítio. Vou pedir a Samuel que a leve.

Jane E. não teve como discutir quando o pastor chegou e concordou com a esposa que a professora não deveria carregar o cesto pesado. Assim, ela se viu a caminho da casa de Yael ao lado do pastor Samuel. Uma coisa era querer ser independente, outra diferente era não ter os meios para isso. Assim, precisava arrumar formas de se libertar da caridade alheia. Do domínio de seu pai.

Jane E. foi recebida por Yael à porta da casa. Agradeceu ao pastor pelo transporte e abraçou o cesto.

– Nem acredito que conseguimos terminar tudo no prazo! – Yael levou a amiga para o quarto de costura.

Sheila esticava um dos vestidos na mesa.

– Todos os uniformes estão prontos.

Yael sentou-se na beira de uma cadeira com um papel na mão.

– Eu e Calebe fizemos umas contas. Com o lucro dos uniformes, podemos comprar outra máquina de costura.

Jane E. começou a puxar os vestidos do cesto e a esticá-los na mesa também.

– Não. Use seu dinheiro com sua família.

Yael olhou para Sheila, que deu de ombros. Voltou a olhar para Jane E.

– Mas precisamos de outra máquina, se formos aceitar mais encomendas.

– Eu vou comprar uma. – Jane E. cruzou os braços e levantou o queixo.

– Não é justo – Yael disse. – Você tem seus gastos também.

– Está decidido. Tenho um dinheiro guardado. – *O último montante no banco aqui*, ela pensou.

Um momento de silêncio se passou. Yael olhou para o papel com números na mão.

– Não quero que faça nada que vá prejudicar seu futuro.

Jane E. puxou Yael e Sheila pela mão.

– Trabalhando com vocês, meu futuro é promissor. Tenho algumas ideias.

As amigas se entreolharam. A professora lhes falou sobre as informações que *mountie* Julian tinha dado sobre o crescimento de Belleville e as oportunidades que elas teriam. Contou-lhes sobre o novo hotel, e como talvez os funcionários precisassem de uniformes. Sheila bateu palmas de felicidade, e Yael rodou pelo cômodo, fazendo um levantamento de estoque do material de costura: mexeu nas caixas de linhas, agulhas, alfinetes e voltou para perto da mesa, onde a pilha de uniformes da escola de moças testificava o trabalho das três mulheres.

– Acha que conseguimos pegar esses serviços? – Sheila pegou uma caixa de madeira com botões e a balançou como se fosse um chocalho.

– Vamos tentar. Quando formos entregar os uniformes à Coraline no fim da semana, podemos passar no hotel e em outros lugares, para perguntar.

A dor de cabeça de Jane E. tinha desaparecido. No peito, o coração palpitava de expectativa. Suas amigas precisavam do trabalho para sustentar suas famílias. Jane E. precisava do trabalho para garantir uma escola melhor para Harmony.

Nada a impediria de bater de porta em porta em Belleville para oferecer os serviços das exímias costureiras de Harmony.

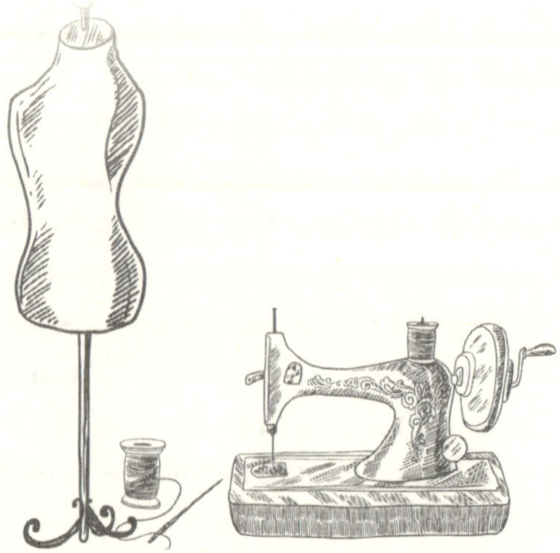

Capítulo 20

A proposta de Coraline teria sido um sonho, caso tivesse acontecido quando procurava trabalho no Oeste. Ontem fui com Sheila e Yael, para entregar os uniformes da escola de moças. Coraline elogiou o trabalho das nossas mãos e nos pagou acima do combinado. Segundo ela, a farmácia do marido e a escola estão indo muito bem. Antes de sairmos, Coraline me puxou para um canto, enfiou um pedaço de papel na minha mão e disse para eu pensar a respeito. Deixei Sheila e Yael irem à frente quando saímos do casarão, e mal pude acreditar na quantia que li na caligrafia de Coraline. O valor anual daria para me garantir uma boa vida sem precisar mexer na herança interditada da minha avó.

Sheila e Yael estavam tão empolgadas com o pagamento, os elogios e a carta de referência que Coraline escreveu para apresentarmos ao dono do hotel, que não perceberam meus lábios secos e meus olhos, os quais certamente estavam arregalados.

A conversa das minhas amigas com o sr. Baptiste, dono do Grande Hotel, se passou na minha frente como um sonho confuso. Só fui entender que ele nos tinha dito que entraria em contato, quando Sheila me repetiu a informação algumas vezes no caminho de volta para Harmony. Acho que minhas amigas pensaram que meu estado se devia ao dia quente e seco.

(Anotação do diário de Jane E.)

Jane E. esticou o braço e abriu a gaveta da cômoda do quarto. Tirou o bilhete de Coraline. A quantia permanecia a mesma. Não tinha sido um sonho. A professora colocou o material de escola em cima da cadeira e desfez o coque apertado. Tinha sido um longo dia. Durante a aula, Jane E. tivera um pensamento apenas, mesmo quando Sara insistira em lhe perguntar por que estava calada e pálida.

A oferta de Coraline prometia o que nenhuma costura prometeria. Sheila e Yael poderiam dividir entre elas todos os rendimentos das encomendas. Para que precisariam de mais uma sócia? Por outro lado, Jane E. mostraria ao pai que era capaz de viver sem o sustento dele e sem a herança. Seu sucesso provaria ao sr. Bell que a filha rejeitada tinha valor não só pelo dinheiro, mas pela consideração que Coraline dava ao seu talento.

A aula daquele dia teria deixado outros professores envergonhados de terem uma colega de profissão tão distraída e desinteressada. Até Nathan perguntara se a professora estava doente.

Na volta para casa da escola, Jane E. pisara em falso algumas vezes. Os buracos no caminho não chamaram sua atenção como sempre faziam. A razão era que sua mente parecia estar em uma briga de gatos. Por um lado, deixar Harmony seria abandonar seu propósito de se envolver na comunidade e ensinar as crianças que não tinham acesso à educação. Belleville era longe demais para esses filhos de fazendeiros, que precisavam de braços extras para o trabalho nos sítios. Poucos deles poderiam desperdiçar tempo indo para a escola em Belleville, ainda mais no inverno e com os perigos de assaltos que rondavam a região.

O que seria melhor para a comunidade: uma escola apertada e inadequada, com uma professora distraída, ou uma escola maior e melhor, com outra professora mais atenta?

Seu raciocínio sempre empurrava Jane E. de volta à realidade. Em Harmony, ela tinha amigos que a compreendiam, mesmo não sabendo muito do seu passado. Eles a aceitavam. Em Belleville, ela teria que recomeçar. Jane E. e Coraline nunca foram muito chegadas. A sra. Blanchet, com o novo marido e a escola, certamente não teria tempo para ouvir as lamúrias de Jane E.

E havia *mountie* Julian.

Jane E. devolveu o bilhete de Coraline para a gaveta e encostou-se na janela aberta. Alguns pardais brincavam entre os galhos de uma árvore e pareciam querer mostrar à mulher sisuda na janela que a vida deveria ser simples. Não era assim que dizia a Bíblia? Jane E., porém, via que suas questões se complicavam e ficavam mais embaraçadas que novelos de lã largados em um cesto.

O jantar delicioso que Amelie tinha preparado ameaçava subir pelo esôfago de Jane E. Os pardais, talvez cansados de mandarem um recado para ela sobre a simplicidade da vida, bateram em revoada e sumiram por cima do telhado da casa.

A jovem desabotoou o primeiro botão da gola alta do vestido marrom e virou a cabeça para a porta, ao ouvir uma leve batida.

– Querida, o *mountie* está na sala querendo trocar umas palavras com você. – A voz abafada de Amelie do outro lado não escondia sua animação.

Jane E. fechou o botão e a janela. Prendeu o cabelo no coque costumeiro e abriu a porta.

– Obrigada. Preciso de uns minutos. – Ela levou a mão ao cabelo, e Amelie balançou a cabeça em entendimento, saindo em seguida pelo corredor.

No espelho da cômoda, a professora recolocou um fio de cabelo no coque e bateu levemente nas bochechas. Sara tinha razão: ela estava mais pálida do que de costume.

Na sala de estar, Jane E. tirou a imagem do bilhete de Coraline da mente e fixou o olhar em *mountie* Julian. Algo estava diferente na expressão dele. Uma ruga entre as sobrancelhas? Os olhos mais caídos? Ele teria vindo de um embate com o crime e estava preocupado?

Com o chapéu debaixo do braço, o rapaz fez um movimento discreto com a cabeça quando Jane E. aproximou-se. Era impressão, ou o ar da sala estava viscoso e pesado? Ela engoliu em seco, desejando desabotoar a gola do vestido.

– Boa tarde. Que surpresa! – Ela fez um gesto para que ele se sentasse.

– Podemos dar uma volta? A brisa está fresca.

Seria mais fácil respirar lá fora. Jane E. apertou as mãos à altura da cintura.

– Claro.

Julian fechou a porta da casa e indicou o caminho que dava para os fundos da propriedade, onde fileiras de árvores frutíferas formavam corredores verdes. O céu dourado e rosa coloria a tarde longa de primavera. Jane E. entrou no túnel de árvores, e o rapaz a seguiu em silêncio.

No meio do pomar, Jane E. parou e virou-se para ele.

– Alguma coisa o está incomodando? – A ruga entre as sobrancelhas dele ficou mais profunda.

Julian apertou o chapéu no peito, as juntas dos dedos ficaram esbranquiçadas.

– Não sei para quem pedir permissão para cortejá-la.

Jane E. sentiu-se paralisar. Segurou a respiração. Tinha ouvido direito? Cortejar? A ela? Os lábios se colaram, de tamanha secura. O sangue lhe fugiu da cabeça e parou nas extremidades do corpo, que pulsava. Com grande custo, ela descolou os lábios, molhando-os com a ponta da língua.

– *Mountie* Julian... não entendi.

Ele soltou um longo suspiro, suspiro de um homem em agonia, como se tivesse uma grande dor. Amassou mais o chapéu.

– Meu coração deseja conquistar o seu. Preciso de uma chance.

Conquistar meu coração? Meu coração ressequido e desanimado? Mountie *Julian não tem noção do que pede, por mais que eu deseje que ele o conquiste.* Jane E. agarrou-se no tronco da árvore baixa. *O coração dele já conquistou o meu quando pela primeira vez caminhamos juntos na volta da igreja.* A marca. O que ele diria da marca?

Julian deu um passo à frente, aproximando-se de Jane E.

– Não está passando bem? Desculpe-me pela forma abrupta. Não sou um homem sofisticado e versado nessas coisas do coração.

Ela olhou para os dedos dele agarrados ao chapéu e depois olhou para o vinco na testa. Soltou-se da árvore e deu um passo atrás.

– Eu... – Os lábios voltaram a se colar.

Julian pendurou o chapéu em um galho e passou as mãos no pescoço, que ficou vermelho.

– Basta uma palavra sua. Se disser que não aceita minha corte, entenderei. Se disser que preciso conversar com seu pai, por mais difícil que isso seja, eu o farei. Farei o que quiser. Preciso muito do seu respeito, mas preciso de ajuda para saber como respeitá-la.

Jane E. cruzou os braços e esfregou as mãos nas mangas do vestido.

– *Mountie* Julian...

– Julian. Chame-me de Julian.

Jane E. passou a ponta da língua nos lábios.

– Julian.

Ele esboçou um sorriso.

– Melhor assim.

– Não sei o que dizer.

– Sim ou não. Aceitarei qualquer resposta, mesmo que uma delas vá me deixar em grande dor e tormento.

O que significava o cortejo? Com Albert, tudo tinha sido discutido entre os pais. A família Bell fez um jantar para a família de Albert, e ali começou o cortejo. Até que tudo se desfez, e ele se casou com Catherine. Jane E. nunca tivera outra experiência romântica. Não ela: séria, sem cor, sem asas para voar. *Mountie* Julian estaria disposto a permanecer em terra por causa dela?

Jane E. afrouxou a gola alta com o dedo. Examinou o rosto angustiado de Julian. Ela queria dizer sim. Mil vezes sim!

Como, porém, poderia prendê-lo em seu tormento?

Como Jane E. tinha tido a coragem de contar para Julian a mesma história que narrou para vó Nita? Seu rosto pegava fogo de vergonha, por ela e pelo pai. Jane E. omitiu detalhes do estado das roupas do sr. Bell e da mulher na biblioteca, pois jamais seria apropriado passar essa informação a um homem, ainda mais aquele que desejava conquistar seu coração já cativo.

Durante a narrativa, o semblante do *mountie* permaneceu impassível. A professora continuou a contar a história mesmo sem ter referência alguma do que ele estaria pensando. Por fim, ela virou-se de lado e fixou o olhar na fileira de árvores. A noite começava a descer no pomar, cobrindo-o com sombras. Jane E. desejou apagar-se como o fim do dia. Assim, Julian não veria a vergonha em seu rosto.

Ela fechou os olhos, como uma criança que se imaginava desaparecendo ao descer as pálpebras. O toque leve em sua mão não foi o suficiente para fazer com que Jane E. desejasse olhar para Julian e ver sua tristeza e decepção.

– Jane.

Seu nome saiu em um tom que parecia chamá-la das profundezas da terra, irresistível. A jovem abriu os olhos e se virou para Julian.

Ele tocou em sua mão novamente e, não encontrando resistência, a tomou para si.

– Posso cortejá-la? Sim ou não?

– Depois do que lhe contei, ainda deseja uma resposta? – A voz dela quase foi engolida pelo canto das cigarras.

– Não desejo uma resposta; desejo *a* resposta. Jane, nada do que me contou muda o que sinto. Pelo contrário, se posso estar ao seu lado como apoio, tanto melhor.

Ela levou a mão ao peito, onde seu vestido escondia sua marca.

– Não sou uma mulher bonita.

– É a mais linda de todas. – Ele fez mais pressão nos dedos longos dela.

– Tenho uma casca. Estou presa nela.

– Uma borboleta nascerá e alçará voo. E eu quero estar por perto para ver.

Jane E. considerou aquelas palavras. E se nunca saísse do casulo? Seria egoísmo seu arrastar Julian para seu mundo confinado?

Ele olhou para ela, os olhos cheios de expectativa.

Aproximando-se, Jane E. permitiu que a mão dele engolisse a sua em um toque firme e quente.

– Não existe ninguém a quem deva pedir permissão. A resposta é minha. Sim.

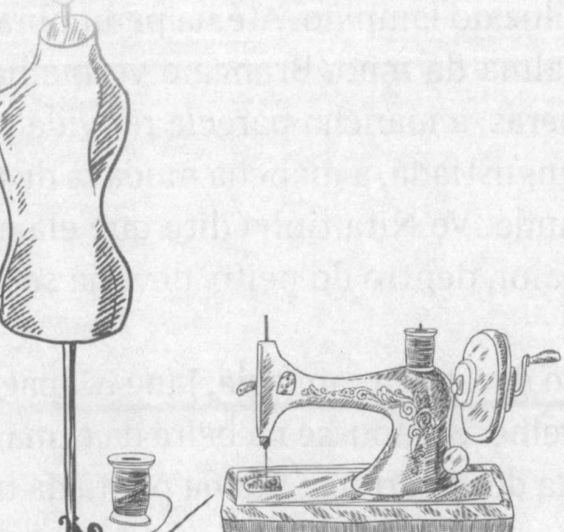

Capítulo 21

Fiz uma besteira. Prendi Julian no meu casulo. Quando eu poderia imaginar que a visita dele hoje seria para dizer que quer me cortejar? Imaginava que éramos amigos. Bem, somos. Porém, ele ter interesse romântico em mim? Nem mesmo abrir sobre minha vergonha de ter apanhado meu pai em situação constrangedora foi suficiente para desanimar o mountie*. Julian... seu nome sai com suavidade dos meus lábios. Julian.*

Ele disse que sou a mulher mais linda. E se visse minha marca?

(Anotação do diário de Jane E.)

Jane E. jogou a trança longa por cima do ombro, abaixou o decote alto da camisola e examinou sua mancha no espelho, à luz do lampião. Até na penumbra ela era feia. Do tamanho da palma da mão. Branca e vermelha, com algumas áreas mais ásperas, a mancha parecia ter vida própria. Quando Jane E. ficava angustiada, a mancha mudava de tom, um vermelho mais profundo. Vó Nita tinha dito que ela melhoraria; mas que a marca maior, dentro do peito, deveria ser tratada primeiro. Como?

Soltando o decote da camisola, Jane E. apagou a imagem da mancha do espelho. Sentou-se na beira da cama e pegou a escova de cabelo. Ela desamarrou a fita na ponta da trança e desfez o penteado. Escovou devagar as ondas do cabelo grosso, descendo até a cintura, enquanto analisava seu rosto no espelho. Desviou o pensamento da marca para Julian. Ele também sofria com o rompimento do relacionamento com os pais.

Depois da resposta de Jane E. de que ele poderia cortejá-la, Julian beijara as pontas dos seus dedos, um a um. Enquanto recebia o carinho, ela repetia o nome dele: Julian. Ao terminar com um beijo demorado na palma da mão de Jane E., ele dissera:

– Gosto do meu nome pronunciado pelos seus lábios, em um tom de gratidão e alegria. – Ele sorriu e continuou: – Essas não são minhas palavras, mas do sr. Rochester para Jane Eyre. Elas me representam. Você é minha Jane Eyre.

Jane E. tinha flutuado de volta à casa, segurando no braço de Julian, sentindo seus músculos fortes sob a manga do casaco vermelho. Sentiu-se protegida, cuidada. Permitira-se imaginar que era linda, como ele dissera.

No reflexo do espelho, Jane E. viu seus lábios se curvando em um sorriso. Era inevitável: ele vinha de dentro do coração. Ela deixou a escova na cômoda e ajoelhou-se ao pé da cama. Como havia tempos não fazia, soltou um grito silencioso de súplicas a Deus. Muitos dos seus conflitos dependiam de intervenção divina. Afinal, quem conseguiria mudar o coração duro do sr. Bell?

Rostos curiosos viraram-se para a porta da sala de aula, que se abriu pouco depois do recesso do almoço. As pequenas lousas individuais dos alunos foram ignoradas quando a professora se levantou da cadeira e foi até a porta.

Olhos imensos nos rostos miúdos correram pela sala de aula e estacionaram na figura da professora.

– Boa tarde, sou Jane E. Bell. – Ela cumprimentou o homem de chapéu de palha e rosto curtido pelo tempo e abaixou-se. – E você, quem é?

A menina de vestido remendado escondeu o rosto na cintura do homem. O cabelo ruivo embaraçado à altura dos ombros cobria seus olhos como uma cortina. Jane E. esticou as pernas e encarou o homem, esperando uma resposta.

– Professora – ele limpou a garganta e continuou, em sua voz grossa e profunda –, sou Misael Davis, e esta é minha filha, Abigail. Abbie.

Um burburinho recomeçou na sala de aula. Jane E. virou-se para a turma.

– Continuem suas somas e subtrações. – Mais alguns sussurros, e logo os alunos se calaram, embora mantivessem os olhos nos recém-chegados.

Jane E. voltou-se para o homem de manga de camisa arregaçada e suspensório. Os olhos esverdeados dele pareciam perdidos. Ele tomava quase todo o espaço do vão da porta, mas havia uma fragilidade. Tirou o chapéu e coçou a cabeça, o cabelo ruivo grosso despenteado.

– O pastor Samuel pediu para eu trazer Abbie para sua escola. Ela tem 7 anos. Moramos no sítio Roseiral, além do sítio Hebron.

Ele passou a mão grande e calejada pela cabeça da filha, que olhava para a professora por uma fresta entre a cintura e o braço do pai. Seu olhar lembrava o de um gato, curioso, mas cauteloso. O nariz arrebitado e pintado de sardas dava à menina um ar brejeiro, de quem, dada a oportunidade, aprontaria uma arte irresistivelmente divertida.

Sara surgiu ao lado dos três à porta.

– Abbie, venha se sentar comigo.

Jane E. olhou para a jovem e ofereceu-lhe um gesto de aprovação com a cabeça. Sara estendeu o braço e pegou na mão da menina. Ela foi saindo da sua toca ao lado do pai e seguiu Sara até os fundos da sala, sentando-se no chão ao lado de uma prateleira de livros.

– Você conhece a história da lebre e da tartaruga? Vou ler para você – disse Sara, já cativando a atenção de Abbie.

A gratidão de Jane E. pela jovem era incalculável. O que faria com mais uma criança na sala apertada? Como recusaria Abbie? Sua condição de vida não parecia das mais favoráveis. Jane E. precisava resolver com urgência a situação da escola. Os homens de Harmony prometeram construir a sala improvisada assim que terminassem o plantio. Duas semanas era tempo de mais. E se chegassem mais crianças?

– Abbie é muito bem-vinda, sr. Davis. Pode deixá-la aqui. – Jane E. olhou de relance para a menina de rosto sardento, entretida com encenação de Sara ao ler a história.

O homem amassou o chapéu de palha.

– Vim só trazer Abbie para conhecer a escola. Não tenho como vir buscá-la mais tarde. Vou para Belleville a trabalho.

– Eu e Nathan podemos levá-la para nossa casa. Depois o senhor pode pegá-la – Sara ofereceu.

– Boa ideia. Sara e Nathan moram no sítio Hebron – Jane E. disse.

O sr. Davis hesitou. Passou os dedos pela barba por fazer.

– Se não for incômodo...

– Eu protejo *ela*! – Nathan gritou da carteira, sua voz falhando no meio da frase. A turma riu.

– Então, aceito – o homem agradeceu e avisou à filha que fosse obediente.

Jane E. cogitou onde estaria a mãe da menina. No Oeste não era incomum haver órfãos de pai, de mãe ou de ambos. A família teria sido vítima da violência nas estradas? Jane E. não se lembrava de ter ouvido falar dos Davis. Não os via na igreja, isso era certo.

Abbie voltou a atenção à história da lebre e da tartaruga. Jane E. despediu-se do homem e foi passando pelas carteiras, verificando a lição de aritmética. Porém, sua mente girou, buscando resolver o problema da escola. Costurar lhe traria uma renda, mas não imediatamente. Aceitar o emprego na escola de

Coraline lhe daria dinheiro, mas a tiraria de Harmony. Cada vez que pensava nisso, seu estômago apertava, e a raiva pelo pai aumentava. Sua conta no banco em Belleville tinha quase secado. Logo não teria dinheiro para comprar uma bala na loja da Mari. Ela e Sheila tinham abandonado a curta tradição de tomar café da manhã aos sábados na loja. Em breve, a decisão de comprar uma máquina de costura nova teria que ser descartada.

O fim da aula chegou, e Sara pegou Abbie pela mão, prometendo-lhe que contaria mais histórias quando chegassem ao sítio. Nathan esqueceu-se do seu papel de protetor e saiu correndo assim que Jane E. balançou a sineta despedindo a turma.

Aproveitando o silêncio na sala de aula, a professora recolheu o material das carteiras e guardou mais itens perdidos: uma lancheira, um saquinho de pano com balas e um vidro com joaninhas mortas.

A batida na porta acelerou o coração da professora. Ela ajeitou o coque e praticamente correu por entre as carteiras, ansiosa por ver o rosto de Julian à luz do dia. Queria conferir que o pedido dele na noite anterior era verdadeiro. Desejava lhe contar sobre seu dia e perguntar sobre o dele. Talvez ele até a acompanhasse à casa e recitasse algum trecho de livro.

Jane E. estava se acostumando com os sorrisos, que vinham com facilidade. Ela passou as mãos pela saia do vestido cinza, parou em frente à porta fechada e inspirou profundamente. Pegou na maçaneta, o coração batendo forte, pronta para ver o casaco vermelho e o sorriso delicioso.

Em vez disso, deparou-se com o terno escuro e o bigode de camundongo. Todos os músculos de Jane E. se tensionaram.

– Boa tarde, senhorita Bell. – O cumprimento do detestável advogado era o prenúncio de más notícias, como uma nuvem negra e carregada. Ele era o mensageiro do sr. Bell. O mensageiro da maldade.

Capítulo 22

Não consigo tirar da cabeça a imagem do camundongo se mexendo no rosto do sr. Stilinski, fazendo o papel de porta-voz do meu pai, trazendo mais ameaças. O bigode horrível mexia de um lado para o outro, de cima para baixo como se tivesse vida e entregasse o ultimato do sr. Bell: "Volte já para casa ou será definitivamente deserdada da família", o camundongo dissera. Se a cena não fosse trágica, eu teria dado risada.

Diário, bati a porta da sala de aula com toda minha força, quando o advogado foi embora. As paredes chegaram a estremecer. Meu chão sumiu. A raiva subiu a um nível insuportável. Mais do que nunca, preciso tomar um rumo na vida. Preciso tomar uma decisão sobre que trabalho farei.

Ainda bem que Julian não apareceu hoje. Não teria condições de falar com ele. Já foi difícil demais manter uma conversa corriqueira com Amelie e Joaquim no jantar. Sei que ela notou meu estado de espírito, mas preferi correr para o quarto depois que a ajudei a limpar a cozinha. Preciso pensar. Preciso agir.

(Anotação do diário de Jane E.)

O papel pardo estava rasgado em cima da cama. O livro, uma edição de luxo de *Um Conto de Natal*, de Charles Dickens, estava jogado na colcha branca. Mais um presente expiatório da sra. Bell. Nada de cartas no pacote que

Amelie entregara, assim que Jane E. chegou da escola. O que esperava que sua mãe lhe escrevesse? Palavras de perdão? Nunca! Curiosidade sobre a vida da filha no "fim de mundo"? Jamais. A sra. Bell enviava livros como se fossem bandeiras brancas, mas não se importava em estabelecer a paz com a própria filha.

Com as mãos trêmulas, Jane E. abriu o armário e tirou sua pasta de couro. Distribuiu os desenhos por cima da cama, cobrindo o livro de Dickens. Os desenhos mostravam modelos de vestidos que eram a sensação em Montreal, Paris, Londres e Nova Iorque. Jane E. nunca tinha frequentado desfiles de moda, mas tivera acesso a revistas que sua conceituada escola trazia de Londres. A jovem não copiava os modelos; criava os seus, seguindo as tendências da moda da virada do século vinte: saias menos rodadas, plissadas, tecidos de cores mais vivas e laços largos.

Ela passou os dedos pelas linhas firmes e considerou se alguém em Belleville teria interesse em adquirir aqueles modelos. Sheila e Yael tinham o talento necessário para transformar os desenhos em vestidos. Uma máquina de costura a mais agilizaria o processo. Jane E. tinha tomado a decisão de tirar do banco a quantia para a máquina. O dinheiro estava guardado no armário, dentro do bolso de um casaco. Era o que tinha restado das economias.

Seria um risco gastar tudo, mas, se quisesse depender de si mesma e não do pai, da herança da avó e da família Bell, Jane E. não tinha tempo a perder. Quanto mais ficasse se debatendo entre a oferta de Coraline e a ampliação do negócio com Yael e Sheila, menos condições teria de fugir das garras do pai.

Enfiando a mão no bolso de um dos casacos no armário, a professora puxou um envelope. Abriu-o e contou o dinheiro. Era isso. Tinha que agir rápido. Estava decidida: no dia seguinte, após o trabalho, iria a Belleville na carroça de Joaquim e compraria a máquina de costura.

Jane E. guardou os desenhos na pasta, que foi parar de volta no armário. Depois, abriu a gaveta da cômoda e puxou uma folha de papel. Ela sentou-se na cadeira da escrivaninha e preparou o tinteiro e a caneta. Estalou os dedos e começou a tão necessária carta.

Pai,

Aprendi desde cedo que eu deveria honrar pai e mãe. Porém, sei que os pais não devem provocar a ira dos filhos. Eu sempre o honrei, mesmo depois que deixei de ser sua princesa. Honrei-o com meu silêncio. Porém, já não consigo me calar. Não quero carregar seu segredo, seu pecado. Ele não me pertence.

O senhor vai me deserdar, mas não vai apagar da sua memória minha existência. Serei seu constante espinho na carne. Não que eu deseje isso. Sei como é penoso ter um espinho. Eu tenho um no peito.

Talvez me deserdando, o senhor rompa definitivamente nosso relacionamento. Talvez com isso eu possa viver mais leve.

Jane E. passou as costas da mão pelos olhos úmidos. Não deixaria um borrão de lágrima no papel. Ela molhou a caneta no tinteiro.

Fui sua princesa um dia. Lembro-me de como o senhor me rodava no ar, nós dois rindo, causando até ciúmes na mamãe e em Catherine. Éramos inseparáveis. Hoje um abismo existe entre nós. Um abismo tão profundo e largo, que nenhuma ponte nos uniria, a não ser a ponte da graça. Isso que desejo. Desde os 12 anos não recebo graça do senhor nem da mamãe.

Diga ao sr. Stilinski que não me procure mais. Aceito seu ultimato: não voltarei para casa. Corte minha herança.

Jane Eyre Bell.

(Se quiser retirar seu sobrenome de mim, serei apenas Jane Eyre. Bem a calhar, já que serei órfã.)

Com o envelope endereçado e selado, Jane E. pegou o livro de Dickens de cima da cama e passou o dedo pela capa. Seu pai muito bem poderia fazer o papel do senhor Scrooge, pois não se relacionava com quem ficou no passado e muito menos com quem estava no presente. Como um homem carinhoso e sorridente tinha se transformado naquele homem atormentado? O fato de ter sido pego pela filha querida em um ato reprovável não explicava toda a história. Jane E. teria uma visão distorcida do pai antes do acontecido? De qualquer forma, isso não importava. Sua carta, com a quebra definitiva do laço familiar, estava pronta para ser enviada, colocando uma pedra sobre o passado. Porém, Jane E. sabia que essa pedra poderia cobrir a carniça, mas não disfarçaria o fedor.

Sentindo-se abafada naquele início de noite de primavera, a jovem lavou o rosto na bacia de louça na mesa de cabeceira e saiu de casa, tomando o caminho do pomar. Parou no mesmo lugar, na mesma árvore, onde Julian tinha pedido para cortejá-la. Sentia sua falta. Falta de lhe contar sobre a visita do advogado. Ela teria coragem de comentar sobre o conteúdo da carta ao pai? Julian tinha sido categórico ao falar da importância do perdão, mesmo não tendo conseguido reatar com a própria família. Jane E. tinha aprendido que perdão era uma decisão, não uma amnésia. Todos os dias ela tentava decidir perdoar o pai, mas ele a cutucava através do sr. Stilinski e seu bigode de camundongo, provocando mais ainda sua ira.

Não! Preciso parar com isso. Vou enviar a carta e não mais pensar no meu pai. Certamente ele me deixará em paz, com minha decisão de romper com a família. Preciso seguir em frente. Tenho que canalizar essa energia gasta com a raiva para o trabalho de costura. Amanhã compro minha máquina. Amanhã as coisas mudarão.

Jane E. seguiu pela fileira de árvores em direção ao laguinho que alimentava a irrigação do sítio de Amelie e Joaquim. A noite descia devagar naquela época do ano. O espelho d'água plácido mostrava alguns marrecos deslizando em grupo.

Jane E. encontrou um largo tronco caído e se sentou, pegando um graveto da grama. Levou o graveto de um lado para o outro, fazendo desenhos imaginários de vestidos no chão. O sol deixara o calor no ar, e Jane E. abriu os dois botões da gola alta. Se um dia usasse um vestido colorido, ele seria verde-esmeralda.

Ela usou a grama de tela e imaginou um decote canoa e mangas bufantes, como ditava a moda em Paris. A cintura bem-desenhada e a saia longilínea destacavam melhor o corpo das mulheres, diferentemente das saias cheias de anáguas e arame, de anos anteriores. Na tela imaginária, Jane E. desenhou sapatos forrados de cetim.

O ruflar do gramado obrigou-a a parar o desenho e a se virar para trás. As botas marrons de cano alto surgiram no seu campo de visão. Jane E. levantou o olhar, subindo pelo casaco vermelho até encontrar o rosto de Julian. Era um rosto diferente daquele quando Jane E. deu seu sim. Ela levantou-se e segurou no braço dele.

– O que houve? – ela perguntou.

Julian tirou o chapéu e o colocou debaixo do braço.

– Minha mãe. Está doente. Recebi uma carta de um primo.

– Sinto muito. O que vai fazer? – Jane E. puxou Julian para a beira do lago.

– A pergunta seria: o que desejo fazer? Porém, o que quero não posso. – Ele seguiu os marrecos com o olhar.

– Sua mãe o expulsaria de casa?

– Acho que não, mas usaria minha visita para dizer que eu sou responsável pelo estado de saúde dela.

Jane E. seguiu o olhar dele até os marrecos.

– É muito grave? – O ombro coberto com o casaco vermelho encostou nela. A jovem desejou deitar-se naquele ombro, fechar os olhos até que a dor dele e dela desaparecesse. Porém, nada era simples assim.

– Meu primo não explicou o que era. Falou que ela estava de cama.

Como Jane E. reagiria se recebesse a notícia de que sua mãe estava doente? Talvez apenas lhe escrevesse uma carta.

Julian virou-se para ela e a segurou pelas mãos.

– Desculpe-me. Não vim aqui para aborrecê-la com meus problemas. – Ele tentou sorrir.

– Não sei nada sobre cortejar, mas acho que inclui dividir as alegrias e as tristezas – Jane E. disse.

– Tem razão. Vou escrever de volta para meu primo e saber mais. Agora, quero saber do seu dia. – Julian fez um sinal para que a professora se sentasse novamente no tronco. Ele sentou-se ao seu lado.

Jane E. lhe contou sobre a visita do sr. Stilinski. Julian apertou os punhos e disse que procuraria o advogado para conversar. Ela pediu-lhe que não fizesse nada por enquanto.

– Meu dia teve algo muito mais importante. Recebi outra criança na escola. Abbie. O pai é Misael Davis.

Mountie Julian esfregou as mãos.

– Ele é viúvo. Perdeu a esposa há um ano, de gripe. Cuida sozinho da filha e é meio recluso. Uma vizinha o ajuda, mas a mulher tem sete filhos, inclusive um recém-nascido.

Jane E. levou a mão aos lábios.

– Que terrível!

– Misael cria ovelhas. Vai muito para Belleville. Abbie está crescendo e precisa de atenção.

Um fogo subiu pelo peito de Jane E. A máquina de costura, seus desenhos... Ela trabalharia de sol a sol para oferecer conforto e ensino aos alunos e a outras crianças na situação de Abbie.

– Amanhã vou a Belleville. Preciso comprar uma máquina de costura. – Ela levantou-se do tronco em um pulo. – Quero mostrar algo para você. Venha comigo.

Julian levantou-se, colocou o chapéu e seguiu a apressada professora pelo túnel de árvores do pomar.

Os desenhos dos vestidos cobriam o estofado do sofá de Amelie. Julian pegou um deles e o examinou. Ele passou os dedos pelo traçado escuro.

– Foi você quem fez?

Jane E. colocou as mãos na cintura.

– Criações minhas.

– Só entendo de uniforme da Polícia Montada, mas esses vestidos chiques nunca vi por aí. Nem em Edmonton, muito menos em Belleville. – Ele deixou o desenho no sofá e pegou outro. – O que pretende fazer?

– Costurar, vender. Preciso de uma escola maior. Posso trabalhar todos os dias depois das aulas. Tenho os fins de semana. Sheila e Yael não negam serviço.

Julian correu os olhos pelos desenhos.

– Você tem muito talento. Muitos talentos.

Jane E. sentiu o rosto esquentar. Ela ainda recebia, com constrangimento, os elogios dos amigos de Harmony. Receber elogios de Julian era uma experiência nova e prazerosa.

Amelie entrou na sala com uma bandeja com xícaras. Parou imediatamente ao ver os desenhos em cima do sofá. Julian correu para pegar a bandeja, que a mulher quase soltou, produzindo um barulho de xícaras batendo nos pires.

– Meu Deus, o que são esses desenhos? – perguntou ela, levando as mãos ao rosto rechonchudo.

O calor no rosto de Jane E. voltou, mas por um motivo diferente. Sentia vergonha de nunca ter mostrado os seus desenhos para a mulher que a acolhera em sua própria casa.

– Sim, faço esses desenhos. São modelos usados na Europa.

Amelie aproximou-se do sofá e, como uma criança, olhou para a dona dos desenhos, pedindo permissão para tocá-los. Jane E. fez um gesto afirmativo com a cabeça. Amelie pegou um dos desenhos com reverência e estendeu o braço para visualizar melhor a imagem.

– Isso existe mesmo? Essas roupas?

– Sim... – Se todas as mulheres reagissem aos modelos como Amelie, Jane E. teria uma grande clientela.

Amelie fez um estardalhaço com os outros desenhos, elogiando cada vestido, os detalhes das mangas bufantes, dos decotes rendados, das barras das saias decoradas com fitas. Ela correu à cozinha e voltou puxando Joaquim pela mão.

– Veja, veja! – A mulher explicou ao marido o que eram os desenhos, e ele olhou para Jane E. com olhos arregalados.

Uma grande animação começou a tomar conta da professora desenhista. Era a confirmação de que deveria esquecer-se de vez da proposta de Coraline e lançar-se no mundo da costura, sem perder de vista o alvo maior: a escola.

Quando Amelie se acalmou e Julian se despediu, prometendo à Jane E. que a levaria pessoalmente a Belleville para comprar a máquina de costura, a autora dos desenhos os guardou de volta na pasta no armário e pegou o diário. Nele, ela fez uma anotação que destoou das anteriores.

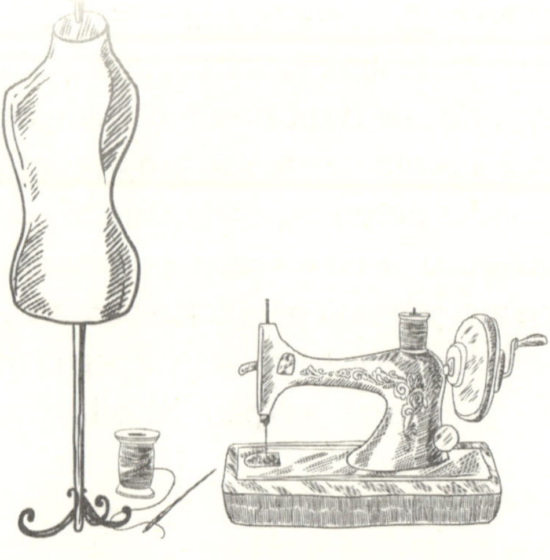

Capítulo 23

Posso ser alguém. A casca do casulo ameaça romper-se. Seria isso? Nem a imagem da cara azeda do sr. Stilinski pode apagar minha animação. Amanhã compro a máquina de costura. Vou fazer um vestido: verde-esmeralda. É o que usarei no piquenique da igreja em duas semanas, no mesmo dia em que os homens levantarão o telhado da sala de aula improvisada. Confesso que estou ansiosa. Tenho medo. E se as pessoas me julgarem pela minha vaidade de ter um vestido com cor? O que Julian pensará?

Há processos que não podem ser interrompidos. Acho que chegou minha hora.

(Anotação do diário de Jane E.)

O olhar de Sara seguia cada passo da professora. Jane E. sabia que era seu cabelo. O coque apertado e baixo tinha sumido. Deu lugar a um mais frouxo e trançado. Ele tinha dado trabalho, mas o resultado saiu como o da imagem de uma das revistas. Ao escrever uma atividade na lousa, Jane E. notou, de rabo de olho, Sara afrouxar o próprio cabelo, preso em uma trança grossa. Abbie olhava com interesse para a jovem ao seu lado.

A professora cogitou se seu comportamento vaidoso pudesse gerar futilidade entre as alunas. Por outro lado, qual menina não admirava sua mãe ou mulheres mais velhas, copiando seus jeitos? Jane E. fizera isso em uma época na qual sua mãe lhe dava atenção. Ela usava os sapatos forrados da sra. Bell e colocava seus colares de pérolas. Abanava o leque de penas e desfilava no quarto da mãe, enquanto ela se aprontava na penteadeira, finalizando o modelo da vestimenta com chapéus que eram a última moda em Montreal. Isso tudo terminara aos 12 anos. A partir daquele dia, Jane E. queria sumir em roupas escuras. Sua mãe parecia preferir a filha com roupas tristes. Madame Dupoint, a costureira da família, balançava a cabeça em desaprovação ao fazer a prova dos vestidos sisudos de Jane E., embora não expressasse em voz alta seu desgosto. Foi madame Dupoint que ensinou os primeiros pontos à menina. Ela dizia: "Talvez um dia lhe seja útil costurar suas próprias roupas". Jane E. sempre imaginou se aquilo era uma espécie de profecia.

A professora deixou o giz na beira da lousa e virou-se para a turma. Sara tinha dado um nó na trança, improvisando um coque. Abbie estava de joelhos na cadeira, examinando o penteado da colega. O rosto de Jane E. esquentou. Talvez no dia seguinte devesse voltar ao penteado antigo.

O relógio de parede apontou meio-dia. Jane E. balançou a sineta, e os alunos saíram disparados porta afora, com suas lancheiras. Sara ficou para trás, segurando a mão de Abbie.

– Sara, foi tudo bem com Abbie na sua casa? O sr. Davis a pegou no horário combinado? – Jane E. abriu um caderno de capa dura em cima da escrivaninha e fez umas anotações.

– Sim. Tudo certo. Vamos ficar com Abbie em casa todos os dias depois da aula. Yael acha que podemos ajudar o sr. Davis assim.

Jane E. fechou o caderno.

– Isso é bom. – Ela virou-se para Abbie. – Está gostando da escola?

Em resposta, a menina balançou a cabeça para cima e para baixo, os olhos grandes cheios de curiosidade.

– Minha mãe está no céu.

Jane E. aproximou-se da menina, que não soltava a mão de Sara.

– Eu sei. Sinto muito.

– Pedi a Deus outra mãe. Meu pai disse que isso é besteira, que somos felizes juntos, eu e ele. – Os olhos de Abbie desviaram-se para o assoalho.

– Seu pai deve sentir saudade da sua mãe, e não quer outra pessoa.

O que Jane E. sabia sobre viuvez? Nem de casamento entendia. Não com o exemplo de casa.

Abbie olhou para a professora com intensidade.

– Mas vou continuar pedindo uma mãe nova. – Ela puxou Sara pela mão. – Vamos lanchar.

As duas meninas saíram, deixando Jane E. de boca aberta com a ousada oração de Abbie. Talvez devesse aprender uma lição de fé com a garota e pedir pais novos para Deus; novos com coração de carne, e não de pedra.

Julian já a esperava com a carroça emprestada de Joaquim na frente da escola, quando Jane E. despediu-se dos alunos. Ela acenou para ele da janela e considerou prender o cabelo no coque antigo. Não estava preparada para mais olhares curiosos. Decidiu deixar o cabelo como estava. Se ela e Julian estavam se conhecendo, era melhor o *mountie* já saber que a professora começava a quebrar o casulo. O próprio Julian tinha dito que Jane E. sairia dele como uma linda borboleta.

A reação do rapaz não poderia ter sido mais inesperada. Ele segurou na mão de Jane E. para ajudá-la a subir na carroça. Porém, quando colocou o pé do outro lado do seu assento, com os olhos fixos na moça, pisou em falso e caiu para trás, batendo as costas em uma árvore. Para quem montava em um cavalo com destreza e corria atrás de bandidos, Julian pareceu bem estabanado.

Jane E. levou a mão ao rosto. O *mountie* se recompôs e subiu na carroça, pegando a rédea do cavalo marrom.

– Você se machuchou? – ela perguntou.

Ele colocou o cavalo em movimento, nitidamente constrangido.

– Não. – De rabo de olho, examinou o rosto de Jane E. – Você está diferente.

Homens! Não conseguiam identificar uma simples mudança no cabelo de uma mulher. Jane E. bateu no coque trançado.

– Meu cabelo.

– Oh!

Oh? Oh, ficou bom? Oh, ficou horrível? O que ele queria dizer? Jane E. recriminou-se mais uma vez. Tinha distraído Sara e Abbie das lições naquele dia. Julian quase caiu da carroça. *Oh?*

O percurso foi mais longo do que ela imaginava. Não que os quilômetros tivessem se multiplicado. Era sua insegurança que fazia o tempo se arrastar. *Oh?*

De repente, toda a animação de comprar a máquina de costura se esvaiu. Quem ela achava que era? Jane E. nunca mudaria.

Na curva final nos arredores de Belleville, Julian fez uma parada e desceu da carroça. Amarrou a rédea em um galho e sumiu para dentro do mato. A professora olhou de um lado para outro, tentando identificar um motivo para a parada brusca. Ele precisava aliviar a bexiga? Momentos depois, o rapaz voltou com um macinho de flores silvestres. Subiu na carroça, quase escorregando de novo.

Julian estendeu o braço com as flores amarelas, violetas e brancas.

– Para você. – Ele conduziu o cavalo para o meio da estrada, na direção de Belleville. – Você merece todas as flores dessa campina.

Diminuindo a velocidade do cavalo, Julian ofereceu a Jane E. um sorriso mais iluminado que o sol no céu azul.

– Se eu pudesse, rodaria o mundo para pegar flores nas montanhas e nas matas tropicais.

Jane E. abriu os lábios e soltou um soluço misturado com riso. Sua cabeça girava. Ela se sentia embriagada como quando tivera gripe, e o médico lhe dera um xarope forte. Porém, sua visão não estava embaçada igual àquele dia de cama. A paisagem ao redor de Jane E. transformou-se: a luz era mais intensa, o verde mais profundo e o céu de um azul que chegava a machucar os olhos. Ela abaixou o rosto e cheirou as flores. Se isso era ser cortejada, não poderia imaginar algo mais lindo e singelo ao mesmo tempo.

– Obrigada, Julian.

Ele olhou para ela e sorriu.

– De nada, Jane. É um prazer.

A professora abaixou os olhos, e seus lábios se curvaram em um sorriso. Sim, nada mais lindo e singelo.

* * *

– Mais para a direita – *mountie* Julian falou, e Calebe redirecionou a máquina de costura ao tentar passar pela porta de casa.

– Jane E., que máquina linda! Deve ser um novo modelo! – Yael andava de um lado para o outro na sala, enquanto observava os dois homens manobrando a máquina na porta. – Tem certeza de que não quer levá-la para a casa de Amelie?

Jane E. bebeu o resto de água no copo de barro e o deixou em cima da mesa.

– Prefiro que fique aqui, para você e Sheila trabalharem juntas, enquanto dou aula. Venho para cá depois do trabalho. É mais produtivo assim.

Julian e Calebe cruzaram a sala e carregaram a máquina para o quarto de costura.

– Pronto. – Calebe passou o braço pelo ombro da esposa. – Daqui sairão belas roupas. Essas três mulheres são incríveis.

Yael bateu na barriga do marido.

– O que você entende de roupas?

– Nada, mas entendo de trabalho, e você, Sheila e Jane E. não param.

Jane E. olhou para o casal à sua frente e para Julian. Quando ela e ele teriam a intimidade de Yael e Calebe? Havia um longo percurso pela frente. Por enquanto, a jovem aproveitaria o cortejo dele. O macinho de flores estava no assento da carroça.

Quando Julian deixou Jane E. em casa, ela estava convicta de que tinha tomado a decisão certa comprando a máquina. Também estava certa de que seu vestido verde-esmeralda ficaria pronto a tempo para o piquenique. Com o pouco de dinheiro que tinha sobrado da compra da máquina, Jane E. adquiriu um corte de tecido da cor desejada, embora de qualidade inferior à dos vestidos guardados no armário do seu antigo quarto em Montreal.

Jane E. pegou uma folha nova da pasta de desenhos e fez umas linhas do novo modelo. Porém, sua marca estaria exposta com o decote que tinha em mente. Estava preparada para isso?

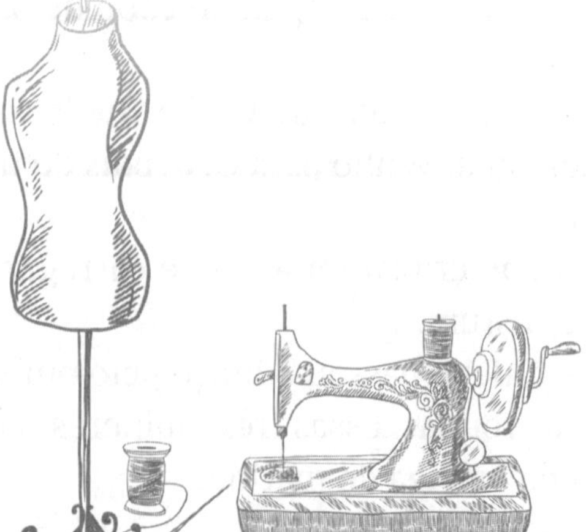

Capítulo 24

Querido diário, coloco em suas páginas este maço de flores que ganhei de Julian. Gosto desse cortejo. O que eu poderia fazer por ele, para deixá-lo feliz como estou? Não posso resolver o problema dele com a mãe (nem o meu com a minha própria). Preciso ter ideias. Julian merece. Por enquanto, mantenho minha boa disposição, mesmo que a ansiedade de receber uma carta do meu pai em resposta à minha me importune às vezes.

Só penso no rosto dele: Julian, Julian.

(Anotação do diário de Jane E.)

Os dias seguintes trouxeram uma explosão de flores a Harmony. A primavera tímida e contida desabrochara de vez. Flores amarelas salpicavam as extensas campinas, as casas exibiam jardineiras de flores coloridas e os campos brotavam com trigo, milho e aveia.

A igreja tinha recebido novos membros, incluindo três novas crianças. A sala de aula de Jane E. estava abarrotada. Os planos da estrutura da sala improvisada foram compartilhados durante um dos cultos de domingo. O piquenique se aproximava. Ele era um dos eventos mais esperados em Harmony. As mulheres já separavam as receitas das comidas que preparariam para o grande dia. Os homens tinham empilhado placas de madeira no fundo da igreja, para a nova sala de aula.

Jane E. tinha dificuldade de controlar as conversas na escola, que giravam em torno das atividades do piquenique. Na verdade, em alguns momentos no dia, ela deixava os alunos conversando, enquanto pensava no vestido que começara a fazer para sua primeira aparição fora da casca de roupas escuras.

Outra novidade que deixava a vila alvoroçada era a da visita de Alana e seu marido, Gabriel. Jane E. os conhecera brevemente quando chegou a Harmony. Logo eles se casaram e se mudaram para Edmonton, onde Alana estudava enfermagem, e Gabriel treinava para a Polícia Montada. Ele e Julian eram amigos. Foi por incentivo de Julian que Gabriel decidiu seguir o sonho antigo de fazer parte do batalhão.

Em uma tarde perfumada, Jane E. saiu da escola acompanhada de Sara, Nathan e Abbie, e seguiu para o sítio Hebron. Deu pouca atenção aos irmãos, pois na sacola havia itens especiais. Jane E. respondia às perguntas de Sara e Nathan em monossílabos, até que os dois se calaram e fizeram o restante do percurso em silêncio, com Abbie logo atrás arrastando um graveto no chão batido.

Ao ver a casa de Yael depois de uma curva, Jane E. apressou o passo. Ela soltou uma risada e levou a mão aos lábios quando Sara, Nathan e Abbie a olharam com curiosidade. Como Yael e Sheila reagiriam ao tecido verde?

Entrando na casa, Jane E. foi recebida pelas amigas. Ela abraçou a sacola.

– Preciso que me digam se sou louca, depois de lhes mostrar umas coisas.

Yael puxou Jane E. para o quarto de costura, e Sheila veio logo atrás, batendo palmas como uma menina que se preparava para ouvir um grande segredo.

Jane E. colocou a sacola na mesa e enfiou a mão dentro dela, como um mágico prestes a tirar um coelho da cartola. As folhas de papel duro com desenhos foram expostas em cima da mesa de costura.

Yael e Sheila suspiraram ao mesmo tempo e se debruçaram sobre a mesa, analisando os modelos.

– São perfeitos. – Yael correu os dedos pelos traços escuros harmoniosos. Ela olhou para Jane E. – Como...

– Eu desenho há muito tempo. – Ela deu de ombros. – São algumas ideias que tenho.

Sheila segurou no punho da amiga.

– E por que acharíamos que você é louca? Na verdade, eu é quem estou enlouquecendo com esses vestidos. – Ela levantou um dos desenhos e girou na sala.

– A mulher do prefeito de Belleville vai adorar esse modelo. – Yael passou a mão pelo desenho de um vestido com fru-frus.

– Podemos mostrar esses modelos para as alunas da madame Blanchet. – Sheila deu outro giro.

– Olhe o laçarote deste aqui! – Yael falou.

– E os babados! – Sheila pegou outro desenho.

Jane E. enfiou a mão na sacola.

– Tenho outra coisa para mostrar. Aí sim vocês vão me dizer se estou doida.

Sheila e Yael deixaram os desenhos em cima da mesa e olharam com curiosidade para a sacola. Jane E. tirou o pacote e o abriu devagar. Logo seus dedos correram pelo tecido verde. Verde-esmeralda. Ela levantou o vestido alinhavado e cheio de alfinetes.

– Que lindo! – Sheila aproximou-se e passou a mão pelo tecido. – Para uma encomenda?

Jane E. colocou o vestido inacabado em frente ao corpo.

– Não. É para mim. – Os dedos dela correram pelo decote canoa, desviando dos alfinetes.

Olhando para as amigas, Jane E. imaginou-se no piquenique. Teria mesmo a coragem de desnudar seu colo, desnudar a feiura dele? Até então, Sheila era a única que tinha visto sua marca. Quantas pessoas teriam a reação empática da amiga? Seus alunos achariam que a professora tinha uma doença contagiosa? *Mountie* Julian desviaria o olhar com desprezo e retiraria as palavras de elogio que tecera a ela?

– Sou doida?

Yael aproximou-se e pegou no braço de Jane E.

– Muitas vezes, nossas circunstâncias exigem que nos escondamos do mundo. Chega uma hora que precisamos sair. Imagino que é isso que queira fazer. Não sei das suas circunstâncias, mas digo que não é doida. Você é uma mulher de grandes talentos. – Ela apontou para os desenhos em cima da mesa e para o vestido azul no manequim, no qual Jane E. tinha dado alguns retoques. – Se isso é uma amostra das suas habilidades, é certo que Harmony tem muito a ganhar. Aliás, já ganha com seus ensinamentos na escola e sua música. Não vejo a hora de saber mais sobre você! – Yael abraçou Jane E. por cima do vestido alinhavado. Depois se afastou, segurando a saia verde. – Prove, para vermos como ficou!

Sheila, que observava as duas amigas, fez um sinal com a cabeça para Jane E. trocar de roupa.

– Não sei se devo.

Sheila aproximou-se de Jane E.

– Não é obrigada a fazer o que não quer, mas se dê essa chance.

Jane E. balançou a cabeça, concordando. Yael e Sheila saíram do quarto de costura, fechando a porta.

Pé ante pé, ela foi até o espelho preso na parede. Olhou seu rosto pálido e o coque apertado. Colocou o vestido verde na frente da roupa escura. Era tão difícil viver escondida, enclausurada, encurralada, encoberta. Nunca teria a resposta às suas perguntas sobre a reação dos alunos e do *mountie,* se não se expusesse por completo. Independentemente da atitude deles, Jane E. precisava se dar essa chance.

Ela despiu a roupa escura. Levantou os braços e permitiu que o tecido verde escorregasse por cima das roupas íntimas, ajustando-se às leves curvas do seu corpo. Lá estava a marca no espelho, olhando de volta para Jane E. De ímpeto, ela soltou os grampos do coque e fez uma trança lateral no cabelo ondulado, longo e brilhante. Respirando fundo, foi até a porta, abriu uma fresta e encontrou os olhares curiosos de Yael e Sheila. Em algum lugar da cozinha, Sara falou:

– O que estão olhando?

Yael abanou a mão para a irmã, pedindo que ela se calasse.

Sheila entrou primeiro e apertou os dedos de Jane E., encorajando-a.

– Está linda!

Yael entrou e fechou a porta. Jane E. parou no meio do quarto de costura, sua visão periférica captando a imagem dos tecidos, do manequim, das duas máquinas de costura. Ela jogou a grossa trança para o lado e abriu os braços, mostrando não só o vestido, mas a marca. Esperou ver espanto no rosto de Yael. Em vez disso, a amiga aproximou-se e passou as mãos pelas mangas bufantes do vestido verde.

– É lindo, e foi mesmo feito para você – Yael falou.

Jane E. virou-se para o espelho e tocou na marca.

– Tenho medo.

Yael e Sheila chegaram por trás da professora e passaram os braços pela fina cintura dela.

– O que vejo no reflexo do espelho é uma mulher que está pronta para sorrir – Sheila disse.

O peito de Jane E. pulsou, seus olhos arderam. Lentamente, os cantos de seus lábios foram se curvando em um sorriso.

– Ainda assim, tenho medo.

Yael segurou nos dedos de Jane E:

– Para essas horas, Deus nos dá amigos.

A professora virou-se para a mesa de costura.

– Tenho muitos planos e sonhos. – Ela olhou para os desenhos. – Quero realizar parte deles com vocês.

Yael bateu de leve no ombro de Jane E.

– Vamos realizar todos eles. E a resposta à sua pergunta anterior é: você não é doida.

Sheila pegou alguns grampos que Jane E. colocara na mesa. Levantou a longa trança da amiga e a prendeu em um coque alto e frouxo.

– Sei de um *mountie* que ficará mais apaixonado ainda, quando vir a bela Jane.

Jane E. fungou.

– Acha?

– Tenho certeza – Sheila respondeu.

Yael confirmou com um sorriso.

– Sheila, e se Julian me desprezar por causa da marca? – Jane E. trocou a sacola com seus tesouros de mão sem diminuir o passo. A barra do vestido escuro raspava no chão de terra e levantava poeira.

– Então, ele não merece você. – Sheila apertou de leve o braço da amiga. – Duvido que seja o caso.

Jane E. inspirou o ar morno da noite, que caía preguiçosamente, baixando sua cortina lilás do crepúsculo. À frente, o telhado de madeira da igreja com a cruz lembrou a professora das duras provações que passaria com o trabalho de costura, os planos para a ampliação da escola e uma conversa séria com Julian, sobre seu problema na pele. Ela concordava com Sheila; o *mountie* era um homem digno. Porém, não queria pegá-lo de surpresa no piquenique. Desejava o apoio dele ao chegar com seu vestido verde novo, mostrando o colo. Mas como ela mostraria a mancha para ele? Uma mulher decente não exibiria o decote para um homem. Depois de tantos anos usando roupas de gola alta, Jane E. se sentia ousada demais em fazer um vestido que deixava o pescoço à mostra, mesmo sendo esse o estilo que as mulheres adotavam até em Harmony.

Jane E. olhou discretamente para a amiga, que caminhava ao seu lado. A roupa de Sheila era simples como todas as outras que usava, doadas pelos moradores da cidade, quando ela foi resgatada por Julian e Gabriel depois de semanas refém de bandidos. Nada lhe restava da época anterior ao sequestro, quando seu marido foi morto. Seus poucos vestidos eram adequados à vida no campo, feitos de tecido resistente. O colo estava parcialmente à mostra. Sheila, porém, caminhava com confiança. Jane E. caminharia com essa confiança usando seu vestido novo?

Sheila parou assim que alcançaram a igreja.

– Sei que isso a preocupa. Porém, lembre-se: essa mancha está em você, mas não define quem você é. Jane E. é uma mulher forte, determinada. Discreta, com certeza, mas com um coração enorme. – Sheila pousou a mão no colo da amiga. – O que está debaixo da mancha é o que conta. – Ela beijou o rosto de Jane E. e despediu-se, indo na direção do casebre ao lado da igreja.

Jane E. acenou para Sheila e seguiu o curto trecho até sua casa. A cada passo, ela oscilava entre acreditar nas palavras de Sheila e deixar-se abater pelos anos de hostilidade do seu pai.

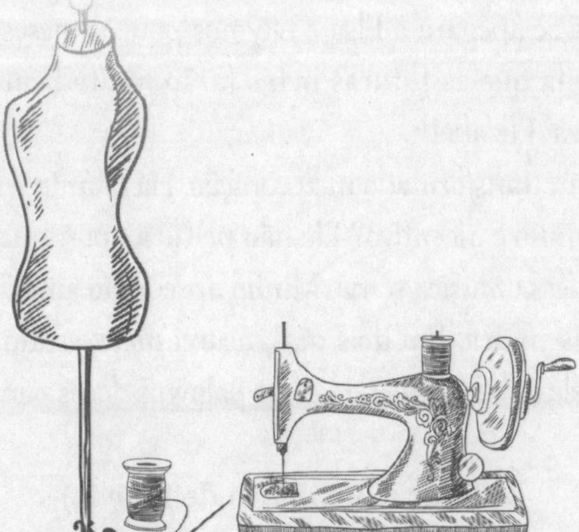

Capítulo 25

Mal acredito nas boas notícias dos últimos dias. Yael recebeu um pedido de quatro uniformes de camareira do Grande Hotel de Belleville. Já cortamos os vestidos e agora vamos costurá-los. Parte do que vou receber, pretendo guardar para meu fundo pessoal de melhoria da escola. Este mês, Amelie e Joaquim não aceitaram meu pagamento de hospedagem. Eles disseram que sou como uma filha e, sendo assim, não receberiam pagamento. Espero poder recompensá-los de alguma forma.

Outra notícia é que Alana e Gabriel chegaram de Edmonton para o piquenique no próximo fim de semana. O sr. Wilson veio junto e trouxe a mãe, Elizabeth, que estava na grande cidade visitando uma parente. Sheila está ansiosa. A futura sogra é uma mulher distinta da sociedade britânica, de modos e costumes diferentes dos nossos por aqui. De qualquer forma, ela se apegara à Elsa e Lily nos poucos meses em Harmony. Eu disse à Sheila que as futuras netas farão muito bem o trabalho de conquista da sra. Elizabeth.

Julian tem transformado meu coração. Há quanto tempo não ouvia palavras de carinho e incentivo? Ele não perde a oportunidade de encher meus ouvidos dessa música terna. Minha apreensão ainda é grande, com relação à minha marca. Em dois dias, usarei meu vestido novo, o colo à mostra. O que ele dirá? Ainda terá essas palavras doces para mim?

(Anotação do diário de Jane E.)

– Vestido de casamento? Não estamos colocando a carroça na frente dos bois? – Sheila segurou o tecido preto no tampo da máquina de costura.

Jane E. parou a agulha com linha no ar e olhou de Sheila para Yael, que alinhavava outro vestido esticado em cima da mesa de costura.

– Por que não? Você e James Wilson já fazem planos.

– Mas não houve ainda um pedido oficial. – Ela. inclinou a cabeça, como se considerasse a ideia da amiga.

Yael virou-se para Jane E.

– Pode fazer um desenho do vestido para Sheila?

Nada daria mais prazer a ela do que criar um vestido de noiva. Seria o primeiro de sua vida.

– É claro!

– Ouvi bem? Vestido de noiva? – O gritinho foi seguido de palmas. Era Mari. Ela olhou de Sheila para Jane E. – Quem vai ser a felizarda primeiro?

O coração de Jane E. dançou no peito. Não podia se enganar de que pensamentos de casamento não vinham com constância à sua mente. Mas não. Não seria ela a noiva.

– Sheila. Logo chegará o grande dia.

– Ainda não recebi um pedido formal – a mulher repetiu.

– Ele virá – Yael disse.

– Então, de volta ao vestido. Além disso, forneço o bolo. Brioche faz cada quitute maravilhoso. Comida não vai faltar na festa. – Mari tirou o chapéu de palha com as mãos gordinhas.

Jane E. adorava o entusiasmo da dona da Cozinha da Mari. A mulher não perdia uma oportunidade de dar palpites. Quem não a conhecia poderia achá-la intrometida, mas a verdade era que Mari tinha uma eterna gratidão pela comunidade de Harmony, que a recebeu com empatia, mesmo sabendo de sua vida na prostituição antes do casamento com Silas. Ela tornara-se uma espécie de heroína na região, por ter resgatado e cuidado de Sara e Nathan, quando eles e Yael perderam os pais em uma tragédia.

– Estou sabendo de uma certa professora que faz desenhos lindos de roupas. Inclusive, vim aqui para falar com vocês três. Sara me deixou entrar, e achei uma providência divina saber que estavam todas aqui – Mari continuou.

– Os desenhos de Jane E. são maravilhosos. – Yael deixou o vestido alinhavado na mesa.

– Por isso, precisa desenhar o vestido de noiva de Sheila. – Mari aproximou-se do manequim com o vestido verde-esmeralda. – Oooooh, que lindo! – Mari correu os dedos rechonchudos pelas mangas bufantes. – De quem é essa obra-prima?

Sheila e Yael olharam para Jane E., que respondeu:

– Minha.

O rosto da professora queimou. Mari era a primeira pessoa, além das amigas e de Sara, que via o vestido.

– Que lindo! Vai a uma festa, meu bem? – Mari girou em volta do manequim.

Jane E. disse:

– Vou usá-lo no piquenique.

O sorriso de Mari foi se curvando no rosto. As mãos foram parar nos quadris.

– *Uuuh*, um certo *mountie* vai cair do cavalo. – Ela soltou uma gargalhada.

– Acha exagerado? – Jane E. perguntou.

– Acho maravilhoso. E *mountie* Julian vai perder a fome. Duvido que vá prestar atenção a qualquer outra coisa. – Mari deu um giro pelo quarto de costura.

– Então, sobre o que queria falar? – Yael perguntou à visitante, e Jane E. sentiu-se grata pela mudança de assunto.

– Ah, sim. Eu e meu Silas temos uma festa para ir em Belleville, para os comerciantes da região. Preciso de uma roupa linda.

As três costureiras começaram a dar sugestões. Jane E. fez no papel o esboço de um vestido de festa, e Mari rodou pela sala, segurando a saia longa do vestido rústico de trabalho. Decidido o modelo, ela disse que iria a Belleville no dia seguinte, para comprar o tecido.

– E sabem o que mais? Quero dar à Sheila meu presente de casamento adiantado: tecido e aviamentos para o vestido de noiva. Jane E., diga-me o que devo comprar. – Mari soltou o peso do corpo na cadeira e cruzou as mãos.

Sheila arregalou os olhos.

– Oh, não precisa, Mari.

– Besteira. Aceite o presente! – Virando-se para Jane E., ela disse: – Pode criar um vestido lindo?

A professora virou a folha do papel que tinha usado para o desenho de Mari. Examinou Sheila de cima a baixo e começou a fazer traços no papel. Logo, um belo vestido de noiva surgiu.

– Sheila tem um porte corporal *mignon*, então a roupa precisa ser delicada como ela.

A futura noiva limpou os olhos com a barra do avental.

– Nunca vi nada tão lindo! Elsa e Lily vão amar.

– E, falando nelas, vão precisar de roupas novas – Yael sugeriu.

O assunto casamento rendeu, até que Sara entrou com Zach pela mão.

– Vocês me deixaram de fora das fofocas novamente. – Ela fez um beiço.

Mari pegou Zach no colo.

– Não são fofocas. São as últimas notícias de Harmony. Ah, que lugar abençoado!

As mulheres incluíram a jovem no assunto do vestido de noiva, enquanto o sol caía lá fora. Jane E. permaneceu a maior parte do tempo calada, bebendo cada gole das palavras que iam sendo trocadas.

Mari tinha razão: Harmony era um lugar abençoado. Um lugar de paz apesar das dificuldades. Se ao menos o coração de Jane E. encontrasse aquela mesma paz! Um pensamento lhe surgiu como uma fisgada. Quando seu pai responderia à sua carta? Talvez nunca. No caso, Jane E. viveria com esta pendência: sem ouvir o tão esperado pedido de perdão do sr. Bell.

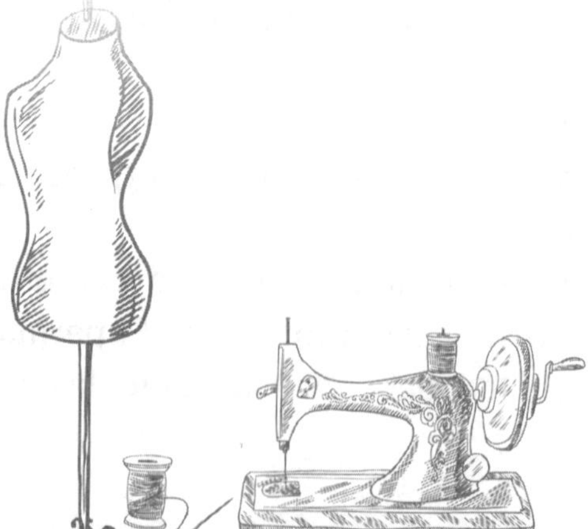

Capítulo 26

O piquenique da igreja é amanhã. Não sei se vou pregar os olhos hoje à noite. Olhando meu vestido pendurado aqui no canto do quarto, fico com vontade de desistir. Jane E. Bell, afinal, usa roupas escuras, gola alta. Esconde sua marca. Sheila e Yael me fizeram prometer que vou usá-lo. Mari disse que Julian vai cair do cavalo. E se ele não aprovar a mudança drástica do meu guarda-roupa? Pior: e se ele achar minha marca repulsiva?

A tentativa de mostrar a marca a Julian fracassou. Ele andou tão ocupado nesses últimos dias! Ontem, ele me mandou um bilhete por Joaquim. Está aqui ao lado, diário. Diz assim: "Não vejo a hora de passar tempo com você amanhã".

Quanto tempo ele desejará passar comigo quando vir minha marca?

(Anotação do diário de Jane E.)

O xale tinha sido uma ideia de última hora. Por que Jane E. não tinha pensado nisso antes? De frente ao espelho do quarto, ela colocou mais um grampo para segurar o coque trançado no alto da cabeça. Com os dedos, enrolou algumas mechas soltas, que caíam pelos ombros. Virando-se para a porta, passou as mãos pela farta saia verde e suspirou. *Preciso estar preparada para a reação das pessoas. Para a reação de Julian.*

Jane E. passou na cozinha e pegou duas cestas recheadas de comidas. O aroma de canela subiu às narinas e misturou-se aos outros cheiros. Ela colocou as cestas na carroça e sentou-se ao lado de Amelie. A mulher fez mais um elogio sobre a roupa da professora e comentou que o detalhe do xale tinha lhe caído muito bem. Jane E. concordou em silêncio, grata por não ter que dar explicação à anfitriã a respeito da sua marca velada sob o tecido cinza.

– Este é o dia mais esperado em Harmony. – Amelie abanou-se com um leque de madeira, enquanto se segurava com a outra mão no assento da carroça, que balançava nos buracos da estrada.

– Sem dúvidas. – Joaquim segurou a rédea com firmeza, e o cavalo fez uma curva à direita, batendo os cascos no chão de terra seca.

Ao aproximarem-se do campo atrás da igreja, Jane E. identificou o casaco vermelho. Seu coração bateu forte. Ela ajeitou o coque frouxo, e seu olhar enganchou-se ao de Julian, que a viu de longe e acenou.

Joaquim parou a carroça ao lado de outras tantas e ajudou a esposa a descer. Amelie apressou-se para tirar as três cestas de comida com a ajuda do marido e de outras mulheres que vieram ao seu encontro.

Julian ofereceu sua mão para Jane E. Ela puxou a saia longa para o lado e levantou-se, segurando firmemente o xale. Por um instante, hesitou. Julian estava bem próximo à carroça. Ele levantou os braços e segurou Jane E. pela cintura, ajudando-a a descer. Não a soltou imediatamente quando os pés da professora tocaram o chão. As mãos fortes permaneceram em sua cintura. O sol pareceu aproximar-se mais da Terra, pois o calor que Jane E. sentiu era mais forte do que o que experimentava no tórrido verão das pradarias. Julian abaixou o rosto, aproximando-o mais ainda do de Jane E. Ela sentiu seu hálito morno. Gotas de suor escorreram por seu pescoço, e ela desejou ter coragem de jogar o xale dentro da carroça.

– Você está maravilhosa. A mais linda das mulheres. – O sussurro dele era só para ela. Os barulhos à volta cessaram. Os gritos de alegria das crianças se calaram. O burburinho das mulheres e dos homens parecia uma lembrança distante.

Jane E. nunca tinha ouvido tais palavras, não na voz de um homem tão distinto. Tão bonito.

– Ah, amo ver pombinhos apaixonados! – Mari aproximou--se, segurando uma caixa cheia de pães. – E este vestido é digno de uma beldade como você.

Julian soltou a cintura de Jane E., que levou um instante para se recompor do elogio do *mountie* e do comentário extravagante de Mari. Ela segurou-se na carroça e ajeitou o xale.

O assistente de Mari, Brioche, cumprimentou Jane E. em francês, mas a professora parecia ter perdido a habilidade de falar em qualquer língua.

– Deixe que a ajudo. – Julian aproximou-se da mulher mais velha e pegou a caixa das mãos dela.

A jovem recuperou-se e puxou conversa com Brioche, enquanto iam em direção às mesas longas onde a comida seria servida.

Yael e Sheila correram até Jane E., e logo um grupo de mulheres, incluindo Sara e Violeta, se juntou às três amigas.

– Rode, para eu ver a saia girando! – Sara sugeriu, e Yael a repreendeu. A menina levantou o queixo e deu uma volta em torno de Jane E.

– Nunca vi nada mais lindo! – Violeta falou.

Tantos elogios à roupa e ao cabelo deixaram Jane E. zonza. Esse tipo de elogio sempre fora reservado a Catherine, desde que a filha mais velha do sr. Bell perdera o trono no coração do pai.

Jane E. suspirou aliviada quando a atenção dada a ela se desviou para uma carroça que chegava. Um tumulto se formou. Jovens e crianças correram até os recém-chegados: a beldade mestiça, filha legítima das terras do Oeste do Canadá, Alana, e seu marido, *mountie* Gabriel. Yael e Calebe passaram por Jane E., seguindo vó Nita e vô Raini.

Jane E. olhou para Julian, que observava a recepção da comunidade ao casal recém-chegado.

– Hoje é um dia muito especial! – ele disse.

Jane E. achou curioso o tom de Julian, como se ele contasse a si mesmo um segredo.

De fato, o dia mostrou-se especial. Entre conversas, brincadeira e muita comilança, os homens foram para os fundos da igreja levantar a estrutura da sala de aula. Algumas crianças, como Elsa, Lily, Nathan e Abbie, encontraram formas de ajudar os homens, levando-lhes café, água ou apenas cantando uma música que aprenderam com a professora.

Julian, de manga de camisa, jogou o casaco vermelho na sela do cavalo e juntou-se aos esforços de Calebe, Joaquim e outros.

Jane E. não poderia sentir-se mais feliz. Ali estavam seus melhores amigos, seus alunos, suas famílias e o homem que amava. Sim. O homem que amava e amaria sempre. Ela ajeitou o xale, que escorregava pelos ombros, e encheu mais canecas de café para as crianças levarem aos homens.

Horas depois, as camisas dos trabalhadores estavam encharcadas de suor, e a cobertura da escola estava pronta. Era o que a comunidade podia oferecer. Com seu próprio trabalho, Jane E. ofereceria as paredes, a porta e as janelas. Que dia glorioso seria esse, de ter mais espaço, mais carteiras e conforto para estudar! Satisfeita, a professora fez uma volta em torno da estrutura, agradecendo aos homens cansados e suados.

O pastor Samuel chamou as famílias para se aproximarem e fez uma oração de gratidão a Deus. Jane E. deixou escapar um "Amém" alto e entusiasmado. Julian colocou-se ao lado dela e segurou sua mão, apertando seus dedos longos.

Quando todos se dispersaram para brincar, jogar, tirar uma soneca ou conversar, Jane E. pegou uma trilha estreita, que a levaria à beira do rio. Deixou Julian em uma conversa animada com Gabriel e Alana. Ela levantou a saia e pulou uns galhos que obstruíam o caminho sob as árvores. O barulho do rio chegava aos seus ouvidos como uma melodia encantada, atraindo-a com o borbulhar das águas claras. Jane E. olhou de um lado para outro e puxou o xale dos ombros. Pendurou-o em um galho e foi até a beira do rio. Ela puxou para o lado a saia longa do vestido verde-esmeralda, abaixou-se e encheu a mão de água. Lavou o rosto e umedeceu o pescoço quente.

Jane E. levantou-se rapidamente quando ouviu barulho de gravetos estalando. Ela olhou para trás. Julian surgia das sombras das árvores, sorridente e suado. A professora estendeu o braço e puxou o xale, mas ele se prendera em um dos ramos. Ela o puxou com mais força, mas sem sucesso. Julian aproximou-se e parou.

Jane E. levou a mão ao colo, cobrindo sua marca. Seus olhos arderam, e seu coração pulsou debaixo da pele. Ela olhou de Julian para o xale. Gentilmente, ele foi até o galho e soltou o tecido acinzentado. Entregou-o à jovem.

– Não se cubra. – A voz dele era um sussurro.

Ela amassou o xale e o abraçou com força. Abaixou o olhar para o gramado.

– Jane. – Outro sussurro. – Olhe para mim, Jane.

Ela fechou os olhos com força. O rio sumiu, o sol se apagou. Jane E. sentiu as pernas balançarem como se ela andasse em uma ponte suspensa. Queria desaparecer para não ver a decepção nos olhos do seu amado.

A jovem sentiu um toque no queixo. Eram as pontas ásperas dos dedos de Julian.

Devagar, Jane E. abriu os olhos. O que viu à frente foi um olhar difícil de descrever. O que Julian estaria pensando, sentindo?

Finalmente, o olhar fez sentido, quando ele disse em voz baixa:

– Esta é a mulher que amo e sempre amarei.

O *mountie* estendeu o braço e correu os dedos pelo rosto de Jane. Lentamente, passou do seu queixo para o pescoço, até o início da marca em seu colo.

Jane viu pontos de luz dançando à sua frente. Ela soltou os braços. O xale foi caindo ao chão lentamente. Julian aproximou-se dela e pegou suas mãos. Cada dedo recebeu um beijo. Finalmente, ele colocou a mão na nuca de Jane e puxou-a para si. Os lábios de Julian pousaram nos de Jane como uma borboleta pousava na flor. O beijo durou o suficiente para que ela se sentisse voar, mas muito pouco para que ela absorvesse as sensações de seu corpo.

A natureza à sua volta ganhou um brilho diferente: o verde era mais intenso; as águas do rio, mais cristalinas. Julian passou o braço pela cintura de sua amada e a levou para a beira da água.

– "Pela primeira vez, encontrei o que realmente amo: encontrei a ti. És o melhor de mim; meu anjo. Estou preso a ti com laços fortes" – disse Julian. Jane olhou para ele, que continuou: – Não sou poeta. Decorei esse trecho de *Jane Eyre* para esta ocasião. Que bom que pude recitá-lo hoje, e não amanhã! Amanhã seria um tempo distante demais para eu guardar esse sentimento só para mim.

As imagens à frente de Jane ficaram embaçadas pelas lágrimas. O rosto de Julian era líquido.

– Amanhã seria um tempo distante demais para eu lhe dizer algo: meu amor por você é imensurável. – Ela abaixou o rosto e levou a mão ao peito. – Isto aqui... Julian, talvez nunca saia.

Julian a segurou pelos braços e franziu a testa.

– Se permanecer ou sumir, a Jane que conheço e amo será a mesma? Pois é isso o que me importa.

– A Jane que você conhece precisa aprender a perdoar.

Julian soltou um longo suspiro.

– O caminho do perdão é espinhoso. É o único caminho. Ele é terrivelmente solitário. Eu ainda o percorro, desejando ouvir palavras de compreensão da minha mãe. A saúde dela melhorou, mas o coração continua duro.

– Eu ainda estou no caminho de espinhos com meu pai.

Julian beijou Jane na testa.

– Então, vamos percorrer o caminho do perdão juntos. Essa é uma lição importante para aprendermos no nosso próprio relacionamento.

Relacionamento. Jane tinha um relacionamento com Julian. Esperava nunca ter que percorrer outro caminho espinhoso, se um dia viessem a se casar. De qualquer forma, precisava fazer esse caminho e perdoar seu pai, mesmo que as palavras de graça e perdão nunca chegassem.

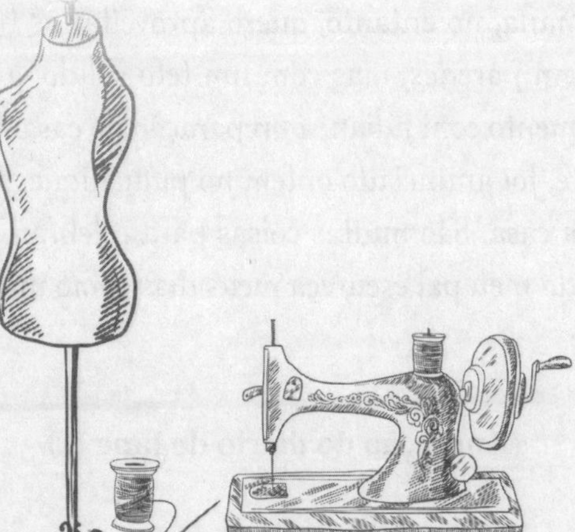

Capítulo 27

"A mulher mais linda", "meu anjo", "caminhar juntos o caminho do perdão". Decorei cada palavra de Julian na beira do rio ontem. Que peso enorme saiu dos meus ombros, ao ter a certeza de que ele me aceita com a marca! O que mais eu poderia esperar desse homem tão correto e digno? Verdade. Tive dúvidas, mas elas vêm do meu coração partido, da minha alma melancólica. As pessoas quebradas têm dificuldade de aceitar a felicidade.

Julian tem razão: o caminho do perdão é espinhoso e solitário. Mesmo na companhia dele, tenho que fazer eu mesma esse trajeto, assim como Julian tem que fazer o dele para perdoar os pais. Até hoje, nenhuma notícia do meu pai. Esse silêncio aumenta o percurso do perdão, mas preciso seguir em frente.

Esta semana, no entanto, quero aproveitar as bênçãos: a nova sala de aula sem paredes, mas com um teto sólido; a nova etapa do meu relacionamento com Julian; a preparação do casamento de Sheila, que, finalmente, foi anunciado ontem no piquenique, antes que todos voltassem para casa. São muitas coisas para celebrar. Não permitirei que a sombra do meu pai escureça meus dias como nuvens anunciando tempestade.

(Anotação do diário de Jane E.)

Os alunos pareciam ter dificuldade de entender que a festa do piquenique tinha sido no dia anterior. A animação deles (e a distração) era a mesma. Nathan contava vantagem do quanto tinha comido. Elsa e Lily falavam sem parar, dizendo que, com o casamento da mãe, agora teriam um novo pai. Sara não tirava os olhos do penteado da professora e lhe perguntou se poderia desenhar um vestido para ela usar no casamento de Sheila e James. Jane E. disse que sim, e Sara passou a dar várias sugestões de modelo. Por mais um dia, a professora perdeu o controle da turma. Na verdade, ela própria tinha perdido o autocontrole. As palavras de Julian não saíam de seus ouvidos e de sua memória. Ela queria vê-lo, tocar nele, ouvir sua voz.

Quando Jane E. finalmente badalou a sineta da saída, as crianças voaram porta afora como um enxame louco de vespas. Apenas Abbie ficou para trás. Sara parecia tê-la esquecido. A menina estava sentada na cadeira e olhava pela janela.

Jane E. aproximou-se e sentou-se ao seu lado.

– Seu pai vem buscar você hoje?

Abbie virou o rosto encardido e escorrido de lágrimas para a professora.

– Vou ficar aqui. – Ela limpou o nariz na manga do vestido, que nitidamente era de um tamanho menor para seu corpinho em crescimento.

– Querida, aqui não dá. Vou fechar a escola, e você não pode ficar sozinha. – Jane E. passou a mão na cabeça ruiva da menina, que olhou para ela com olhos enormes.

Abbie levantou o queixo.

– Vou com a senhora então.

O que teria acontecido ao pai da menina? Por que ela não queria ir para a casa de Sara ou para a sua própria? Um pensamento ruim, seguido de um aperto no estômago, deixou a professora em estado de alerta. Abbie conhecia a violência em casa?

– Abbie, você tem sua casa. Quer que eu a leve até lá? – O coração de Jane E. disparou. Estaria preparada para ouvir uma confissão da menina? Seria ela vítima do pai, como Jane E. tinha sido?

– Não quero voltar para casa. Nunca mais! – Abbie segurou o choro, apertando firmemente os lábios. Seu nariz ficou vermelho, mas seu queixo permanecia levantado.

Jane E. ajeitou-se na cadeira e inclinou o corpo para frente.

– Abbie, o que está acontecendo?

– É meu pai. Não gosto mais dele. – Abbie voltou o rosto para a janela.

– Olhe para mim, querida. O que aconteceu? – Cenas do sr. Bell pipocaram na cabeça de Jane E. Sua nuca enrijeceu-se.

Abbie olhou para a professora e esfregou os olhos com as mãos pequenas e unhas sujas de terra.

– Ele não quer me dar uma mãe. – O soluço da garota, embora aparentemente genuíno, foi acompanhado de um beiço longo e dramático.

Jane E. soltou um suspiro aliviado. Não era uma tragédia, afinal.

– Ele lhe disse isso?

Abbie balançou a cabeça de cima para baixo com veemência.

– Disse. Eu pedi e implorei. Ele falou que precisa cuidar de mim, das ovelhas e do sítio. Eu disse que, se eu tiver uma mãe nova, ele não precisa ter trabalho comigo. Se ele tiver uma esposa, não vai mais andar com as roupas sujas, e nem eu com as roupas feias. *Ooooh*, é pedir demais, professora?

Jane E. mordeu os lábios, segurando um sorriso pela dramaticidade de Abbie e pelo grande alívio em saber que ela não sofria violência.

– Talvez seu pai não tenha encontrado alguém de quem goste. – Jane E. gostava de alguém. Amava Julian e era correspondida. Não desejaria se casar por conveniência. Sentia-se aliviada pelo relacionamento fracassado com Albert. Se não fosse sua condição, sua marca, nunca teria conhecido Harmony nem Julian.

Jane E. olhou para a pequena figura e se compadeceu. Como seria para uma menina crescer sem a mãe? Porém, o pai de Abbie, Misael, era um homem ocupado em manter a fazenda de pé para garantir um teto para a filha. Jane E. imaginava que ele tivesse pouco tempo para socializar, que dirá para procurar uma esposa.

– Ele não encontrou ninguém ainda, porque ele não conversou com a senhora. – Abbie piscou várias vezes com seus cílios longos e avermelhados. As bochechas sardentas, manchadas de lágrimas, ficaram rubras.

O que Abbie estava sugerindo?

– Você quer que eu fale com seu pai, é isso? Não posso dizer que ele precisa se casar. Nem conheço moças solteiras em Harmony.

Abbie arregalou os olhos, os quais pareciam que saltariam das órbitas a qualquer instante.

– A senhora é solteira. – Ela levantou os braços como se estivesse mostrando a coisa mais óbvia do universo.

Jane E. engoliu em seco.

– Está dizendo que seu pai deveria... que eu deveria... que nós...

– Professora, a senhora é solteira. Por que não pode ser minha mãe?

Jane E. levantou-se e foi até a janela. Faltou-lhe oxigênio. Abbie pulou da cadeira e sorriu para a jovem, mostrando a pequena fileira de dentes, alguns dos quais crescendo nos espaços deixados pelos de leite.

Abaixando-se, Jane E. disse:

– Querida, não posso me casar com seu pai. Tenho um noivo, o *mountie* Julian.

– Mas, professora, meu pai precisa mais de uma esposa do que o *mountie*. O *mountie* tem que prender bandido. Ele não planta comida, nem cria ovelhas. O que a senhora vai comer? Meu pai tem muitas ovelhas, e temos uma horta. Eu que cuido da horta, mas as roseiras da minha mãe já morreram. Lá no sítio, a senhora vai ter muita comida. Só precisa cuidar das roseiras, de mim, pentear meu cabelo e fazer um vestido novo para mim.

O discurso de Abbie trouxe lágrimas aos olhos de Jane E. Ali estava uma menina com sede de família, de pai e de mãe, tentando convencer uma mulher órfã de pais vivos a lhe dar cuidado e carinho. Jane E. segurou as lágrimas.

– Querida Abbie, por que não pedimos a Deus uma esposa para seu pai? Se for a mulher certa, ele a pedirá em casamento.

Abbie, pouco convencida das palavras da professora, colocou-se de joelhos mesmo assim, seguindo o exemplo de Jane E. A oração da jovem foi breve, porém Abbie tomou um rumo diferente com a sua:

– Querido Deus, aqui é a Abigail Davis, filha do sr. Misael Davis. Pode me chamar de Abbie. O Senhor levou minha mãe, a Rebeca Davis, no ano passado. Não achei justo. Quem vai me ensinar a ser mulher? Meu pai tem cheiro de ovelhas e não sabe pentear meu cabelo. – Ela tomou fôlego e disparou em seguida: – O roseiral do nosso sítio morreu. Como o sítio pode se chamar Roseiral, se as rosas murcharam? O Senhor sabe que só mulheres sabem cuidar das rosas. Foi isso que minha mãe me disse.

Jane E. abriu um olho e viu o corpinho dobrado por cima dos joelhos, as mãos apertadas em oração. Ela fechou os olhos e se preparou para o restante da oração de Abbie.

– Meu pai ficou bem chateado com o Senhor, Deus. Eu fiquei também, mas ainda gosto de ir à sua casa aos domingos. Meu pai nem quer ir mais. Ele não ri. Com minha mãe, ele ria. Ele beijava *ela* e girava *ela* no ar, como fazia comigo. Ele nem me gira mais. Diz que está cansado. Então, Deus, queria pedir uma nova mãe. A minha vai morar sempre no meu coração, mas a nova mãe pode morar na nossa casa. Amém!

Jane E. pôs-se de pé, e Abbie fez o mesmo. Como Deus resistiria a uma oração tão sincera e emocionante? Porém, quem era Jane E. para saber dos caminhos traçados por Deus? Ela própria achava que sua vida se resumiria ao desamor na casa de Montreal. No entanto, Deus fizera outro traçado no mapa de sua existência, e Jane E. tinha ido parar em Harmony.

A professora sentia muito por Abbie e sua situação. Deus tinha feito um milagre e colocado Julian em seu caminho. Poderia fazer o mesmo por Misael e Abbie.

– O que você disse à Sara? Ela foi embora. – Jane E. alisou a saia.

Abbie enrolou o dedo no avental do vestido.

– Que ia pedir à senhora que fosse minha mãe.

Jane E. levou os dedos à boca. Mordeu os lábios e suspirou.

– Vamos juntas para a casa de Sara. Seu pai vai ficar preocupado se não a encontrar lá.

No caminho para o sítio Hebron, Jane E. observou a menina, que arrastava um graveto pela estrada. Reforçou a oração para que Deus desse uma mãe a ela, a seu tempo. Ao que ouvia dizer, Misael era um homem muito trabalhador, embora reservado. Foi um alívio para Jane E. ter certeza de que ele não machucava a filha, que sua preocupação era trabalhar e não namorar. O Oeste do Canadá era um lugar onde poucas mulheres se aventuravam sozinhas. Jane E. estava ali por desespero. Harmony tornou-se seu lar, mas, mesmo assim, não imaginaria mulheres jovens tomando a decisão de se mudarem para aquela região perigosa.

Só um milagre traria a mulher certa para Misael e sua filha, Abbie. A oração da menina tinha subido aos céus. Que planos Deus teria para a pequena órfã de mãe?

Capítulo 28

Há três dias que não vejo Julian. Ele me mandou um bilhete carinhoso, dizendo que pensava em mim todas as horas e que desejava me ver em breve. Soube por Mari que ele e Gabriel passam muito tempo juntos. Coisa de *mounties*, ela disse.

O vestido de casamento de Sheila está em andamento. Como prometido, Mari comprou o tecido. É lindo, diário! As rendas parecem tecidas por mãos de fadas, de tão leves e delicadas.

Sheila me confidenciou que a futura sogra, Elizabeth, não concorda muito com o casamento, mas está se apegando cada dia mais a Elsa e Lily. James garante à noiva que a mãe é desconfiada, mas que logo baixará a guarda.

Soube também que Alana anda ocupada com o médico de Harmony, dr. Maldo. Os dois eram inimigos, mas agora trabalham juntos quando Alana aparece em Harmony. A esposa do médico, Laura, fica meio enciumada, conforme Mari disse. Parece que a beldade sempre teve ciúmes de Alana. Como diria Sara, estou fofocando. E, como diria Mari, são notícias da comunidade.

Amanhã vou me encontrar com Julian. Ele está fazendo mistério sobre isso. Disse para eu estar na beira do lago aqui atrás de casa, às sete em ponto, logo após o jantar. O que será que ele está planejando? Para mim, só o fato de me encontrar com ele já é um grande evento. Eu o amo de todo o meu coração. Poderia escrever isso mil vezes.

(Anotação do diário de Jane E.)

Os alunos não quiseram ficar na sala abafada entre quatro paredes. Jane E. duvidava que a nova estrutura fosse adequada, mas o calor daquele dia levou a turma toda para fora. A ideia de Jane E. era que Sara cuidasse dos estudantes mais novos na segurança da sala fechada, mas as cabecinhas se aglomeraram na janela, os olhos curiosos observando os passos e as atividades dos alunos que estudavam insetos sob o comando da professora.

Sara argumentou com Jane E. que os menores deveriam participar da exploração do bosque ao redor, e logo toda a turma estava reunida debaixo do telhado levantado pelos homens de Harmony durante o piquenique.

– Agora, sentem-se em volta da mesa e desenhem nas lousas um dos insetos que colocaram nos vidros: quantas pernas, antenas, tipos de asa? Vão ver que alguns dos bichinhos não são insetos. – Jane E. circundou a mesa onde os alunos estavam sentados em banquetas feitas pelos próprios pais.

Abbie empurrou para o lado seu vidro com os insetos e apoiou o queixo na mão. Seguiu Jane E. com o olhar. O que estaria passando na cabeça da menina? Ainda a mesma história de arrumar uma nova mãe? Jane E. conversou com Yael, e a amiga disse que Abbie tinha falado com Sara sobre o plano de pedir à Jane E. que fosse sua mãe. O que Misael teria dito à filha?

– Este inseto tem oito pernas – Lily disse, trazendo Jane E. de volta à realidade.

– Não é inseto então – Nathan falou com ar de autoridade. – É aranhi... aranhac... – Ele lançou um olhar de pedido de socorro para a professora.

– Aracnídeo, como vimos no livro. – Sara deu um meio sorriso para o irmão, que ficou vermelho.

Captando a tensão que se formou entre os dois, Jane E. repetiu a palavra aracnídeo para distrair os alunos, que já se preparavam para assistir a um novo embate entre Sara e Nathan.

Um pouco antes do fim da aula, Jane E. levou os alunos para a sala de quatro paredes.

– Se tiverem um tempo em casa, depois de ajudarem seus pais, peguem mais insetos. Amanhã continuaremos a lição. – Ela segurou a sineta, e os alunos começaram a guardar as lousas nas prateleiras do fundo da sala, com uma pressa de quem parecia estar fugindo de um incêndio. Segundos depois, Jane E. estava sozinha. Ela foi em direção à porta aberta e se deparou com Misael e Abbie subindo a escadinha de madeira.

– Boa tarde, professora. – Ele tirou o chapéu de palha.

– Boa tarde, sr. Davis.

Abbie estava agarrada à mão do pai e olhava dele para Jane E. com seus grandes olhos.

Misael pigarreou.

– Tem um minuto?

– Claro.

Aquela conversa poderia se estender. Jane E. tinha planejado correr para casa e se preparar para o encontro com Julian. A responsabilidade, porém, vinha em primeiro lugar. Ela permaneceu à porta, onde a brisa corria, enxugando o suor que começava a se formar em sua nuca.

– Minha filha aqui – ele apontou para Abbie como se Jane E. não a conhecesse – andou me falando umas coisas.

Jane E. tomou a palavra, com a intenção de aliviar a tensão do homem:

– Acho que sei do que se trata. Quero dizer que está tudo bem.

Misael arregalou os olhos esverdeados como os da filha.

– Desculpa, professora. Não entendi.

Jane E. sentiu o rosto queimar. O que ele achava que ela queria dizer?

– Sei que Abbie fala que o senhor deve arrumar uma nova esposa.

– Quero uma nova mãe. – Abbie levantou o queixo, como se desafiasse os dois adultos.

– Abbie. – O tom do pai era seco. Misael apertou o chapéu de palha nas mãos.

– Expliquei à sua filha que tenho um noivo.

Jane E. observou o rosto tenso de Misael transformar-se em puro alívio. Ele soltou o chapéu de uma das mãos e o bateu de leve na perna da calça rota.

– Parabéns pelo noivado! – ele disse.

Abbie abriu a boca e proferiu uma sílaba, mas seu pai apertou sua mão e a olhou com seriedade.

– Queremos pedir desculpas pelo inconveniente – Misael falou.

– Não precisa se desculpar. – Jane E. olhou para o relógio de parede com discrição.

Misael recolocou o chapéu.

– Sei que, nos tempos modernos, os homens arrumam noivas por encomenda. Já ouvi falar disso por aqui. Se bem que, na Bíblia, os casamentos eram arranjados. Quero dizer... não que eu discorde... prefiro que a minha noiva seja apresentada a mim por Deus. Foi assim com minha falecida esposa, Rebeca.

Jane E. balançou a cabeça em entendimento. Por que Misael estava fazendo aquele desabafo? Queria se justificar de alguma coisa?

– Entendo e concordo. Tudo na hora certa. – Tinha sido assim com ela e Julian.

– Não vou tomar mais seu tempo. Aceite minhas desculpas.

– Desculpas aceitas.

Pai e filha se despediram e saíram em direção ao cavalo amarrado debaixo da árvore. Jane E. os observou montando no animal e saindo pela estrada. Ela desejava que o pedido de Abbie fosse realizado e que Misael encontrasse uma noiva no tempo certo.

A saia do vestido verde-esmeralda deslizava pela grama alta, abrindo o caminho para os passos lentos de Jane E. Ela levantou o rosto, e sua pele absorveu os últimos raios de sol. O cabelo, enrolado e preso em mechas entrelaçadas, balançava gentilmente com a cadência do andar de Jane E. Seu coração tinha pressa, mas a mulher com um sorriso nos lábios queria deliciar-se com os momentos de expectativa do encontro com Julian. O xale, ela tinha largado em cima da cama, antes de sair de casa. Não precisava dele. O tempo estava quente, e o segredo de sua vergonha não existia mais na presença de Julian. Jane E. parou ao chegar à beira do lago, que refletia as sombras de nuvens passageiras carregadas pelo vento gentil.

Jane (pois para Julian ela era Jane apenas) escorregou os dedos longos do pescoço ao colo, e os cantos de sua boca esboçaram um sorriso. Como vó Nita tinha dito, a marca talvez nunca sumisse, mas a real cura deveria vir da alma. Jane sabia que era uma mulher diferente da que tinha chegado a Harmony pouco mais de um ano antes. Seu sorriso vinha com mais facilidade. Ela tinha muitos planos para Harmony, para a escola, para seu trabalho com suas melhores amigas. Queria ter planos com Julian. Muitos planos. O caminho espinhoso em busca do perdão não tinha terminado, mas Jane estava determinada a percorrê-lo. Dessa forma, então, sua cura estaria completa.

Um bando de marrecos cruzou o ar e pousou com graça no lago. Um a um, eles enfiavam a cabeça na água, em busca do seu jantar, espanando as penas ao voltarem à tona.

Ao leve toque no seu ombro, Jane estremeceu. Ela virou-se e recebeu um beijo na testa. Julian tirou o chapéu marrom e o colocou debaixo do braço. Por um instante, Jane teve a impressão de ter visto a mesma ruga entre os olhos que surgia quando ele estava triste ou preocupado. Talvez fosse a sombra da árvore no sol poente.

– Esses foram os três dias mais longos da minha vida – ele disse.

– Para mim também!

A ruga não era efeito da sombra. Era real. Jane levou a mão ao abdômen. Uma sensação gelada tomou conta dela.

– Julian?

Ele sorriu. Ela relaxou. Estava vendo coisas de mais.

Julian estendeu a mão para Jane, e ela o deixou conduzi-la para a beira do lago. Jane nunca tinha caminhado até o outro lado. A vegetação era mais densa, com um caminho entre os pinheiros. Flores silvestres de várias cores adornavam a trilha.

– Para onde vamos?

Julian apertou os dedos de Jane.

– Para um lugar só nosso.

Um lugar nosso! Aquelas palavras soavam como um poema. Minutos depois, chegaram a um estreito braço de terra que entrava poucos metros no lago. As copas de algumas árvores cobriam a área, formando uma espécie de túnel verde. Na ponta do braço de terra, um banco estava posicionado de modo a permitir uma visão panorâmica das montanhas ao fundo. Julian fez um sinal para Jane se sentar. Ela obedeceu e olhou para o horizonte ondulado das montanhas. Aquele era seu lugar e de Julian. Se fechasse os olhos, poderia descrever o amado em detalhes, pois sua mente tinha registrado cada traço, cada curva. Porém, ela olhou para o homem de casaco vermelho à sua frente.

Sem dizer nada, ele abaixou-se na beira da água e pegou algo que parecia uma corda fina. Jane inclinou o corpo para observar o que Julian estava fazendo. O lusco-fusco lhe impedia a visão clara, mas era óbvio que ele puxava a corda lentamente. Um movimento na vegetação aquática chamou a atenção de Jane. Do meio das plantas, com seus talos verdes e espigas marrons, surgiu uma luz amarelada. Julian continuou a puxar a corda, e a luz foi se aproximando da margem. Uma canoa miniatura carregava um lampião aceso. Com um último puxão, Julian prendeu a corda com a bota marrom e se levantou, olhando para Jane.

– Jane, você está diante de um homem apaixonado. – Ele esticou o corpo e deixou o chapéu no banco. Jane mantinha o olhar fixo no rosto de Julian, o coração batendo de forma descompassada a cada movimento dele. – É meu desejo que caminhemos juntos o resto de nossa vida.

Jane entrelaçou os dedos e levou-os ao peito. O que era aquilo tudo? O que significava a canoa com o lampião aceso? Ela aguardou.

– Temos ainda de percorrer um caminho difícil, que nos levará à paz, mesmo que não tenhamos o perdão dos nossos pais. Quero começar uma vida com você; uma vida na luz da Palavra que Deus nos deixou. – Julian apertou os olhos com os dedos. – Venha aqui, Jane. – Ele estendeu a mão.

A jovem tomou a mão dele e aproximou-se da beira do lago. Julian abaixou-se e pegou o lampião pela alça. Entregou-o a Jane, que o segurou com cuidado. O *mountie* voltou a se abaixar e pegou a canoa molhada com as duas mãos, as gotas molhando sua bota. De dentro dela, ele tirou uma caixinha escura. Pegou-a e colocou a canoa de volta na água. A luz da chama do lampião dançava no rosto de Julian. Jane o amou de uma forma que nem todas as estrelas e a lua poderiam expressar em poesia no firmamento.

Devagar, Julian abriu a caixa, e uma pedra verde brilhou à luz do lampião. Ele olhou para Jane e mostrou-lhe o anel.

– Jane, com este anel, faço um pedido apenas: seja minha mulher, minha esposa e amiga, até que a morte nos separe, sob a Luz que não se apaga, que perdoa os pecados e estende graça.

O queixo de Jane tremeu. Ela olhou do lampião para o anel e depois para Julian.

– Nada me daria mais honra do que ter você, Julian, como meu marido e meu amigo até que a morte nos separe.

Ele sorriu. Pegou o lampião da mão dela e o colocou no assento. Com carinho, ele escorregou o anel pelo dedo longo de Jane.

Juntos, eles devolveram o lampião para a canoa e a empurraram, simbolizando a promessa que fizeram de deixar que a luz iluminasse seu caminho.

– Quatro meses, Jane.

Jane olhou para Julian, desejando ter o lampião de volta. Sua impressão era de um rosto em agonia.

– Quatro meses? – O coração dela rasgava seu peito. – O que isso significa?

– Sairei em uma expedição com a Polícia Montada para o Norte. Quando eu voltar, subiremos ao altar e seremos um só.

Expedição? Norte?

Jane olhou para o anel em seu dedo. O que estava acontecendo?

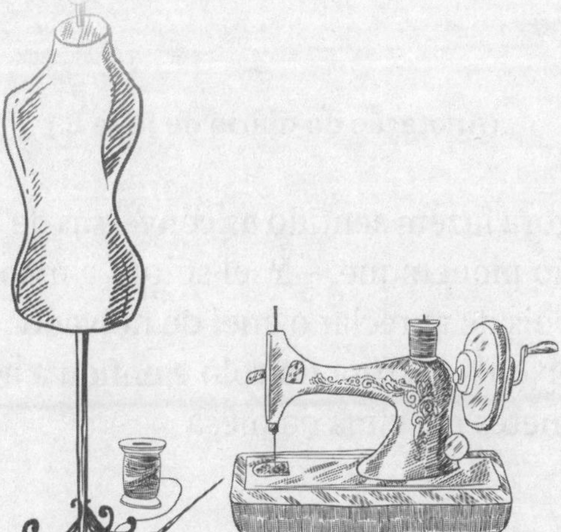

Capítulo 29

Por que a tristeza eu vivo por completo, e a alegria só pela metade? Estou noiva, e sinto um gosto agridoce na boca. Julian vai embora por quatro meses. A expedição para o Norte, ele explicou, é para honrar a memória do irmão, que perdera a vida em uma expedição. Como eu poderia não ficar aturdida com a notícia?

Tentei não chorar, mas as lágrimas desrespeitaram minha intenção. Julian disse entender minha tristeza e acrescentou que estava triste também. Começamos a percorrer um caminho difícil nos primeiros segundos do meu noivado oficial. Amelie e Joaquim não entenderam por que eu estava triste com o noivado. Acho que minha explicação foi tão inadequada e confusa, que ninguém entenderia mesmo. Amanhã explico. Hoje, quero o conforto da minha cama. Quero apenas meu travesseiro como confidente.

(Anotação do diário de Jane E.)

– Agora fazem sentido as conversas de Julian e Gabriel no piquenique. – Yael soltou a mão de Jane E., depois de apreciar o anel de noivado.

Sheila deixou a costura no colo e enfiou a agulha na almofadinha de alfinetes em cima da mesa.

– Pelo que soube, foi *mountie* Julian que incentivou Gabriel a seguir carreira na Polícia Montada.

Jane E. apoiou o cotovelo na máquina de costura.

– Talvez eu devesse conversar com Alana e entender o que me espera, casada com um *mountie*.

– Ela vai ficar em Harmony durante o verão. Aulas práticas com dr. Maldo. – Yael sentou-se na cadeira e puxou o vestido branco de renda da mesa.

– Não sei onde eu estava com a cabeça quando não pensei nas dificuldades de um casamento com um *mountie*. – Jane E. movimentou o pé no pedal da máquina de costura, enquanto controlava o tecido branco no tampo de madeira.

– Cabeça de mulher apaixonada. – Sheila recomeçou a alinhavar um vestido preto.

– Quando ele parte? – Yael perguntou.

– Semana que vem. Está esperando suas ordens de Edmonton e uma carta da mãe. Acho que a sra. Collins ficará chocada com a notícia da expedição. Afinal, foi assim que ela perdeu o outro filho.

– Talvez ela leve um susto e faça as pazes com *mountie* Julian. – Sheila levantou a agulha com a linha preta no ar.

Jane E. balançou o pé com mais rapidez, o som da máquina de costura enchendo o quarto. Relembrou o beijo carinhoso que Julian lhe dera na porta de casa no dia anterior. Ele sussurrou que a amava e que sentiria sua falta todos os dias nos quatro meses da expedição. Jane E. prometeu escrever para ele diariamente, mesmo sabendo que nem todas as cartas chegariam aos confins do Norte do Canadá. Seria sua forma de controlar a ansiedade. As cartas seriam os braços estendidos de Jane E. a Julian, toques distantes na geografia, mas próximos na intimidade que desenvolveriam.

Yael quebrou o silêncio que baixou sobre as amigas.

– Misael veio conversar comigo e Calebe ontem. Ele nos contou sobre a ideia de Abbie.

Jane E. parou o movimento do pé, e o barulho da máquina de costura cessou.

– Que situação constrangedora! O pior é que o sr. Davis tinha pensado que eu estava de acordo com o pedido de Abbie.

– A menina gostou de você – Yael falou.

Sheila cortou a linha com uma tesoura.

– Por que ele não procura uma noiva por encomenda? Vi um cartaz em Belleville outro dia, e me disseram que os homens aqui enviam esses cartazes para o Leste, na esperança de encontrarem uma esposa.

– O sr. Davis disse que, se for se casar de novo, Deus enviará para ele a mulher certa – Jane E. afirmou.

– Deus enviou você para Julian – Sheila comentou.

– Calebe orava assim, e vim parar na porta dele. – Yael olhou para um canto no quarto. Sua história era bem conhecida das amigas. Seu marido recebera uma promessa de Deus, de que uma mulher com uma chave na mão bateria em sua porta. E dessa forma aconteceu, embora Yael tivesse de superar muita dor até que ela recebesse Calebe como marido.

– Alguns caminhos são bem difíceis, mas acabamos no lugar certo. – Jane E. acionou o pedal da máquina, e o barulho voltou.

Caminhos difíceis, estreitos e espinhosos. Jane E. os conhecia bem.

Sheila levantou o tom da voz acima do som da máquina.

– James me disse que muitas moças na Inglaterra se aventuram para as Américas em busca de uma nova vida. Se você não faz parte de uma família abastada, há pouco o que fazer. Muitas jovens vão trabalhar como governantas, mas são maltratadas.

– Verdade. Leio sobre isso nos livros que minha mãe me envia. Aqui, pelo menos, podemos trabalhar com outras coisas.

– Jane E. parou a máquina e fez um gesto com a mão, mostrando o quarto de costura bem suprido de tecidos e aviamentos.

– E, por falar nisso, precisamos começar o vestido de Mari – Sheila falou.

– E Laura, a esposa do dr. Maldo, vem aqui amanhã tirar medidas para três vestidos – Yael disse.

Jane E. levantou a ponta do vestido na máquina.

– Primeiro vamos terminar este aqui, porque o casamento se aproxima.

– Nem acredito. Em duas semanas serei a sra. Wilson – Sheila sorriu.

Jane E. pensou quando poderia sorrir daquela forma solta, sem o medo de perder Julian em uma expedição a um lugar tão ermo e perigoso.

Com a cabeça apoiada na mão, a jovem considerou como passaria aquela tarde de sexta-feira, quando o último aluno saiu e bateu à porta da sala de aula. Julian tinha ido a Belleville para resolver os últimos detalhes de sua expedição. Por mais que Jane E. quisesse fazer a releitura de *Um Conto de Natal* de Dickens, a história só lhe traria memória de seu pai mesquinho. Sheila e Yael tinham compromissos em família e, com as costuras bem adiantadas, Jane E. não tinha a justificativa de estar ocupada demais.

Talvez ela devesse ir ao lugar onde Julian a pedira em casamento. O lugar especial dos dois. Porém, não faria sentido ir sem ele.

Jane E. levantou-se e apagou o quadro-negro devagar, a pedra verde em seu dedo anelar brilhando. As multiplicações e divisões foram sumindo com o passar do pano. Como seria fácil apagar as memórias ruins daquele jeito! Ela levou a mão ao peito e virou-se quando ouviu uma batida na porta. Julian teria voltado mais cedo? Jane E. largou o pano na escrivaninha e correu para a porta. Sua decepção foi como um balde de água gelada.

– Sr. Davis!

O homem trazia o velho chapéu de palha amassado nas mãos. Jane E. sentiu o coração disparar com o semblante angustiado do pai de Abbie.

– Alguma coisa com sua filha?

Misael correu os dedos pelo cabelo cheio.

– Sim e não.

A resposta inexata não ajudou a acalmar os nervos de Jane E.

– Ela saiu bem daqui hoje. Não faz nem uma hora. Algum acidente?

Misael balançou a cabeça negativamente.

– Não, professora. Na verdade, preciso da sua ajuda.

As palavras do homem não faziam sentido.

– Ajuda?

Ele olhou de um lado para o outro na sala de aula, como se procurasse alguém. Depois, virou-se e olhou para fora, onde sua carroça estava a alguns metros de distância. Misael apoiou o peso do corpo musculoso na perna direita, mexeu-se e o apoiou na perna esquerda, nitidamente constrangido.

– Não me leve a mal, mas gostaria que a senhorita me acompanhasse até minha casa.

Jane E. entrelaçou os dedos, deixando à mostra o anel de noivado.

– Meu noivo deve chegar a qualquer momento.

– Podemos deixar um bilhete aqui na porta, caso ele apareça.

– Por que deveria ir à sua casa, já que Abbie está bem?

– Ela precisa conversar com uma mulher. E pediu que eu viesse aqui buscá-la.

Conversar com uma mulher? Abbie era nova demais para ter conversas de mulher. Jane E. hesitou. Olhou para o relógio na parede. Julian não chegaria tão cedo. O que lhe custava ajudar Abbie?

– Está certo. Só preciso pegar minhas coisas.

Misael avisou que a esperaria na carroça, e Jane E. correu à escrivaninha para juntar seus livros e colocá-los na sacola de pano.

Balançando no desconfortável assento de madeira da carroça, a professora mantinha o olhar fixo na estrada. Talvez devesse ter avisado à Violeta para onde iria. Por mais que falassem bem de Misael Davis, Jane E. só o conhecia como pai de Abbie. Nenhuma referência que lhe desse total certeza da índole do homem. Onde ficava seu sítio, afinal? Já tinham passado o sítio Hebron e nada à vista. O suor que escorria na nuca de Jane E. não era só do calor do sol nos seus ombros.

Ela suspirou ao ver uma casa depois de uma curva. As ovelhas no pasto confirmaram que era o sítio dos Davis.

A carroça entrou pelo portão aberto e foi se aproximando da casa. Para a surpresa de Jane E., a casa era ampla, embora de madeira. Duas grandes janelas mostravam cortinas brancas, que balançavam com o vento fraco. Na varanda, duas cadeiras de balanço convidavam os visitantes a uma tarde agradável com vista para o campo com as ovelhas. Era nítido que uma mulher tinha feito daquela casa um lar não muito tempo antes.

Misael contornou o gramado e parou a carroça. Ajudou Jane E. a descer.

– Abbie a está esperando. Obrigado por vir. – Ele apontou na direção da casa.

Jane E. puxou a bolsa do assento da carroça e seguiu Misael.

Ela não estava preparada para o que veria, logo na sala de estar.

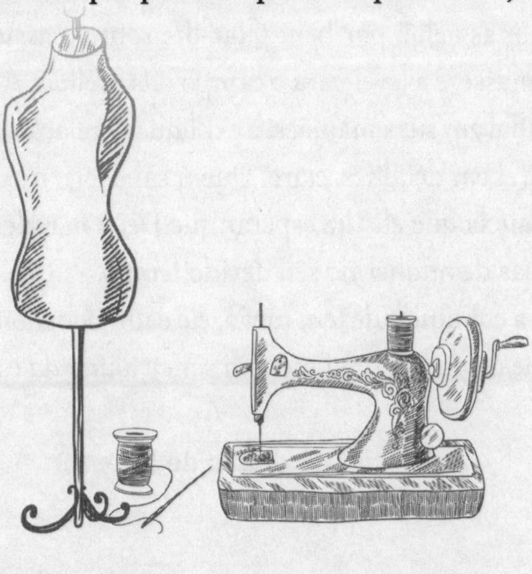

Capítulo 30

Diário, como fui tola! Achei que o sr. Davis estivesse flertando comigo com aquela conversa de ajudar Abbie. A casa deles tem detalhes que demonstram o amor e cuidado da falecida sra. Davis. A sala é simples, mas aconchegante, com almofadas e tapetes feitos à mão. Uma cristaleira no canto tem louças delicadas, que provavelmente não são usadas no dia a dia.

O quarto de Abbie (depois escrevo o que a menina queria, porque é importante deixar registrado o que vi no quarto) tem a presença da mãe. A colcha de retalhos em mosaico, o tapete de crochê com pontos elaborados e os móveis, tenho certeza de que foram feitos com cuidado e amor. Pelo que vi rapidamente ao passar pelo celeiro, o sr. Davis é marceneiro também.

Abbie me chamou porque ouviu de uma das colegas da escola sobre sangramento de menina. Ela estava em prantos, com medo de morrer. Abbie vai fazer 8 anos no mês que vem. Está um pouco longe ainda de menstruar, mas achei por bem falar-lhe sobre o assunto. Consegui que ela se acalmasse, e a levei para o campo das ovelhas. Algumas ovelhinhas acompanhavam suas mamães, e expliquei a relação do sangue com bebês. Não entrei em detalhes, claro. Quem sabe logo o sr. Davis arrume uma esposa, aquela que ele diz esperar que Deus mande. Assim, Abbie saberá das coisas de mulher no seu devido tempo.

De fato, a comunidade tem razão; ele é um bom homem. Não deve ser fácil para ele cuidar de uma menina sem a ajuda da esposa.

(Anotação do diário de Jane E.)

Como a calmaria de sua rotina tinha acabado, e ventos fortes de obrigações empurravam Jane E. para longe de Julian? Os pedidos de costura aumentaram nos dias seguintes, e os preparativos para o casamento de Sheila e James se intensificaram. O que seria uma festa simples virou, por sugestão de Mari, um grande evento. A mulher ofereceu sua loja para a festa, apesar da insistência de Sheila de que queria um evento familiar na igreja. A futura sogra se intrometeu, dizendo que uma festa na loja daria mais conforto aos convidados. Temendo começar o casamento com uma desavença com a sra. Elizabeth, Sheila cedeu. Assim, Jane E. viu-se encarregada de ajudar Brioche a preparar parte da comida, sendo que ela tinha deixado escapar que aprendera uns pratos com a cozinheira de uma família influente da França. Até o momento, Jane E. tinha deixado esse dom em segredo, e gostava de apreciar as comidas deliciosas de Amelie, Mari e Brioche sem que eles se intimidassem com o gosto sofisticado da professora de Montreal.

O lugar especial dela e de Julian no lago permanecia sem a visita do casal. As memórias do beijo do rapaz e de suas palavras carinhosas eram lembranças apenas. As obrigações do *mountie*, que preparava um substituto para os quatro meses que estaria fora, aumentavam a cada hora. O tempo, aquele vilão sem piedade, corria desenfreadamente. Por sua vez, Jane E. era requisitada pelos alunos, pelas amigas costureiras e pela pequena Abbie.

Harmony era um ponto no mapa do Canadá, mas tinha o potencial de ficar agitada em certas ocasiões. Com a aproximação do casamento de Sheila e James, a atenção da vila tinha se voltado para os preparativos da celebração, que aconteceria no domingo seguinte. Os alunos de Jane E. ignoravam os insetos e aracnídeos e olhavam com curiosidade para a movimentação das mulheres entrando e saindo da igreja.

Com grande alívio, Jane E. despediu os estudantes mais cedo na sexta-feira. Era inútil tentar controlar as conversas de Sara sobre seu novo vestido, e de Elsa e Lily, que ganhariam um pai. Foi um ato de misericórdia da parte da professora liberar a cabisbaixa Abbie, que ouvia a conversa das três meninas com a cabeça deitada nos braços magrelos.

Na sala silenciosa, Jane E. terminou de arrumar os livros na estante e sentou-se ao lado da janela. Viu Violeta, com um cesto de frutas, entrar em casa. Dali sairiam deliciosas tortas para a festa de casamento.

Vários passarinhos tagarelavam nos galhos de uma árvore. Talvez eles também falassem do enlace entre Sheila e o sr. Wilson. Jane E. repreendeu-se, engolindo a tristeza que aumentava no peito. Precisava se alegrar por sua amiga e deixar para se lamuriar quando Julian fosse embora. Ele dissera que estaria no casamento. Isso significaria que a partida dele seria logo após a celebração? Nesse caso, a jovem desejava que esse dia demorasse bastante.

Jane E. virou o rosto para o lado ao ouvir o som de galope de cavalo. Ela levou a mão ao rosto quente quando viu Julian.

Levantando-se, ela correu porta afora a tempo de o ver desmontando do cavalo. Julian tirou o chapéu e deu passos largos até chegar à amada na porta da escola.

Ela apertou as mãos, sentindo o formato ovalado da esmeralda em seu dedo.

– Julian.

– Minha noiva. – Ele tomou a mão esquerda dela e beijou seus dedos. – Você me daria uma hora da sua noite para conversarmos?

– Daria todos os meus dias a você agora mesmo, se fosse possível. – Jane E. abaixou o rosto, olhando para os bicos das botas de Julian. De onde tinha tirado tanta ousadia para falar de forma tão pouco adequada a uma mulher recatada?

– Ah, minha amada! Com essas palavras, duvido que consiga montar de volta no cavalo. – Ele apertou os dedos de Jane E.

Ela sentiu o rosto entrar em combustão. Não ousaria abrir novamente a boca para cometer outro descuido: o de deixar que seu coração atropelasse o bom senso.

– Jane, minha querida Jane, olhe para mim. Deixe-me ver seus olhos.

Ela levantou a cabeça e deparou-se com o olhar mais terno que já tinha visto no semblante de Julian.

– Peço desculpas pela minha falta de decoro.

Julian sorriu como o sol nascente.

– Aos meus olhos, você é uma mulher digna e decente. Não se desculpe por me falar palavras doces.

– Você tem uma hora da minha noite. Aguardarei com ansiedade – ela disse.

– Encontre-me em nosso lugar, às seis. Serei um homem angustiado até lá. – Ele lhe fez um cumprimento com a cabeça e correu na direção do cavalo. Contrariando o comentário de que cairia do animal, Julian saiu a galope pela estrada.

Nas horas seguintes, Jane E. lutou contra a tirania do relógio da sala de Amelie. Ao mesmo tempo que queria que os ponteiros do relógio marcassem seis horas logo, desejava que o tempo parasse. A despeito de sua batalha, saiu pelo pomar no horário combinado.

Na beira do lago, ela contornou a margem até o braço de terra gramada que avançava dentro da água. O sol de primavera estava longe do horizonte e projetava seu amarelo intenso nas montanhas ao fundo da tela natural. Jane E. estendeu a mão e deixou que os raios do sol brincassem com a pedra verde do anel. Ela virou-se ao ouvir os passos de Julian na relva. Para sua surpresa, seu noivo não trajava o uniforme vermelho e marrom, mas uma calça escura, camisa branca e um colete marrom. Jane E. franziu a testa, com medo de imaginar o que a vestimenta significava. A viagem tinha sido adiantada ou adiada?

Jane E. girou o anel no dedo e se preparou para a notícia.

Capítulo 31

Diário, estou sem forças para escrever. Quem sabe amanhã meu ânimo tenha voltado.

(Anotação do diário de Jane E.)

– Minha mãe me escreveu. Disse que agora tem dois filhos mortos. – Julian sentou-se no banco de madeira e afundou a cabeça nas mãos.

Jane E. olhou os tufos despenteados do cabelo escuro dele, e o coração dilacerou-se como louça fina esmagada por uma roda de carroça. Como podia amar um homem tão profundamente a ponto de querer aquela dor para si? Ela deu passos incertos na direção do noivo, encurvado com os cotovelos nos joelhos, e sentou-se ao seu lado. Ouvia a respiração pesada dele, como se tivesse corrido muitas léguas. Por um instante, ela desejou que a ameaça da mãe de Julian o impedisse de fazer a expedição. No segundo seguinte, a vergonha queimou seu peito. Que direito ela tinha de impedir que ele fizesse um ato nobre pelo irmão falecido? Que esposa seria com o egoísmo reinando em seu coração?

Julian levantou o rosto angustiado e olhou para Jane E.

– Estou errado em ir para o Norte?

Era a oportunidade de lhe dizer que permanecer em Harmony evitaria muitos problemas. No entanto, Jane E. sabia que, quando aconselhasse o marido com base nos seus próprios interesses, seu amor se enfraqueceria. Os olhos úmidos de Julian esperavam uma resposta. Jane E. engoliu um bolo seco na garganta e desejou sorver toda a água do lago.

– Você tem convicção de que a expedição vai lhe trazer conforto em relação ao seu irmão? É dessa forma que deseja honrar a memória dele?

Julian correu os dedos pelo cabelo e se levantou.

– Tenho.

– Então, a decisão está tomada – ela disse, olhando para cima, memorizando o semblante dele com o fundo do céu azul.

Julian tomou as mãos dela nas suas.

– Essa não será uma viagem fácil. Não falo isso apenas pelos perigos inerentes ao território, mas pela dificuldade em aceitar o que minha mãe disse. Apenas um milagre irá restaurar minha relação com ela.

– Você acredita em milagres? – Jane E. perguntou.

O semblante dele suavizou-se.

– Desde que você me aceitou, passei a acreditar.

Jane E. sentiu suas bochechas molhadas antes de perceber que estava chorando. Julian aninhou o rosto dela em suas mãos e correu os polegares pelos olhos molhados de sua noiva. Jane E. deitou o rosto no ombro de Julian e sussurrou:

– Meu lado egoísta quer dizer que você está errado, mas não tenho esse direito. – Ela sentiu a mão dele acariciando sua cabeça. – Não sou a melhor pessoa para dar conselhos sobre a relação com sua mãe. Faça o que for mais sensato.

Julian apoiou o queixo no alto da cabeça de Jane E.

– Confesso que não sei o que é sensato. Apenas sinto que preciso ir.

Ela suspirou e fechou os olhos, guardando o cheiro dele na memória de sensações.

– Então, vá.

– Parto no primeiro trem de segunda-feira – ele disse.

Jane E. mordeu os lábios. A separação tinha dia e hora para acontecer. Em sua mente, ela imaginou todos os tipos de perigos que Julian correria. As notícias que chegavam do Norte não eram animadoras: conflitos entre os nativos e os mercadores de peles e armas; as doenças e a fome; o clima instável e as grandes distâncias. Ninguém poderia garantir que Julian voltaria inteiro. Se voltaria. Por um lado, a mãe dele estava certa em se preocupar e fazer chantagem. No lugar dela, talvez Jane E. fizesse a mesma coisa. Porém, seu amor por ele passava por uma prova. Aquela era a vida de um policial da Real Polícia Montada.

Julian a afastou o suficiente para ver o rosto de Jane E.

– Voltarei.

Ela tinha a impressão de que Julian não estava convencido do que falava; porque, afinal, ninguém poderia garantir sua volta. No entanto, ela balançou a cabeça devagar, concordando.

Foi com o coração apertado que Jane E. sobreviveu nos próximos dias. No domingo, ela acordou cedo, colocou o vestido verde, arrumou o cabelo sem muita inspiração e saiu para a casa de Sheila para ajudá-la a se preparar para o grande dia. A grande celebração da união de Sheila e James seria durante o culto. Quando o pastor Samuel os declarasse marido e mulher, o novo casal e seus convidados iriam comemorar na Cozinha da Mari.

No curto trajeto à casa de Sheila, Jane E. passou pela carroça de Yael, que acenou para ela e disse que iria para a igreja fazer os últimos preparativos com Violeta.

Elsa e Lily receberam Jane E. na porta de casa. Usando os novos vestidos, elas puxaram a professora para o quarto da mãe.

– Hoje nós vamos ganhar um pai – Lily disse.

– É mesmo um dia muito especial! – Jane E. falou.

No pequeno quarto, Sheila lutava para abotoar o vestido.

– Acho que fiz tudo errado.

A carreira de botões forrados nas costas estava desalinhada. Jane E. deixou a bolsa de pano na cama e correu ao socorro da amiga.

– Pode deixar que eu faço isso.

Sheila virou-se, e Jane E. começou a acertar os botões nas devidas casas. Elsa e Lily assistiam sentadas na beira da cama.

– Pronto – disse a professora.

O penteado simples foi adornado com um véu curto e flores naturais.

Sheila olhou-se no pequeno espelho preso na parede e acariciou o tecido branco com detalhes de renda. Uma lágrima escapou do seu olho.

– Está tão lindo. Mal consigo acreditar que, depois de tudo o que passamos, minha vida vai entrar nos eixos – ela suspirou.

E a minha, mais uma vez, parece um trem descarrilado, Jane E. pensou, evitando que seu semblante se fechasse. Ela aproximou-se de Sheila e beijou seu rosto.

– Você será muito feliz!

Na hora combinada, a amiga levantou a barra do vestido da noiva, e elas saíram na direção da igreja a poucos metros da casa. Os convidados chegavam apressados nas carroças: homens, mulheres e crianças. Jane E. olhou ao redor e não avistou o *mountie*. *Sairei no primeiro trem da segunda-feira*, ele tinha dito.

Jane E. deixou Sheila e as filhas na porta da igreja e correu para se sentar ao piano. Os convidados olharam para ela, mas logo se distraíram com o noivo, que se colocou de pé ao lado do pastor Samuel no altar. Jane E. correu os dedos pelas teclas, tirando uma melodia suave, digna de Sheila. Seus olhos fugiram um instante da partitura, mas não encontraram o homem de casaco vermelho.

Sheila entrou acompanhada de Elsa e Lily. As três seguravam um pequeno buquê que Yael e Sara lhe entregaram.

Os convidados, com roupas simples, olhavam para a mãe e as filhas que passavam entre as duas fileiras de bancos. Elsa e Lily correram para o lado da sra. Elizabeth, enquanto Sheila colocou-se ao lado de James.

Jane E. tirou os dedos das teclas do piano quando o pastor começou a falar. As palavras dele pareciam embaralhadas, mas ela sabia que o problema era sua própria cabeça preocupada com a ausência de Julian.

A porta se abriu. Jane E. soltou um discreto suspiro ao ver Misael e Abbie. Eles tomaram assento no último banco.

– O amor é paciente, não busca os próprios interesses – disse o pastor Samuel.

A professora recebeu aquelas palavras como sendo para si também. Um dia ela subiria ao altar. Se Julian cumprisse a promessa de que voltaria.

A porta abriu-se novamente. O casaco vermelho foi a primeira coisa que Jane E. viu. Depois, foi o rosto preocupado de Julian. Os olhares se prenderam por um instante. Ele deu um sorriso fraco e se sentou ao lado de Misael.

Jane E. voltou o olhar para sua amiga e seu novo marido. Queria gravar aquele momento na memória. Sheila tinha vencido tantas provas e agora colhia frutos da sua perseverança. Ela era um exemplo que Jane E. deveria seguir.

Depois dos votos, o pastor Samuel declarou Sheila e James marido e mulher.

– Eu vos apresento o sr. e a sra. Wilson.

– E Lily e Elsa Wilson – Lily gritou com sua voz infantil.

A congregação caiu na risada e aplaudiu o entusiasmo da menina. As duas irmãs correram para o lado do casal, que saiu acompanhado das duas crianças sorridentes.

Jane E. fechou o piano e olhou o mar de corpos que saía da igreja. Não encontrou o casaco vermelho. Ela se sentou no banco e abaixou a cabeça.

– Jane! – A voz grossa a chamou.

Ela levantou a cabeça e tomou a mão que Julian lhe estendia.

– Vamos juntos para a festa – ele disse. – Peguei a carroça do Tobias.

Jane E. deixou-se levar para a carroça. No percurso para o centro de Harmony, segurou-se no banco de madeira como se todo o seu mundo balançasse.

– Recebi um telegrama de Edmonton. O batalhão quer que eu vá hoje – ele contou, enquanto segurava a rédea do cavalo.

Jane E. enfiou as unhas na madeira do banco e olhou para ele.

– Hoje?

– Pego o trem das cinco.

Tenho apenas poucas horas com ele. Jane E. balançou a cabeça como se entendesse o incompreensível e o inaceitável.

– Claro.

– Prometo escrever todos os dias – ele falou.

Outra promessa que ele não tinha certeza de que poderia cumprir.

O almoço passou como uma imagem encoberta por densa neblina. Jane E. ajudou Mari, Yael, Violeta e Brioche a servir os convidados. A alegria de todos não era suficiente para penetrar na camada de angústia de Jane E.

A festa acabou. Os noivos saíram de carroça para uma curta lua de mel em Bellevile. Elsa e Lily saíram de mãos dadas com a nova avó, Elizabeth. Assim, cada família voltou às suas casas, para seus afazeres de preparativos na semana que começaria sem vestígio de festa.

Jane E. acompanhou Julian ao quarto nos fundos da loja. Ele pegou a mala. De mãos dadas, eles saíram para a rua de chão, que já estava deserta. *Melhor assim*, Jane E. pensou. *Não quero dividir com ninguém este momento.*

Julian aproximou-se do cavalo preso na estaca em frente à loja e amarrou a mala pequena com umas alças de couro. Ele virou-se para Jane E.

– Pedi a Joaquim que a levasse para casa. Ele está esperando perto da ponte – o *mountie* disse.

A jovem se viu sem palavras. Qualquer coisa que dissesse seria inadequada à situação.

Julian a segurou pelas mãos.

– Espere por mim, minha noiva. Em breve, eu e você subiremos ao altar. Prepare um vestido bem bonito, que só você sabe desenhar. – O sorriso dele era fraco.

O tremor do queixo de Jane E. era de tristeza e medo.

– Volte para mim.

Julian a abraçou brevemente e beijou seu rosto.

– Voltarei.

Ele subiu no cavalo e desapareceu na curva da estrada de chão.

Capítulo 32

Estou de volta, diário, depois de uma semana de silêncio. Minha alma anda calada. Desculpe-me pelos borrões no papel. Não consigo evitar as lágrimas. A saudade de Julian me dói. Ele pediu para eu desenhar um vestido de noiva. Como me torturarei com isso?

Nessas últimas semanas de aula antes do verão, vou me manter ocupada para esquecer meu infortúnio. Quero também contar que minha mãe me escreveu há alguns dias. A carta veio dentro do livro *A Inquilina de Wildfell Hall*, da minha querida Anne Brontë. É uma carta estranha. Minha mãe arrancou algumas citações da obra, como se me mandasse uma mensagem em código. Uma das citações é: "Desejei contar a verdade, pois a verdade sempre revela a sua própria moral para aqueles que são capazes de recebê-la". Outra citação é: "Confio que meu filho nunca terá vergonha de sua mãe". Ah, como eu desejaria que Julian estivesse aqui para me ajudar a decifrar essas palavras! Será que minha mãe finalmente aceitará a verdade sobre meu pai, para que eu não me envergonhe dela?

Diário, ainda não recebi nenhuma carta de Julian. Sei que o serviço postal é lento, mas meu coração não entende isso. Ah, que tortura!

No domingo, vou almoçar na casa de Sheila e James. Alana vai estar lá. Ela me chamou para cavalgar. Sei que ela vai me entender.

Sabe as flores secas que guardo em suas páginas? Do buquê que Julian me deu? Ainda consigo sentir sua fragrância. Acha que estou imaginando coisas?

(Anotação do diário de Jane E.)

O livro de bordas douradas retornou ao esconderijo da bolsa de Jane E. quando os alunos voltaram do recreio. Por que sua mãe teria escolhido aquela obra? O romance epistolar, com a história de Helen Graham e seu marido libertino, seria um retrato do que acontecia entre a sra. e o sr. Bell? Sua mãe não mandaria esse livro com uma carta para a filha rejeitada sem um propósito.

– Você é muito chata, e nenhum *mountie* vai querer se casar com você – Nathan gritou para a irmã, que lhe devolveu o insulto com uma careta.

– Você é um fedelho, e não entende nada de mulher. – Sara puxou Abbie pela mão e a fez sentar-se à carteira.

A menina olhava para Sara com nítida admiração. Jane E. balançou as mãos no ar.

– Sentem-se e comecem sua lição de aritmética.

Mais duas semanas, e Jane E. teria as tardes só para si, para ler, interpretar a carta da mãe e esperar por uma de Julian. O início de verão deixava todos com a cabeça quente e os ânimos, inquietos.

– Meu pai, o sr. Wilson, me deu um doce ontem – Lily falou.

– E Deus não me deu uma mãe ainda – Abbie disse.

Os alunos cochicharam entre si. Jane E. pensou seriamente em liberá-los mais cedo, mas as frações pediram a atenção de todos.

– Agora vamos ficar em silêncio. Vou escrever as frações no quadro. Copiem e resolvam. – A explicação era insuficiente, mas a professora não tinha mais força para esclarecimento.

Um minuto antes das três, Jane E. bateu a sineta. Como sempre, as pisadas ligeiras começaram, assim com o barulho das lousas individuais e das lancheiras de metal batendo nas carteiras. Em um instante, apenas Elsa, Lily e Abbie permaneciam na sala.

Jane E. pegou o pano para limpar o quadro e dar um fim nas frações.

– Abbie, não vai com a Sara hoje?

A menina saltitou no apertado corredor entre as carteiras.

– Não, professora. A sra. Elizabeth vem nos buscar. Ela parece uma rainha. – Os olhos de Abbie brilharam.

Era possível que ela considerasse a avó de Elsa e Lily uma candidata para se casar com seu pai?

– Minha avó faz biscoitos de nata – Lily falou, e Elsa revirou os olhos.

Naquele momento, a elegante senhora de chapéu estilizado, que Jane E. sabia ser dos melhores chapeleiros de Londres, entrou na sala. As três meninas correram para a mulher, que levantou as mãos cobertas de luvas de renda. Elas rodearam a mulher e comentavam sobre o vestido bordado com pequenas pérolas nas mangas longas.

– Não corram, meninas. Damas não correm, a não ser que estejam fugindo de um incêndio. – Elizabeth fez um discreto movimento com o nariz. – Não sinto cheiro de fumaça.

As meninas pararam e começaram a andar de uma forma que, na cabeça delas, era como uma dama deveria andar. Abbie requebrava de um lado para outro, como se as pernas fossem de pau. Jane E. levou a mão à boca e suprimiu um riso. Lembrava-se de sua governanta dando-lhe os mesmos conselhos. Até que a vida ficou chata demais, com regras de mais. Até que seu pai a rejeitou.

– Melhor assim. Depois, praticamos mais. – Elizabeth balançou a cabeça devagar, em aprovação. – Agora, vão brincar lá fora, que preciso falar com a professora.

Jane E. franziu a testa. Elsa, Lily e Abbie esqueceram-se da etiqueta e saíram correndo para o jardim.

Elizabeth aproximou-se de Jane E. O movimento das pernas era tão suave, que o vestido longo da mulher parecia andar sozinho, como se fosse o meio de transporte da digníssima dona.

– Pois não? – Jane E. disse, intrigada.

Elizabeth ajeitou o chapéu branco.

– Vim saber mais sobre Abbie. Ela parece bem solitária.

Jane E. contou à mulher sobre Misael e a perda da esposa.

– Abbie quer uma nova mãe.

– Foi o que imaginei. – Elizabeth levou o dedo indicador ao queixo. – E não há moças solteiras por aqui?

Jane E. entrelaçou os dedos.

– Algumas, mas o pai de Abbie disse que Deus mandará aquela com que ele irá se casar.

– Interessante. E em quais circunstâncias ela viria?

Jane E. ouviu os gritinhos pouco elegantes das três meninas no jardim.

– Não faço ideia.

– Sei.

O que Jane E. via no olhar de Elizabeth? Era possível que ela consideraria casar-se com Misael? Não. Ela tinha idade para ser mãe do homem. Talvez ela tivesse uma parente solteira, precisando de um marido. Afinal, naqueles dias uma mulher solteira tinha pouco valor na sociedade.

Jane E. preferiu o silêncio polido. Elizabeth fez um aceno com a cabeça, agradeceu à professora e saiu, levando as meninas consigo.

Se Sheila não estivesse tão ocupada com a arrumação e a adaptação na nova casa, a professora perguntaria sobre a atitude estranha da sogra.

– Fica para outro dia. Tenho muito o que fazer também – disse Jane E. a si mesma, enquanto apagava o quadro-negro.

Ao chegar em casa, a jovem foi recebida pelo sorriso enorme de Amelie. Ela balançava um envelope no ar. Julian tinha finalmente escrito.

Capítulo 33

Querido diário, Julian me escreveu! A carta tem três folhas e veio com uma florzinha seca. Eu o amo cada dia mais.

Ele me contou que já está ao norte de Edmonton. Os dias são longos, e as caminhadas intensas. Julian escreveu: "Se fosse inverno, procuraria a aurora boreal. Dançaria com ela, imaginando ser você com seu vestido verde". Não é lindo? Imaginei-me dançando no céu como a aurora.

Julian escreveu uma página inteira de declaração de amor. Não tenho coragem nem de repetir para você, diário. São palavras respeitosas, mas íntimas de um casal. Ele me ama. Isso é o que importa.

Embora a carta tenha sido escrita há muitos dias, prefiro pensar que Julian a está escrevendo no momento em que a leio. Assim, sei que ele está bem.

Ainda não decifrei a carta da minha mãe. Terminei A Inquilina de Wildfell Hall. *Que homem detestável era o marido de Helen! Ainda bem que ela encontrou Gilbert depois da morte de Arthur. Não digo isso porque desejo a morte do meu pai, apesar de ele mesmo ter me matado de uma certa forma. Desejaria que se arrependesse antes que fosse tarde demais, como foi para Arthur.*

(Anotação do diário de Jane E.)

O fim do ano letivo foi comemorado com um passeio na beira do riacho, nos arredores de Harmony. Recostada em uma árvore adornada com sua exuberante folhagem de verão, Jane E. observava as brincadeiras das crianças antes de assumirem o trabalho árduo nos sítios até a colheita de outono e o retorno às aulas. Nathan, com a voz mais grossa e menos oscilante, corria pela margem arenosa, espirrando água em quem passasse. Sara colhia flores e amoras nos arbustos próximos com sua legião de admiradoras: Elsa, Lily, Abbie e outras meninas mais novas do que ela.

Do seu posto de observação, Jane E. desfrutava dos raios de sol no rosto e da sensação de dever cumprido. A situação da escola estava longe de ser definida para o novo ano, que começaria em dois meses. Até lá, uma solução precisava ser encontrada. As economias da professora cresciam consideravelmente com o trabalho de costura, e ela esperava conseguir mais dinheiro no verão, já que poderia dedicar todo o seu tempo à confecção de outras encomendas que ela e suas amigas receberam. Porém, mesmo que trabalhasse de sol a sol, não teria o suficiente para construir o alicerce e as paredes da sala de aula improvisada. Yael tinha dito que o grupo de assistência de Harmony estava buscando formas de arrecadar o dinheiro. Tudo, porém, era incerto.

Depois de um tempo que Jane E. achou considerável para a comemoração do fim do ano escolar, ela dispensou os alunos, que correram em grupos para a estrada. Ela os acompanhou até que, um a um, todos tomaram o rumo de casa. Elsa, Lily e Abbie ficaram para trás, fazendo parte do percurso com a professora. As três tagarelavam como era comum a meninas daquela idade, que mergulhavam em seu mundo de inocência e sonhos. Jane E. recordou-se da menina inocente e sonhadora que era, antes de perder os privilégios de filha mais velha na família.

A nova casa de Sheila e James ficava a quinze minutos de caminhada do sítio de Amelie e Joaquim. Jane E. tinha sido convidada pela amiga para um chá, quando ela voltou de lua de mel. Que felicidade foi ver que Sheila e as meninas tinham tudo o que mereciam: uma sala de estar grande e arejada, uma cozinha de fazer inveja à Mari, quartos separados para os familiares e uma horta farta, que a sra. Elizabeth tinha plantado para a nora e as netas. Segundo Sheila, a mãe de James vivia para Elsa e Lily. Qualquer resistência que ela tinha quanto à esposa do filho desaparecera.

Chegando ao portão de casa, Jane E. disse para as três garotas:

– Vão direto para casa. Vou ficar olhando daqui até vocês sumirem na curva.

Elsa, com ar de importância por ser a mais velha, respondeu:

– Pode deixar; cuido de Lily e Abbie.

Abbie fez uma careta.

– Eu sei me cuidar sozinha. Meu pai não tem tempo e nem me dá uma mãe.

Lily segurou na mão de Abbie.

– Então você cuida de mim.

Jane E. olhou as três figuras magrelas e tão diferentes em altura seguirem pela estrada. Elas fizeram a curva e sumiram da vista da professora. Jane E. abriu o portão e parou ao ver uma nuvem de poeira vindo da direção de onde as meninas tinham ido. Logo ela ouviu o som de galope e identificou a mulher de longos e negros cabelos soltos: Alana.

A filha de James era fascinante em muitos aspectos, inclusive na beleza exótica, originária das pradarias canadenses. Elsa e Lily se orgulhavam da nova irmã mais velha, e Elsa anunciou que, quando crescesse, seria enfermeira como Alana.

Jane E. soltou o trinco do portão e foi para o meio da estrada, quando Alana fez um sinal para ela esperar. A cavaleira, de calça larga de couro e bata bordada de contas coloridas, manejou o cavalo com destreza e parou em frente à professora, desmontando em seguida.

– As meninas chegaram bem em casa?

– Passaram por mim. Já estavam perto. – Alana puxou o cavalo negro com manchas brancas pela rédea. – Fui chamada de volta a Edmonton, e retorno amanhã com Gabriel.

O almoço na casa de Sheila! Jane E. esperava com ansiedade pela ocasião, para conversar com Alana sobre como era ter um relacionamento com um *mountie*.

– Ah, que pena. – A decepção transpareceu em sua voz.

– Sheila me disse que queria falar comigo. Então pensei que poderíamos conversar agora. – A bela nativa jogou a pesada cortina de cabelos para trás.

– Gostaria muito. Por que não entramos e tomamos um chá gelado? – O alívio e a animação tomaram conta de Jane E.

Por insistência de Amelie, a professora ficou na sala com sua visita, enquanto a dona da casa preparava um lanche.

– Algum problema de saúde? – Alana perguntou, sentada na beira do sofá.

Jane E. levou a mão à marca, escondida pelo vestido. Sua questão de saúde não importava tanto quanto seu relacionamento com Julian.

– Não, não é a saúde. Conversei com sua avó sobre um problema que tenho. Queria mesmo saber de você: como é ser casada com um *mountie*?

Por um instante, Jane E. sentiu o rosto esquentar, ao imaginar-se casada com Julian. Esperava que Alana não se incomodasse com a pergunta íntima e indiscreta.

Alana correu os dedos longos pelo cabelo e sorriu.

– Não vou pintar para você uma imagem romântica: é difícil. Eu me preocupo diariamente.

Jane E. imaginou Julian na vasta região repleta de perigos. Seu estômago apertou.

– E como você lida com a preocupação?

– Não tenho o poder da vida e da morte em minhas mãos. Às vezes, nem consigo curar uma pessoa de uma enfermidade simples. Por isso, aprendi com minha avó que é preciso ter paciência para lidar com situações complexas. Amo Gabriel. Prefiro tê-lo ao meu lado, mesmo que eu me preocupe, a viver sem aquele que me completa.

Jane E. apertou as mãos e as levou ao peito. Aquela era uma grande verdade que se aplicava ao seu caso. Não se via sem Julian, mesmo que continuasse a passar noites em claro, temendo pela vida dele (como já acontecia).

– Obrigada por ser sincera.

– Basta o mal de cada dia. Tento não antecipar o medo – disse Alana.

Amelie entrou na sala, com chá gelado e biscoitos frescos.

– É tão bom ver você, Alana! Fiquei muito emocionada de ver seu caminho se cruzando novamente com o de Lily e Elsa. – Amelie olhou para Jane E. – Alana e vó Nita cuidaram das duas meninas aqui em casa quando foram encontradas vagando pela estrada. Quando o pai foi morto, e Sheila sequestrada.

Jane E. olhou para Alana com olhos arregalados. A mulher de pele azeitonada subia, cada vez mais, em seu conceito.

– Não é para menos que Elsa e Lily falam de você sem parar.

– Uma feliz providência. Fico muito contente pelo meu pai. Quando minha mãe morreu, ele enlouqueceu. Sumiu de casa para fazer uma viagem à Inglaterra, o que ficamos sabendo muitos anos depois. Ele naufragou, perdeu a memória, até que uma senhora para quem ele trabalhava achou informações sobre Harmony. Quando ele voltou, mal acreditei. Achei que estivesse morto. Vê-lo tão realizado com Sheila e minhas novas irmãs me deixa muito tranquila. – Alana bebeu o líquido cor de âmbar.

Jane E. pegou um biscoito e o partiu ao meio.

– Que história incrível! Sheila não me contou os detalhes do retorno do seu pai, e agora vejo como os dois se merecem: vão recomeçar a vida que se interrompeu por causa de tragédias. Que maravilhoso!

– Minha avó sempre diz que basta uma fé como grão de mostarda. Era o que eu tinha, quando pensava no meu pai desaparecido – Alana disse.

– Sábia mulher, s sua avó. – Amelie enrolou a fita do avental nos dedos.

Grão de mostarda, Jane E. pensou. Que lembrança de uma verdade consoladora!

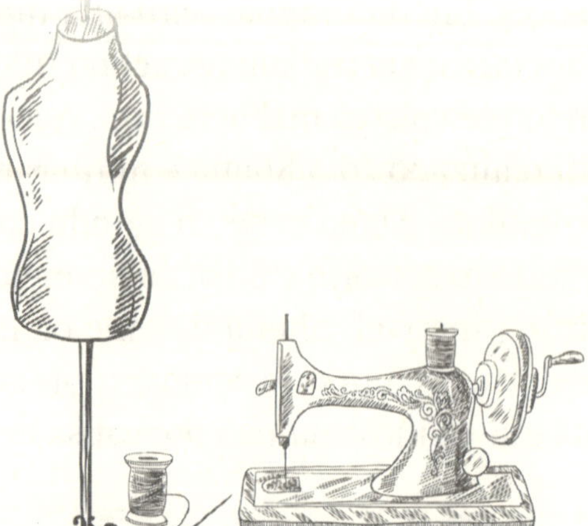

Capítulo 34

Querido diário, Alana me curou, sem saber, de uma das feridas da minha alma: a fé abalada. O grão de mostarda. Posso ter um pouquinho de fé de que Julian ficará bem. Posso ter um pouquinho de fé de que a situação com minha família irá se resolver. Grão de mostarda. Sempre fico imaginando que preciso dar passos enormes nessa caminhada. Por que não passos menores?

Eu tinha pensado que queria dar algo especial a Julian por tudo o que ele me deu: flores do campo, encorajamento, respeito e amor. Acho que tive uma ideia de como retribuir. Preciso de alguns grãos de mostarda, para tanto.

(Anotação do diário de Jane E.)

O trabalho não era só uma forma de sustento, mas uma maneira de fortalecer os laços de amizade. Esse era o caso das três mulheres sentadas ao redor da mesa de costura.

Sheila alinhavava outro uniforme das camareiras do novo hotel de Belleville, enquanto Yael cortava mais tecido preto em cima do molde de papel. Jane E. prendia renda no decote do vestido no busto do manequim. Ela tirou mais um alfinete da boca, olhou por cima do ombro e observou suas duas amigas. O que elas achariam da sua ideia de surpreender Julian? Na certa, pulariam de alegria, mesmo que Jane E. tremesse por dentro. Ela suspirou e recomeçou o trabalho de enfiar alfinetes na gola de renda.

– Vi seu olhar. O que está tramando? – Sheila perguntou.

Jane E. tirou os alfinetes dos lábios e se virou para as duas mulheres.

– Tenho uma ideia, mas o medo é maior que a empolgação.

Sheila deixou a costura no colo, e Yael fechou a tesoura.

– Agora estou curiosa – Sheila disse.

Jane E. aproximou-se da mesa e apoiou as mãos sobre ela, como se estivesse prestes a cair.

– Quero fazer meu vestido de noiva. – Ela olhou para o anel de esmeralda.

As duas amigas saltaram de seus lugares como se tivessem molas nas pernas. Elas rodearam Jane E. e a abraçaram.

– Nunca me imaginei dizer isso com Julian tão longe. Com tantos perigos – disse Jane E.

Yael segurou na mão da professora.

– Medo de acontecer alguma coisa com ele?

– Luto com isso. Conversei com Alana ontem. – E narrou a conversa para as duas.

Sheila passou a mão pelo tecido preto esticado em cima da mesa.

– A vida nos prega peças e nos presenteia. Aprendi com minha história de viuvez, sequestro e novo casamento, que preciso aproveitar o que tenho hoje. Amanhã, já não sei. Não faço isso numa visão de pessimismo, mas de realismo.

Jane E. olhou de Yael para Sheila.

– Como Deus é bom por ter me dado as amigas mais sábias do mundo! Quisera eu ter uma fração dessa sabedoria.

– Na multidão de conselhos, há sabedoria[1] – citou Yael. – Vamos aprendendo que isso é mesmo uma grande verdade. Não somos sábias de forma isolada. Juntas somos melhores. Nós três.

A porta abriu-se de supetão.

– Três? E eu? – Sara colocou-se no meio das mulheres.

1 *Provérbios* 11:14 (ARC).

Yael levou as mãos aos quadris.

– Sara, estava ouvindo atrás da porta?

A menina balançou o corpo, os cachos castanhos saltaram como molas.

– Essas portas de casa são muito finas.

Sheila soltou uma gargalhada, que foi logo acompanhada pela de Jane E. e Yael.

Sara levantou o queixo.

– Por que não posso fazer parte do grupo de costura e fofoc... de conversas?

Yael bateu com o dedo indicador no nariz da irmã.

– Porque falamos de assuntos de adulto.

– Não é justo. – Sara deu as costas e saiu batendo os pés exageradamente, no chão de madeira.

– Dramática, essa menina. – Yael fechou a porta.

– Então, voltando ao assunto inicial – disse Sheila. – Quando começamos seu vestido de noiva?

– Ainda não tenho o desenho e nem o tecido – Jane E. respondeu.

– Hoje à noite, você o desenha. Amanhã iremos juntas a Belleville para comprar o material – Yael falou.

Jane E. levou as mãos ao rosto quente.

– Vocês fariam isso por mim?

– E não celebrar cada passo com você? – Sheila abraçou a amiga.

E no dia seguinte, Jane E., Sheila e Yael tomaram a carroça e partiram para Belleville, deixando Sara com uma responsabilidade de adulta: cuidar de Zach e preparar o jantar.

A loja de vestuário, tecido e aviamentos recém-inaugurada estava lotada de mulheres se acotovelando entre os balcões de tule, algodão e rendas. Jane E. abraçou o pacote com o corte do seu vestido de noiva. Na noite anterior, ela tinha levado algumas horas para chegar ao desenho final do modelo. Em sua mente, tinha o rosto de Julian como inspiração.

As três mulheres saíram da loja e se abraçaram na calçada de madeira. O barulho das rodas das carroças, dos cascos dos cavalos e dos comerciantes gritando suas ofertas não abafou as risadas de Jane E., Sheila e Yael.

– Não vejo a hora de começar a confecção do seu vestido – disse Yael.

Sheila ajeitou o coque de cabelo castanho.

– E essas rendas que você escolheu, que lindas!

As amigas desceram os degraus da calçada, olharam de um lado para o outro da rua movimentada e correram na direção da carroça, parada na frente da oficina do ferreiro.

– Jane E.! – Uma voz feminina gritou.

Jane E. olhou para trás e suspirou.

– Coraline. – Ela acenou de volta para a diretora da escola de moças.

Sheila sussurrou:

– Será que ela vai fazer outra proposta para você?

– Não sei – Jane E. respondeu.

A mulher, de chapéu de aba larga ornamentado com flores e um vestido delicado branco e amarelo, aproximou-se. Cumprimentou Sheila e Yael.

– Obrigada pela confecção dos uniformes. Ficaram perfeitos.

Jane E. abraçou seu pacote com mais força.

– Ficamos felizes. – Ela olhou para as amigas.

Yael desamarrou a rédea do cavalo do poste.

– Foi bom vê-la, Coraline. – Jane E. fez um cumprimento com a cabeça e colocou o pacote no assento de madeira.

– Jane E., posso trocar umas palavras com você? – Coraline perguntou.

Sheila e Yael subiram na carroça.

– Esperamos aqui – Yael falou para Jane E.

Coraline afastou-se da rua movimentada e parou em frente à barbearia. Ela olhou para Jane E.

– Tem tido notícias de sua mãe?

A professora franziu a testa de leve. Que pergunta fora de contexto era aquela? E por que Coraline se importaria com sua família?

– Minha mãe me mandou um livro recentemente. Algum problema? Soube alguma notícia de Montreal?

A mulher elegante apertou a bolsinha de tecido bordado.

– Minha mãe me escreveu e disse que se encontrou com a sua. A sra. Bell pareceu não saber muito da sua vida aqui. Queria apenas sugerir que escreva para ela. Sei que não é da minha conta, mas minha mãe insistiu para que eu desse esse recado a você.

Seria tão mais fácil se minha mãe mantivesse um relacionamento real comigo. Por que usar terceiros para me mandar recado? Já não basta meu pai usando o sr. Stilinski? Jane E. considerou se valeria a pena aceitar a sugestão de Coraline. O natural seria dividir com a mãe sua alegria de estar noiva de Julian. Na verdade, ela cogitara mandar uma carta para a sra. Bell e avisar do noivado. Porém, a mãe já tinha provado que tomaria partido do marido. A carta enigmática que ela mandara com o novo livro não explicava nada que Jane E. gostaria de saber sobre a mãe e o restante da família.

– Obrigada pelo recado. – Jane E. preferiu guardar para si sua opinião sobre aquela sugestão. Não era próxima de Coraline o suficiente para lhe dar satisfações.

Na volta para Harmony, abraçada ao pacote marrom, Jane E. sentiu uma grande luta sendo travada no seu coração. Seu desejo de filha era ter sua mãe por perto na época mais importante da sua vida.

E se a sugestão de Coraline fosse um sinal de que a sra. Bell poderia estar mudando, e se seu coração estivesse mais inclinado a aproximar-se da filha?

Em casa, a jovem deixou o pacote na cama e abriu a gaveta da cômoda, onde guardava papel e tinteiro.

Capítulo 35

Diário, começo a achar que sou corajosa. Além de comprar o tecido para meu vestido de casamento (está ficando lindo demais!), escrevi para minha mãe. A carta foi curta: agradeci a ela pelo livro da Anne Brontë e falei brevemente do meu noivado. Finalizei o texto, dizendo que o que mais desejaria era ter minha família em paz ao meu lado. Não escrevi em tom de ataque, mas de honestidade. Sei que, do jeito como está, a paz não é possível, pois ela não nasce no solo da mentira. Não falei isso na carta, apenas ponderei.

Falando sobre carta, recebi duas de Julian no mesmo dia. Ele disse que escreve um pouco toda noite, mas que só as envia quando param em algum lugarejo com mensageiros. Ele me contou que também escreve um pouco todos os dias para a mãe. Porém, Julian vai postar as cartas para a sra. Collins quando já estiver voltando para Edmonton. Ele disse que escreve sobre as experiências ao fazer o mesmo trajeto que o irmão. Julian é um homem admirável e sensível. Que saudades! Esse último mês sem ele tem sido difícil, mas até aqui ele está bem. Isso que importa. Não vejo a hora da chegada do outono, que o trará de volta com o vento frio e adocicado da estação. Creio.

(Anotação do diário de Jane E.)

Talvez fosse porque as três meninas representassem o que Jane E. tinha sido no passado, e ela quisesse reviver a infância através de suas brincadeiras. Talvez o peso da espera de Julian fosse menor ao conviver com Elsa, Lily e Abbie. O fato era que Jane E. levava as meninas para passear duas ou três vezes por semana quando o trabalho de costura diminuía.

O passeio escolhido daquele dia foi na beira do lago onde Julian escolhera como o lugar especial do casal. Jane E. não comentou sobre isso com as meninas. O que tinha acontecido ali – a revelação do motivo de sua marca, o barquinho com o anel de noivado, o anúncio da expedição, a revelação do conteúdo triste da carta da sra. Collins, tudo fazia parte da intimidade de Jane E. e Julian. Para as meninas, porém, o lago representava o mar dos piratas, das sereias e de seres mitológicos. Jane E. contava-lhe histórias fantásticas, que eram recebidas com entusiasmo.

– Vamos construir um barco? – Elsa sugeriu e saiu catando gravetos, folhas e outros materiais que ela julgou serem bons para uma embarcação.

Lily e Abbie a seguiram, enquanto Jane E., sentada em um tronco, molhava a mão na água fresca.

O barco acabou afundando, mas a tragédia foi esquecida quando Jane E. as levou para tomar limonada na casa de Amelie. Sentadas na varanda fresca à sombra de uma treliça de flores, a professora e suas alunas planejavam o próximo passeio.

– Podemos visitar Sara – Abbie sugeriu.

Jane E., Lily e Elsa concordaram que era uma boa ideia. Elas beberam toda a jarra de limonada e olharam para o portão quando ouviram o barulho do trinco.

– Pai! – Abbie deixou o copo na mesinha e correu até Misael.

– Filha, está na hora de ir para casa. – O homem de suspensório e cabelo alvoroçado abraçou a filha.

Jane E. levantou-se e foi até ele.

– O sr. Wilson disse que iria levá-la para casa.

225

– Não quero ir. – Abbie revirou o corpo até se livrar dos braços do pai.

Misael olhou para Jane E. com uma expressão de súplica.

– Professora, posso dar uma palavrinha com a senhora?

As três meninas olharam para o homem de barba por fazer.

– Elsa, leve Lily e Abbie para a cozinha. Amelie fez bolo de laranja – disse Jane E.

Quando as três entraram na casa, Jane E. fechou a porta e indicou um lugar no jardim para eles conversarem.

O chapéu de palha de Misael parecia ter sido moído com o milho. Ele o segurava com mãos nervosas.

– Não sei mais o que fazer. Abbie não sai da casa dos Wilson. Não que me importe, mas ela é minha filha.

Como responderei à súplica desse pai?

– Posso falar com Sheila.

– Ou melhor, com a sra. Elizabeth. Abbie a chama de avó – Misael falou.

– Está certo. Dou um pulo lá mais tarde. – Jane E. deu um sorriso forçado.

Ela usou toda a sua habilidade de persuasão para convencer Abbie a voltar para casa com o pai. A menina fechou a cara e tomou a mão de Misael. Do portão, Jane E. observou pai e filha sumirem na estrada, montados no cavalo.

Elsa e Lily se despediram, deixando a professora com a tarefa de conversar com a sra. Elizabeth. Ela entrou em casa, refez o coque, lavou o rosto e as mãos, e se preparou para a visita à pomposa mulher.

No caminho de terra, Jane E. tentou formular argumentos para a conversa. Não era uma posição cômoda a de mediadora do sr. Davis.

A casa tinha sido construída no ano anterior quando a sra. Elizabeth viera da Inglaterra morar próximo ao filho. Embora simples, possuía detalhes que destoavam do restante das moradias de Harmony, como janelas maiores e uma varanda que corria ao longo de três lados da casa. Um jardim perfeito dava as boas-vindas aos visitantes. Certamente a sra. Elizabeth trouxera o conceito de jardim inglês para Harmony.

Jane E. abriu o portãozinho branco e subiu os degraus da escada da varanda. Bateu à porta e foi atendida quase imediatamente por uma jovem de uniforme preto e avental branco. A professora se apresentou, mas logo reconheceu a criada. Era a filha de Tobias.

– Entre, vou avisar à sra. Wilson que está aqui.

Sissy levou Jane E. à saleta de estar. A visitante sentou-se em uma das poltronas de veludo verde-escuro e encosto alto.

Minutos depois, a dona da casa entrou.

– Boa tarde, senhorita Bell. A que devo a honra da sua visita?

Por um instante, Jane E. sentiu-se de volta a Montreal, mas resistiu à tentação de usar o mesmo tom afetado da alta sociedade. Porém, ela se levantou em cortesia.

– Boa tarde, sra. Elizabeth. Vim conversar sobre Abbie.

A mulher fez um sinal para a professora se sentar e tomou o sofá de dois lugares. Balançou a sineta, e Sissy entrou.

– Pode trazer o serviço de chá.

A jovem saiu tão silenciosamente quanto entrou.

– O que há com Abbie? – a sra. Elizabeth perguntou.

Jane E. ajeitou a saia escura do vestido e entrelaçou os dedos no colo.

– Sei do seu apreço pela menina. Porém, o pai dela anda com dificuldades para mantê-la em casa.

A sra. Elizabeth fez um gesto ligeiro com a mão, como se desconsiderasse o comentário. As pedras preciosas do anel refletiram a iluminação natural da sala.

– Abbie gosta de vir aqui. Não acho que o trabalho duro em uma fazenda de ovelhas seja adequado a uma criança, ainda mais uma menina.

Jane E. consertou sua postura. Tinha aprendido nas altas rodas sociais que a boa postura passava segurança e autoridade.

– Talvez essa seja uma decisão que o sr. Misael deva tomar, sobre o que é adequado ou não à filha.

A mulher arqueou a sobrancelha, nitidamente desgostosa com o comentário da visitante.

– Esse senhor deveria se casar com urgência. Meninas não podem viver sem a mãe.

Sheila tinha razão ao dizer que a sogra era intimidadora. Jane E. lembrou-se da cena de Misael e Abbie sumindo pela estrada no cavalo. Eles pareciam solitários. Misael não se envolvia muito na comunidade, embora tivesse começado a frequentar a igreja nas últimas semanas, para a alegria de Abbie, Lily e Elsa.

– Não acho que seja da minha alçada dizer se ou quando o sr. Misael deva se casar. – Jane E. queria falar que não era da alçada da mulher à sua frente, mas não precisava atacá-la desnecessariamente, para o bem de Abbie.

Sissy entrou com o serviço de chá e colocou a bandeja de prata no aparador ao lado da janela. A sra. Elizabeth dispensou a jovem e se levantou. Serviu o chá em duas xícaras de porcelana e as levou até a mesa de centro. Ela voltou a se sentar.

– O sr. Misael Davis é um homem de boa aparência. Com um bom banho, roupas limpas e um corte de cabelo, ele talvez atraísse a atenção de uma jovem de Harmony. – A mulher bebericou o chá, segurando na asa da delicada xícara com os dedos em pinça.

O sangue de Jane E. correu quente nas veias. Olhou para sua xícara e duvidou que conseguisse beber alguma coisa sem se engasgar.

– Com todo o respeito, não vim discutir o estado civil do sr. Misael. Gostaria apenas de pedir que incentive Abbie a ficar em casa com o pai.

A sra. Elizabeth inclinou a cabeça.

– Senhorita Bell, não se interessaria em conhecer melhor o sr. Davis? Abbie fala muito bem de sua professora preferida.

Professora preferida? Abbie só tinha uma. E que história era aquela de a sra. Elizabeth querer jogá-la para cima do pai da menina? Jane E. encarou a mulher, algo que seria considerado repreensível em Montreal.

– Sra. Elizabeth – ela girou o anel de esmeralda no dedo –, estou noiva do *mountie* Julian Collins. Vamos nos casar quando ele voltar.

– Ele leva uma vida perigosa.

A jovem sentiu as lágrimas pinicarem seus olhos. Levantou-se.

– É melhor eu ir andando. Tenha uma boa tarde.

A mulher balançou a sineta, e Sissy veio acompanhar a visitante à porta.

Na estrada de volta para casa, a raiva de Jane E. intercalava-se com a tristeza. Ela não tinha condições de resolver sua própria vida amorosa com Julian, estando ele tão longe; por que então a sra. Elizabeth achava que ela poderia resolver a do sr. Misael?

Nas semanas seguintes, Jane E. passou a maior parte dos dias em casa ou no jardim. Saiu pouco com as meninas. Visitou pouco suas amigas.

O vestido de noiva inacabado foi guardado em uma caixa no armário, junto com as únicas cartas que Julian tinha enviado.

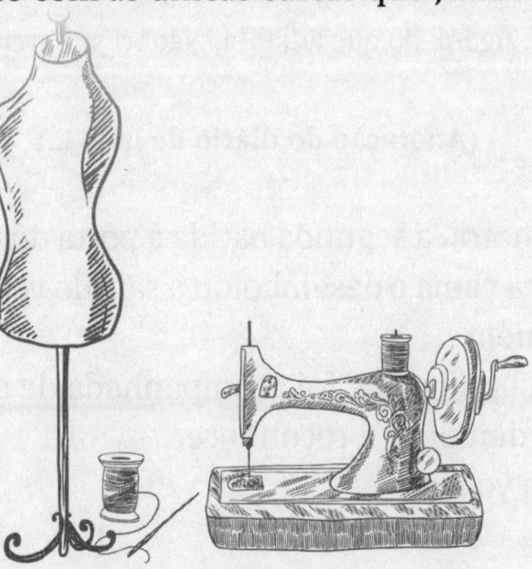

Capítulo 36

Sei do meu silêncio, diário. Não sei mais o que pensar sobre o sumiço de Julian. Imagino emboscadas, doença, acidente, fome... Morte. Não queria deixar isso escrito, mas penso nessa possibilidade.

Meu vestido de noiva está guardado numa caixa. De qualquer forma, perdi peso e as medidas não são as mesmas de quando eu, Sheila e Yael começamos a costura.

Quero gritar, quero chorar, mas está tudo preso na garganta. A conversa que tive com Alana me passa pela cabeça constantemente. Ela vive isso com Gabriel? A angústia de não saber onde o marido está?

Como se não bastasse minha tristeza, mamãe nunca respondeu à minha carta. Agora, do que adianta. Não sei se haverá casamento.

(Anotação do diário de Jane E.)

Jane E. ignorou a segunda batida à porta do quarto. Virou-se de lado na cama e desembolou a saia do vestido. Não queria ver ninguém.

A terceira batida leve foi acompanhada de uma voz feminina, que Jane E. demorou a reconhecer.

– Jane, é a vó Nita.

Jane E. levantou-se devagar. Ajeitou a saia e passou as mãos no cabelo desalinhado. Abriu a porta e olhou para a mulher nativa.

– Amelie me chamou. Disse que você anda indisposta e não come direito. – Vó Nita examinou o rosto de Jane E.

Uma lágrima quente desceu pelo rosto da professora. Outra, e mais outra. Uma cascata quente molhou seu rosto e o chão de madeira. Jane E. estendeu os braços e foi recebida por vó Nita. Apesar da estrutura corporal pequena, a mulher mais velha tinha um abraço confortador. Ela esfregou as costas da professora e sussurrou algumas palavras em uma língua que a jovem não reconheceu. Talvez a língua do povo de vó Nita.

Depois de um tempo no consolo do abraço, Jane E. convidou a mulher para entrar. As duas sentaram-se lado a lado na cama, vó Nita acariciando a mão de Jane E.

– Sei que é difícil. Também me preocupo com *mountie* Julian, assim como me preocupo com Gabriel – a senhora disse.

Jane E. tirou um lenço branco do bolso do vestido e enxugou o rosto.

– Alana me alertou a respeito da dificuldade de relacionamento com um *mountie*.

– Mas ela também é enfática em dizer que prefere essa dificuldade a não ter Gabriel ao seu lado – Nita falou.

Jane E. fungou e limpou o nariz no lenço.

– Foi o que ela me disse... – Ela derramou mais lágrimas e soluçou. – Eu também. Prefiro a incerteza a não ter Julian. Mas não sei dele, o que aconteceu, por que não me escreve...

– As terras do Norte são remotas. Não há serviço postal. Eles contam com mensageiros, homens que vão e vêm. Não podemos considerar o fim. Temos muitas possibilidades às quais nos agarrar. – Vó Nita bateu de leve na mão de Jane E.

– E se eu não receber mais cartas? – Jane E. perguntou em tom de súplica.

– Julian vai valer menos para você? – vó Nita perguntou.

Jane E. arqueou as sobrancelhas.

– Não. Nunca.

– Conforte-se então no silêncio.

– E se, e se...? – Jane E. recusou-se a completar a frase.

– A incerteza não é uma resposta final.

Depois de orar por Jane E. e lhe fazer uma massagem nas têmporas, vó Nita se despediu. Amelie veio até o quarto com uma bandeja de comida. Jane E. agradeceu e comeu a refeição, enquanto a dona da casa a observava com preocupação, sentada na cadeira.

– Está muito gostoso o frango. – Jane E. engoliu o pedaço da carne com uma lágrima.

– É o pouco que posso fazer: mantê-la com saúde para quando *mountie* Julian voltar – Amelie respondeu.

Sentindo-se mais forte, Jane E. foi para o jardim caminhar entre os pessegueiros. Não tinha coragem de visitar seu lugar e de Julian.

Jane E. ziguezagueou no pomar. O sol se punha. O verão se despedia. Uma brisa fria tirou arrepios da mulher solitária. Em poucas semanas, as aulas recomeçariam. As paredes da sala improvisada não foram levantadas. Yael não conseguira o dinheiro necessário. Jane E. também não juntara o suficiente. As crianças voltariam para a mesma sala apertada. Os meses de outono trariam doenças respiratórias, facilmente transmissíveis na sala cheia de crianças pouco preocupadas com a higiene. Jane E. fracassara. Falhara com as crianças, com Harmony.

Joaquim surgiu no pomar com um envelope na mão. O coração da professora disparou. Ela sentiu que ia desmaiar. Suas mãos tremeram e quase derrubaram o envelope.

– Veio de Belleville por um mensageiro – Joaquim disse e saiu em seguida.

Jane E. apoiou-se no tronco fino da árvore. Não era uma carta de Julian então. Com dedos ainda trêmulos, ela abriu o envelope. A mensagem a deixou confusa.

Jane E.,

Preciso que venha me fazer uma visita, o mais urgente possível.

Coraline Blanchet.

O que Coraline queria de tão urgente? Fazer outra oferta de emprego? Talvez, se tudo em sua vida desse errado, Jane E. devesse aceitar a proposta.

De volta à casa, ela pediu a Joaquim que a levasse a Belleville no dia seguinte.

Antes do nascer do sol, a professora estava de pé, olhando-se no espelho. O vestido verde mostrava a marca. O xale, jogado em seu braço, seria sua proteção caso os olhos de Coraline demonstrassem incômodo. Se Jane E. fosse trabalhar na Escola para Moças, todas deveriam saber de seu estigma.

Joaquim despediu-se da esposa e saiu acompanhado de Jane E. O caminho pareceu se alongar na medida em que deixavam Harmony para trás.

Quando finalmente entraram em Belleville, Jane E. sentiu uma vontade repentina de descer da carroça e correr na direção contrária, para a segurança de sua casa. Por que estava tão ansiosa com um possível convite de Coraline para trabalhar na escola? Ela já não tinha decidido que Harmony era seu lugar?

Joaquim entrou na rua do casarão da escola, e a professora se viu acuada. Não daria para correr nem que quisesse, pois Coraline estava na frente do casarão com o leiteiro e o padeiro. A mulher acenou para Jane E. assim que a viu.

– Não esperava que viesse tão cedo – Coraline disse.

Uma criada saiu da casa e pegou a cesta de pão e o latão de leite.

– O bilhete dizia que era urgente. – Jane E. desceu da carroça.

– Venha. Entre. – Coraline indicou a sala de visitas.

As duas mulheres entraram. Jane E. sentou-se na mesma poltrona da primeira visita à escola. Notou que Coraline estava agitada, esfregando as mãos com força.

– E então? – Jane E. falou.

Coraline andava de um lado para o outro na sala.

– Há uma pessoa aqui que deseja vê-la.

Jane E. foi tomada de grande ansiedade. Seria Julian? Estaria machucado? Mas por que a veria na escola de Coraline? Jane E. sentiu as pernas bambas. Não. Não poderia ser Julian. O sr. Stilinski? Talvez estivesse cansado para ir a cavalo até Harmony. Porém, a possibilidade fazia pouco sentido. Seu pai? Viera pedir perdão? Jane E. esgotou suas opções quando Coraline pediu licença e saiu da sala. Ela foi à janela e observou a movimentação do lado de fora. A carroça de Joaquim estava parada rente à calçada oposta.

A garganta de Jane E. ressecou mais ainda quando ouviu passos vindo na direção da porta. Quando a barreira de madeira trabalhada se abriu, a jovem sentiu o sangue fugir de sua cabeça, deixando-a oca. Ela sentou-se.

Coraline não estava sozinha. Jane E. olhou para a mulher mais velha ao lado dela. Sua respiração acelerou. Sua voz falhou quando disse:

– Mãe... – A voz era um sussurro. Foi o que Jane E. conseguiu produzir.

Coraline retirou-se. A sra. Bell entrou na sala e fechou a porta.

– Jane E.

A filha tentou se levantar, mas suas pernas não cooperaram.

– O que faz aqui em Belleville? – Ela tossiu.

– Temos algumas contas a acertar.

Capítulo 37

Nunca, em mil anos, imaginaria minha mãe me visitando "na terra de selvagens", como dizia Catherine. Ainda estou chocada. Acertar contas. Quando ouvi essa frase dos lábios da minha mãe, achei que ela me trataria como meu pai me trata. Para minha surpresa, ela disse que deseja meu perdão. Conversamos pouco agora pela manhã. Ela falou que precisava descansar da longa viagem. Pelo que entendi, minha mãe e Coraline planejaram a viagem por semanas. Por isso Coraline tinha sugerido que eu escrevesse para minha mãe. Acho que a carta seria uma espécie de bandeira branca, mostrando que eu estaria aberta a conversar com a grande sra. Bell.

Tenho muito para falar, muito para ouvir. Amanhã Coraline mandará alguém para me buscar em Harmony. Deixei minha mãe descansando e vim ponderando sobre o que ela falará do meu pai.

A propósito, diário, deixei o xale escorregar do meu peito. Minha mãe olhou para a marca e não disse nada, mas seu olhar de desgosto não me enganou.

Haja o que houver, não esconderei minha marca. Minha mãe terá que se acostumar a ela novamente.

(Anotação do diário de Jane E.)

O abraço durou alguns minutos. Jane E., Sheila e Yael se soltaram, mas permaneceram próximas. O quarto de costura tinha mais três bustos de manequins, feitos por Calebe. Outra máquina de costura ocupava o canto da sala. Ela tinha sido presente de James para sua esposa. Jane E. finalmente tinha ouvido o apelo de suas amigas para voltar a costurar. De fato, a professora sentia falta dos momentos de cumplicidade com Sheila e Yael. A vida de Jane E. podia não estar tomando o rumo desejado no momento, mas afastar-se de suas melhores amigas era privar-se desse contentamento.

– Fico feliz por você – Yael disse à Jane E.

– Estou ansiosa pelo encontro de amanhã.

Sheila bateu de leve no ombro da amiga.

– Sua mãe pediu perdão!

Jane E. esfregou a testa.

– Mas ainda não sei o que meu pai pensa, se mudou de ideia sobre mim, se ele próprio pediu perdão à minha mãe.

– Você vai saber quando conversar com a sra. Bell – Yael falou. – Não deve ter sido fácil para ela vir para cá, tão longe e tão diferente de Montreal, como você fala.

Yael tinha razão. O fato de a mãe de Jane E. estar em Belleville mostrava que ela tinha vencido muitos obstáculos físicos e emocionais.

Foi com um misto de ansiedade e expectativa que Jane E. subiu as escadas da Escola para Moças na manhã seguinte. A criada abriu a porta e a levou imediatamente para a saleta, onde sua mãe a esperava de pé ao lado da janela. Jane E. parou no batente da porta e estudou a mulher que lhe dera a vida. Ela tinha envelhecido consideravelmente desde que a filha saíra de casa. Seu olhar estava triste. O vestido estilizado azul-marinho, que Jane E. conhecia, estava frouxo nos ombros e na cintura. O cabelo torcido em um coque bufante tinha mais fios brancos. Jane E. engoliu o remorso que ameaçava abrir as comportas das lágrimas. Quanta coisa mãe e filha tinham passado! Os tempos inocentes da infância, os passeios e visitas a museus, as horas de conversa sobre sonhos e planos. Sua mãe a ensinara a se portar à mesa e com convidados. Alimentara em Jane E. o gosto pela leitura e pelo aprendizado. A mulher à janela era o tronco de onde o galho Jane E. brotara.

A sra. Bell afastou-se da janela a passos lentos, em direção à filha. Ela parou no tapete oriental e levantou as duas mãos devagar, as palmas para cima. Jane E. não entendeu o gesto. Seria algo simbólico?

– Filha, dê-me suas mães. – A sra. Bell fez um movimento com os dedos para que Jane E. se aproximasse.

Passo a passo, a filha cruzou o tapete e segurou nas mãos de sua mãe.

– Errei muito com você. Errei como nenhuma mãe deveria errar. Rejeitei suas palavras. Não socorri seu coração. – A sra. Bell derramou grossas lágrimas, enquanto apertava os dedos da filha.

– Mãe, eu... – Jane E. arregalou os olhos úmidos.

– Preciso terminar. – A mulher respirou fundo. – Sempre soube que seu pai aprontava. Naquele dia fatídico, eu me tranquei no quarto quando Rochelle chegou em casa com a desculpa de pedir um favor ao seu pai. Eu já desconfiava de que seu pai fazia alguns favores a ela desde a última festa que demos em casa.

Jane E. não piscava. Sua respiração era fraca. Sua cabeça começou a girar. A mãe continuou:

– Quando você veio chorando, falando o que tinha visto, eu entrei em pânico. Minhas desconfianças tornaram-se a dura realidade de que nosso casamento estava por um fio. Nos dias seguintes, seu pai, com seu jeito sedutor, usou todo o seu arsenal de impiedade para me fazer acreditar que tudo não passara de um mal-entendido. Achei mais fácil aceitar a versão dele. Mais conveniente. E você foi definhando. – A sra. Bell olhou para o colo da filha. Soltou sua mão e levou os dedos à marca. As lágrimas da mulher escorreram pelo rosto e pescoço. – A culpa foi minha. Deixei sua alma adoecer.

O queixo de Jane E. tremia. As lágrimas foram ao chão, juntando-se às da sua mãe.

– Não foi sua culpa. Fomos vítimas. Eu não soube lidar com a dor. Você encontrou uma forma de se proteger.

– Minha obrigação era proteger você. – A voz da sra. Bell falhou no final da frase.

– Como? Mãe, amo um homem. Fico imaginando o que eu sentiria e como reagiria se ele me traísse. Pior ainda, se me traísse quando tivéssemos filhos. – Jane E. soltou-se da mãe. Ela passou os dedos pelos olhos molhados. Depois, apontou para a marca. – Já não tenho mais vergonha dessa marca. Em Harmony, eles me aceitaram assim. Não perguntam, não olham com desgosto. Julian disse que não desejaria uma pessoa diferente do que sou, com marca ou sem marca.

A sra. Bell soltou um soluço e se sentou. Abaixou a cabeça, as lágrimas molhando seu vestido.

– Fracassei como esposa e como mãe.

Jane E. correu até ela e se ajoelhou. Olhou para a mulher desolada.

– Você é minha mãe. Não gostaria de ter outra. Você me ensinou a respeitar as pessoas. Caminhou comigo os primeiros passos da fé. Essa mesma fé, mesmo que pequena, começou a germinar em mim. Vejo que ela pode crescer.

A sra. Bell acariciou o rosto da filha.

– Quanto tempo perdi longe de você! Como poderei recuperar esse tempo?

Jane E. deixou a cabeça no colo da mãe.

– Não sei. Só sei que quero que esteja aqui para o meu casamento.

– Este rapaz; conte-me dele.

As duas mulheres enxugaram suas lágrimas e se sentaram lado a lado no sofá. Nas próximas horas, Jane E. contou para sua mãe o que lhe tinha acontecido desde a chegada a Harmony. Falou da escola, do sr. Stilinski, da ameaça do pai, do corte da herança. Contou a ela sobre a descoberta do amor, da costura e das pessoas que eram sua família naquele lugar de restauração.

A sra. Bell soltou um longo suspiro.

– Tenho algumas providências a tomar. Devo voltar a Montreal em alguns dias. Por favor, escreva-me. Quero estar aqui para o casamento.

– E se meu pai não deixar a senhora voltar? – Jane E. apertou o braço do sofá.

A mulher mais velha franziu a testa.

– Seu pai sofreu um derrame. Perdeu os movimentos das pernas e está em uma cadeira de rodas.

Jane E. imaginou o poderoso sr. Bell dependente de sua mãe, de criados, de Catherine. Por um instante, seu coração ficou duro. Pensou que ele teve o que merecia. Assim como roubara parte da vida da filha, estava sendo roubado da sua. Os rostos das pessoas amadas em Harmony surgiram na mente de Jane E.: Amelie e Joaquim, Yael e sua querida família, Sheila e as meninas, seus alunos, Misael e Abbie, Mari, Alana e tantos outros. Julian. Como retribuir com amargura quando seu coração estava tão repleto de amor?

– Sinto muito, mãe. De verdade – Jane E. falou.

– Sei que sim. Conheço seu coração.

Jane E. correu os dedos pela saia do vestido verde.

– Acha que ele se importa comigo?

– O coração do seu pai ainda está endurecido. Tenho orado para que ele amoleça. Não vamos perder a esperança. – A sra. Bell abraçou a filha.

– Não vamos perder a esperança – Jane E. repetiu.

Capítulo 38

Diário, não consigo mais olhar para o calendário. O verão terminou, levando minha mãe no trem para o Leste. Toda manhã, eu corro para me encontrar com Joaquim quando ele volta da vila com a correspondência. Nada. Nenhuma carta. Minha culpa é grande. Se algo aconteceu a Julian, tenho uma grande parcela de responsabilidade. Eu poderia tê-lo impedido. A sra. Collins não estava errada ao fazer de tudo para o filho não sair nessa expedição. Eu desisti de analisar os fragmentos do meu coração. Cada pedacinho traz uma gota do meu sangue.

Harmony segue seu curso. As pessoas pouco falam de Julian. Pelo menos, perto de mim. Até Sheila e Yael desistiram de me convencer de que ele está bem. Acho que nem elas acreditam mais nisso. Sou viúva sem ter me casado?

Vou continuar em Harmony. Aqui tenho as lembranças de Julian. Se não o encontrar mais, quero ser enterrada em nosso lugar

(Anotação do diário de Jane E.)

Através do vidro da janela, Jane E. viu o mundo dourado. Ela esfregou os olhos e puxou a coberta para o lado. Jogou as pernas para fora da cama e pousou os pés no tapete. Os fracos raios de sol de outono batiam no orvalho, transformando-o em gotas de cristal. As folhas se preparavam para despir as árvores. Amarelas, elas balançavam e se soltavam dos galhos.

Jane E. evitou olhar para o canto do quarto, mas sua visão periférica o via: o vestido de noiva, lindo, com mangas longas e o busto de renda. Talvez o torso do manequim fosse o único que usaria o traje branco. Viraria uma relíquia, um símbolo de um tempo de esperança em que Jane E. se encontraria com seu amor no altar da pequena igreja de Harmony. Por que o vestido estava ali e não guardado em uma caixa no armário? Jane E. não tinha uma explicação. Apenas tinha pedido à Yael que lhe emprestasse o torso do manequim.

O cheiro de café que entrou no quarto lembrou à professora de que o primeiro dia de aula do novo ano letivo começaria em poucas horas. Sem a escola nova, as crianças passariam o outono e o inverno confinadas. Harmony não tinha dinheiro. Jane E. não juntara o suficiente. A mão de obra (os homens de Harmony) era usada na colheita, no abate dos animais para o preparo para o rigoroso inverno.

Jane E. tirou a camisola comprida e vestiu seu novo vestido de outono, que ela tinha desenhado e costurado para manter a mente distraída nas últimas semanas do verão. Xadrez verde e cinza, ele descia mais justo até o pé. A moda das saias grande com excesso de tecido tinha ficado no passado. A boina do mesmo tecido protegeria sua cabeça nos dias mais frios. Jane E. pegou a sacola de livros, alguns dos quais sua mãe tinha trazido de Montreal, e foi para a cozinha. Amelie a cumprimentou com o mesmo olhar de preocupação dos últimos meses.

– Fiz sua torta preferida de pêssego – a mulher disse e encheu a caneca de café da professora.

– Parece deliciosa. – Ela deu uma garfada na torta e aceitou a fatia de queijo fresco, uma das novidades da Cozinha da Mari.

Amelie voltou para o fogão, onde um bule de água apitava. Uma corrente de ar frio invadiu a cozinha, e Joaquim entrou. O rosto dele estava vermelho, e ele ofegava. Ele arrancou o chapéu da cabeça e olhou para a esposa como se pedisse socorro. Jane E. largou o garfo, assustada.

– Homem, o que foi? Parece que está sendo perseguido por lobos. – Amelie puxou o marido para dentro da cozinha e fechou a porta.

Joaquim olhou da esposa para Jane E. Depois, tirou o casaco e o colocou no encosto da cadeira.

– Ah, nada, não é nada.

– Como não? – Amelie fez o marido se sentar e encheu uma caneca de café para ele.

Jane E. teve a impressão de que Joaquim tinha algum assunto particular para conversar com Amelie. Ela bebeu o resto do café e se levantou.

– Vou para meu quarto terminar de me arrumar.

No quarto, Jane E. ouvia as vozes de Amelie e Joaquim, que falavam mais baixo do que o normal. O assunto deveria ser sério.

Depois de terminar sua higiene matinal, a professora pensou em sair discretamente de casa, mas a sacola com os livros estava na cadeira da cozinha. Ela esperou. Era cedo ainda. No domingo, Jane E., Sara e Violeta tinham preparado a sala de aula. As lições estavam planejadas. Nada exigia que a professora corresse para a escola.

A conversa na cozinha cessou. Pela janela, Jane E. viu Joaquim saindo a galope no cavalo marrom. Ela foi à cozinha, mas Amelie não estava lá. Pegando a sacola, Jane E. saiu pela porta dos fundos. Esperava que não fosse nada grave com algum dos moradores de Harmony.

As botas de Jane E. esmagavam as folhas amareladas e mortas no caminho de terra. Em poucas semanas, a primeira neve fresca cobriria o caminho como um grande tapete gelado. Seria o caminho ideal para a professora de coração frio, sem Julian para aquecê-lo. Os dias curtos e escuros seriam o esconderijo perfeito para a alma melancólica, sua companheira de muitos anos.

Jane E. inspirou o ar gelado e adocicado, tentando animar seu espírito. O barulho das folhas secas sob os pés era o único daquela manhã. Os pássaros estavam calados.

– Não sou mais um pássaro aprisionado – Jane E. sussurrou para si.

Seu pai não a aprisionava. Ele mesmo estava cativo de uma doença e uma cadeira de rodas. Não era o desfecho que Jane E. esperava. Sua marca permanecia no peito, embora mais clara. Talvez o óleo de vó Nita tivesse ajudado. Talvez, porque Jane E. não se intimidava mais pelo sinal do pecado do seu pai, a marca perdesse a força. De qualquer maneira, decidira aceitar que a marca era parte dela e de sua história.

Avistando a igreja e a escola logo adiante, Jane E. parou por um instante. Por que as crianças estavam correndo de um lado para outro, desencontradas, como abelhas expulsas da colmeia por um urso faminto por mel? Ela recomeçou os passos. Primeiro dia de aula. Se a professora estava desanimada, os alunos mostravam grande entusiasmo.

Jane E. chegou à porta da escola e olhou para os rostos curiosos dos alunos. O que estavam aprontando? Ela destrancou a porta, e eles entraram com uma rapidez que a surpreendeu. Estavam tão ávidos para aprender?

Elsa, Lily e Abbie olhavam para a professora e cochichavam. Jane E., porém, não conseguia decifrar as palavras no zum-zum-zum da sala. Onde estaria Sara?

Colocando a bolsa de livros na escrivaninha, Jane E. balançou as mãos no ar, pedindo ordem.

– Bom dia a todos. Vamos começar o ano letivo com muita coisa nova para aprender.

Os alunos a ignoraram, conversando e cochichando. Jane E. bateu a sineta e chamou alguns nomes. Nenhum efeito. Os alunos olhavam para trás, para a porta fechada. Jane E. contou as cabeças, algumas de touca. Com exceção de Sara, todos estavam presentes.

– Nathan – Jane E. falou em voz alta. – Onde está Sara?

Nathan permaneceu com os olhos grudados na porta como os outros. A professora decidiu resolver o mistério e andou a passos fortes pelo corredor de carteiras. Foi então que a porta se abriu, e o rosto sorridente de Sara apareceu. A menina segurava um buquê de flores do campo. Jane E. engoliu em seco. A cena assemelhava-se à entrada de uma noiva. Por que as crianças brincavam com a professora daquele jeito? Seu vestido branco de renda estava no busto do manequim no quarto e talvez não o usasse. O que era aquela encenação?

Jane E. ficou estática no meio do corredor de carteiras. Sentiu os olhares sobre ela. Seus olhos arderam quando Sara esticou os braços e lhe ofereceu o buquê de flores amarelas, brancas e vermelhas. Jane E. levantou as mãos trêmulas. O buquê lhe lembrava uma pessoa. A única pessoa que faria seu coração sorrir no momento.

Sara soltou o buquê quando Jane E. o pegou. A professora levou as flores ao peito e inspirou seu perfume.

Jane E. olhou de Sara para a porta aberta. Um movimento chamou sua atenção. Primeiro, viu a mancha vermelha com seus olhos embaçados pelas lágrimas. Depois, o chapéu marrom. Sara sentou-se.

Mountie Julian subiu os degraus de madeira e entrou na sala de aula. Parou à porta. Jane E. soltou um soluço, e a cascata de lágrimas escorreu pelo seu rosto. Ela abriu um sorriso quando viu o sorriso de Julian. Ele estava vivo! Estava bem. Inteiro. Lindo. Ele estendeu a mão para ela. Os alunos bateram palmas. Jane E. olhou para os rostos sorridentes das crianças.

Mergulhando no olhar de Julian, a jovem estendeu a mão para ele, enquanto segurava o buquê com a outra. Ao sentir o toque de sua pele morna, o coração da professora explodiu em alívio e alegria. De repente, não se importava com os olhares das crianças, nem de Violeta e Sheila, paradas à porta da sala de aula.

Jane E. deixou-se envolver pelo abraço de Julian. Deixou que as lágrimas molhassem o paletó vermelho dele.

Momentos depois, o *mountie* a afastou o suficiente para olhar seu rosto.

– Voltei. Meu lugar é com você – ele disse.

A primeira aula do ano letivo foi esquecida pela professora. Em seu socorro, Violeta e Sheila assumiram as lições do dia, liberando Jane E. para ficar a sós com seu noivo.

Capítulo 39

Querido diário, estou sem palavras para descrever meus sentimentos. Quando vi Julian na porta da escola hoje de manhã, achei que estivesse sonhando. Ah, ele é tão lindo, tão amoroso, tão forte! Saímos da escola sob os aplausos dos alunos. Sheila e Violeta são mesmo amigas do peito – já tinham tudo planejado para assumir a turma. Julian me falou que chegou ontem à noite e pediu ajuda ao pastor Samuel para me fazer uma surpresa. Violeta logo aceitou a tarefa. Ainda não sei como as crianças conseguiram guardar o segredo, mesmo que só por alguns minutos. Os rostos, porém, tinham deixado transparecer que algo grandioso estava para acontecer.

Julian tinha uma carroça nos esperando atrás da igreja. Ele me levou para o nosso lugar especial. Bom saber que não vou ser enterrada como viúva sem ter me casado. Agora estou rindo, mas ontem eu tinha chegado ao fundo do poço.

No nosso lugar, ele me beijou. Foi a primeira vez que me vi completamente sem fôlego. Como é bom ficar sem ar, sem chão! Depois que confirmamos nosso amor um pelo outro, Julian me contou sobre sua expedição. Foi muito intensa. Ele ficou doente, com muita tosse e febre, logo que chegaram ao primeiro acampamento dos *mounties*. Quando ele se recuperou, aproveitou para ganhar tempo. Viajou na companhia de outro *mountie* até que se encontraram com o pequeno grupo que viajava na frente.

Ele disse que me escreveu todos os dias. No entanto, depois das primeiras cartas, desencontrava-se dos mensageiros. Ele guardou todas elas em uma caixa. Aquela ali no canto do quarto. Vou ter material para leitura por muitas semanas.

Julian também escreveu para a sra. Collins. Para sua surpresa, quando ele desceu do trem em Edmonton, sua mãe o aguardava. Segundo ele, ela chorou muito, mas disse que estava aliviada por ele ter voltado. A sra. Collins chegará em alguns dias para nosso casamento. Nosso casamento! O vestido de noiva vai precisar de uns ajustes. Eu acabei de experimentá-lo de novo e está um pouco frouxo. Segundo Amelie, que me ajudou a colocá-lo, ela vai me engordar com as tortas de pêssego e ruibarbo.

Para melhorar ainda mais a história, minha mãe chega amanhã. Fiquei espantada quando a sra. Elizabeth Wilson ofereceu sua casa para recebê-la. A mulher parece que aceitou meu casamento. Pelo que fiquei sabendo, ela tem orientado Abbie a passar mais tempo com o pai. Misael veio me agradecer. Espero que ele logo tenha uma noiva à sua altura. Ele é um bom homem.

Vou dormir. Ou tentar. Amanhã, depois da aula, vou me encontrar com Sheila, Yael e Mari (ela é mesmo uma casamenteira) para acertar os detalhes do casamento. Estou ansiosa pela chegada da minha mãe. Pelo menos alguém da família para me apoiar no dia mais importante da minha vida.

(Anotação do diário de Jane E.)

– E vocês sabiam de tudo e não me falaram nada? – Jane E. abraçou o vestido de noiva e deu um giro na sala de costura.

– Não seria surpresa se você soubesse. Além do mais, só ficamos sabendo ontem, quando Julian chegou – Yael falou.

Sheila passou a mão pela barriga, que despontava sob o vestido marrom. Seu rosto cheio era de uma mulher realizada.

– Foi mais emocionante assim, não foi?

– Confesso que foi muito romântico – Jane E. falou.

A porta se abriu abruptamente. Yael balançou a cabeça e sorriu.

– Ai, que romântico! – Sara pegou um corte de tule, colocou-o na cabeça como véu e girou pela sala. – Um dia quero um noivo como Julian!

Jane E. riu. Não adiantava mesmo prender a risada. Sara era um pássaro solto, feliz e sonhador.

– De fato, você será uma linda noiva – Jane E. comentou.

Yael riu também.

– Não dê corda para essa menina.

Sheila ajeitou o tule na cabeça de Sara.

– Acho que vai preferir terminar os estudos primeiro.

– Claro. Vou ser professora. Assim – disse Sara –, quando Jane E. tiver neném, eu posso cuidar da turma.

Jane E. tapou seu sorriso e olhou para a cara aturdida de Yael.

– Sara. Que modos são esses de falar? De onde tirou essa ideia? – A irmã mais velha perguntou.

Sara fez uma cara de espanto forçado, quase uma careta, e apontou para Sheila.

– Não é isso que acontece quando a gente se casa? Em qual mundo acha que vivo? Só não sei por que Mari ainda não teve um bebê. Ela é casada.

Jane E. fingiu ocupar-se com o vestido no manequim, enquanto segurava o riso.

Para o desespero de Yael, Mari entrou no quarto de costura.

– Cheguei em boa hora – a mulher rechonchuda disse.

– Peço mil desculpas, Mari, pelo comportamento da minha irmã – Yael falou.

– Imagine! Não precisa pedir desculpas. Precisa explicar para Sara que mulheres mais velhas não têm bebês. – Mari colocou as mãos na cintura.

– Ah, entendi – Sara respondeu. Depois, olhou para Yael. – Por que não me disse isso antes? A resposta é tão simples. – A menina saiu do quarto de costura saltitando, deixando as quatro mulheres se entreolhando.

Jane E. saiu da casa de Yael depois que o sol se pôs. Julian a pegou de carroça. Em poucos minutos, os dois estavam em seu lugar romântico, apesar do vento frio que a noite trouxera. Jane E. ajeitou a boina na cabeça e agarrou-se no braço forte de Julian. Olhou para o lago, que refletia as estrelas e a lua.

– Não vejo a hora de apresentar você para minha mãe – Jane E. disse.

– E eu, à minha. Ela vai gostar muito de você. – Julian acariciou o rosto de sua noiva.

Jane E. virou-se para ele.

– Tenho medo. Tive muito medo sem notícias suas. Conversei com Alana. Ela me falou como é difícil a vida de um *mountie*, e como ela também fica com medo.

Julian tirou uma mecha de cabelo do rosto de Jane E.

– Está com dúvidas sobre se é isso que deseja?

– Nenhuma dúvida. Só quero entender mais sobre seu trabalho.

– Pode contar com isso. Em uma semana, estaremos juntos. Isso é o mais importante.

E o grande dia finalmente chegou.

Jane E. se viu no altar com seu grande amor. Nos bancos da igreja, todos os seus amigos e alunos. Alana e Gabriel tinham vindo para celebrar com o novo casal.

A mãe de Jane E. estava sentada ao lado da sra. Collins e da sra. Wilson. As três mulheres tinham preparado a festa, que aconteceria na casa da sra. Wilson. Jane E. estava com o coração estufado de satisfação, ainda mais quando a mãe anunciara que passaria o inverno e a primavera em Harmony. Ela tinha deixado Catherine encarregada de cuidar do pai. A irmã protestara, mas a sra. Bell deu a palavra final.

– Vai ser bom para seu crescimento. Vai ser bom para seu pai refletir sobre as consequências dos seus atos – a mulher repetira suas palavras para Jane E.

– Eu os declaro marido e mulher – o sorridente pastor Samuel anunciou. – Apresento-lhes o sr. e a sra. Collins.

A igreja encheu-se de alegria. As crianças trouxeram desenhos para a professora. Segundo elas, era para decorar a nova escola que seria inaugurada na primavera. A sra. Bell, a sra. Collins e a sra. Wilson generosamente doaram fundos para a construção da nova escola. Yael se encarregaria de administrar o dinheiro e contratar alguns homens da ferrovia para levantar o prédio.

Outra surpresa que Jane E. recebeu foi a liberação de sua conta bancária em Montreal, façanha de sua mãe.

A festa na casa da sra. Wilson seria assunto dos habitantes de Harmony por muitos meses. Quando Jane E. e Julian despediram-se dos convidados para prosseguirem para a lua de mel, eles tiveram a impressão de que as pessoas não voltariam para casa enquanto a comida não acabasse. As três mulheres e Mari garantiram um farto banquete.

Quando o trem chegou a Calgary, Jane E. estremeceu. Julian beijou a mão enluvada de sua esposa e disse:

– Espero que não se encante por essa cidade grande, e que você queira queira voltar para Harmony.

Jane E. olhou pela janela e viu a agitação da cidade. Avistou um automóvel, veículo que se tornara comum em Montreal. As mulheres, todas bem-vestidas, faziam parte da nova sociedade da cidade que crescia com a chegada da ferrovia.

Olhando para Julian, Jane E. sentiu o coração pulsar com mais força.

– Harmony é meu lugar. Onde você estiver é meu lugar. – Talvez aquela declaração fosse contraditória. Julian poderia ser transferido a qualquer momento. No entanto, enquanto pudesse, faria um lar para ele em Harmony.

No quarto do luxuoso hotel, Jane E. esperou que o marido fechasse a porta. De terno escuro, Julian deixara de ser o *mountie*. Era aquele homem que sua esposa deveria conhecer. Ele tinha seus anseios, medos e sonhos. A jovem queria saber mais dele. Conhecê-lo para poder entendê-lo.

Julian cruzou o quarto no tapete aveludado e tomou as mãos de sua mulher.

– Você me faz feliz – ele disse.

Jane E. apertou as mãos dele.

– Meu desejo é que você faça essa mesma declaração daqui a dez ou vinte anos.

O rapaz beijou as mãos dela.

– Tem meu compromisso de que farei o que está ao meu alcance para fazê-la feliz.

– Esse é meu compromisso também. – Ela olhou de relance para o espelho. Viu o homem e a mulher que se tornariam um.

Nenhuma marca deveria manchar aquele relacionamento.

Jane E. Collins entregou seus lábios a Julian e fez essa promessa a Deus.

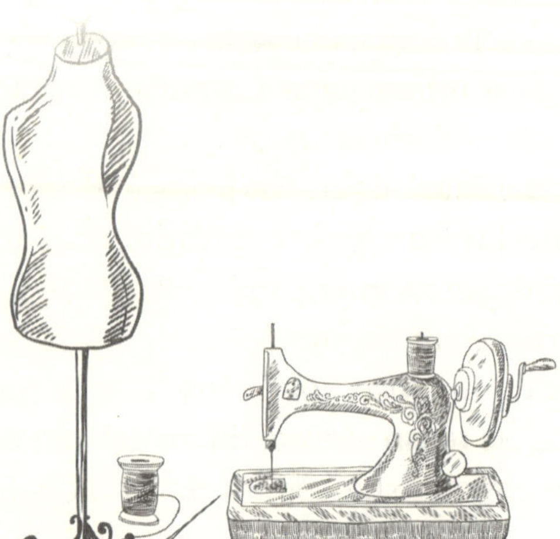

Epílogo

"Porém, esse tinha sido um pecado de paixão, não de princípio, muito menos de propósito." Querido diário, sei que eu teria outras citações mais apropriadas à minha felicidade. No entanto, assinalei esse trecho de *A Letra Escarlate* quando recebi o livro da minha mãe. É uma lembrança de que o pecado nasce do nosso próprio desejo. Perdoei meu pai, mesmo que ele não tenha entrado em contato comigo. Ele é um homem se quebrando, como disse minha mãe. Talvez, quando seu último inimigo, o orgulho, for aniquilado, ele me chame de princesa novamente. Essa é uma lembrança de que nesta Terra não teremos perfeição.

Eu e Julian estamos bem acomodados em nossa casa. Somos vizinhos das três mulheres que se tornaram referência para nós: minha mãe, minha sogra e a sra. Elizabeth. Harmony terá muito a ganhar com o trabalho e a sabedoria dessas mulheres.

Ontem fiquei pensando que, aos 12 anos, me transformei em uma desconhecida. Na verdade, quem se conhece de verdade na infância? Fiz uma caminhada difícil. Isso me fez entender Jane E. melhor. Gosto de quem sou. Julian ama essa mulher imperfeita. Como faca que afia faca, afiaremos um ao outro. Sei que passaremos pelo fogo. Espero ter fé e esperança.

Não resisto à tentação. Quero terminar com duas citações de Jane Eyre. A primeira, como sabe, é a frase inicial do último capítulo. A segunda, a frase final do livro. Acha apropriado, diário?

"Leitor, casei-me com ele." "Amém, ora vem, Senhor Jesus."[2]

(Anotação do diário de Jane E.)

Os flocos grandes de neve caíam lentamente, cobrindo o mundo exterior. Jane E. prendeu as duas abas da cortina, que ela fizera com seus dedos ágeis, e saudou o novo dia. Suas crianças a esperavam na escola. Na primavera, a nova escola receberia mais alunos.

Jane E. fez a cama e abraçou o travesseiro de Julian. O cheiro dele estava lá. A presença dele estava em toda a casa. Jane E. enchia-se de orgulho do marido, que recebera uma medalha na semana anterior pela coragem de honrar seu irmão e fazer uma viagem perigosa.

Ela afofou o travesseiro na cama e foi para a cozinha. O café estaria pronto quando Julian voltasse das tarefas caseiras: cortar lenha e alimentar as galinhas. A propriedade era pequena, mas com alguns confortos da vida moderna. Jane E. era uma das poucas moradoras de Harmony que contava com água corrente. Julian insistira em lhe dar esse conforto, sabendo que a esposa era ocupada com a escola.

Colocando a chaleira no fogão, Jane E. passou a mão no ventre. Talvez Sara tivesse razão, e logo a professora precisaria de ajuda na escola. O enjoo matinal mostrava isso.

Julian entrou na cozinha com uma braçada de lenha. Ele beijou a esposa no rosto e supriu a caixa de lenha com toras de madeira.

– Sente-se. Seus ovos estão quase prontos. – Jane E. limpou as mãos no avental.

Julian lavou as mãos e se sentou.

– Não dormiu bem à noite? Você se virou algumas vezes.

Ela virou os ovos na frigideira e olhou para ele.

– Acordei algumas vezes.

2 *Apocalipse* 22:20 (ARC).

– Não se sente bem? – Ele franziu a testa e se levantou.

Ela sorriu.

– Nada que o tempo não resolva.

Julian a segurou pelos braços.

– Estou preocupado. Vamos falar com vó Nita ou com o dr. Maldo.

– Não se preocupe com a mãe de seu filho.

Julian olhou para ela confuso, como se tivesse dificuldade de entender a afirmação. Finalmente, seu sorriso foi se abrindo.

– Você… quer dizer, eu… eu e você, nós…

Jane E. o abraçou pela cintura.

– Perdeu a habilidade de falar? Logo você, que recita os trechos dos meus livros preferidos?

Julian levantou sua esposa nos braços.

– Eu vou ser pai! Pai!

E a notícia se espalhou por Harmony. Jane E. mal controlava a animação das crianças e das três avós do seu bebê.

Sim, porque a sra. Wilson já se considerava avó do bebê Collins.

– Vejam quantos netos tenho em Harmony!

O jantar de celebração do anúncio da gravidez trouxe amigos e vizinhos. Na verdade, outros moradores de Harmony chegaram para o jantar. A casa da sra. Elizabeth era conhecida como a casa da vovó de Harmony.

Sheila, com a barriga já avantajada, abraçou Jane E.

– Então, nossos filhos serão primos.

– Eu quero um primo também – Abbie gritou e pulou no colo do pai.

– Estou muito feliz – disse a sra. Elizabeth, olhando de relance para Misael. – Espero que logo tenhamos outra noiva na cidade.

A noite escura e fria não invadiu a casa iluminada e aconchegante.

Julian puxou sua mulher para perto da lareira.

– Quando pisei em Harmony, nunca imaginei que fosse ter uma família tão grande!

– Nem eu – disse Jane E. – E estou muito satisfeita com isso. – Ela olhou para sua mãe, que servia a sobremesa.

Os flocos insistiam em cair lá fora, cobrindo a casa com suas janelas cheias de luz.

F I M

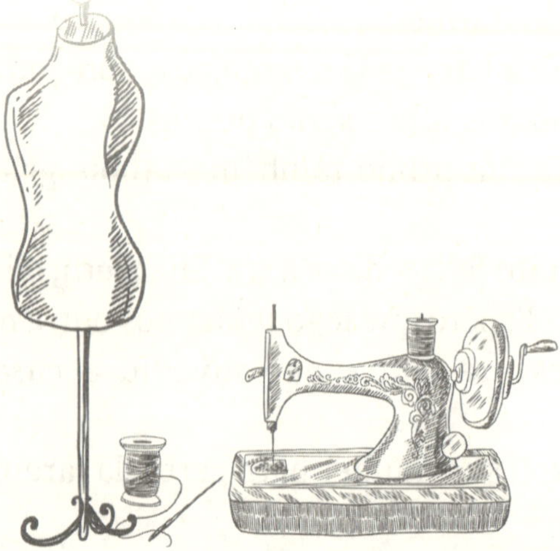

Querido leitor,

Espero que tenha gostado do terceiro livro da série *Amor no Oeste no Canadá*. O quarto livro, *A Noiva*, está em andamento. Você consegue descobrir quem será ela? Enquanto aguarda, deixe sua preciosa avaliação deste livro na Amazon e conheça os outros títulos de minha autoria.

Abraços daqui do Canadá!

Luisa Cisterna

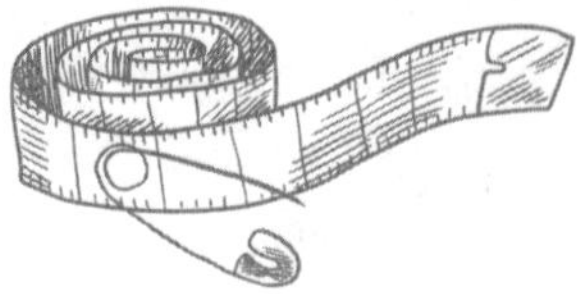

@novoseculoeditora

Edição: 1ª
Fonte: PT Serif

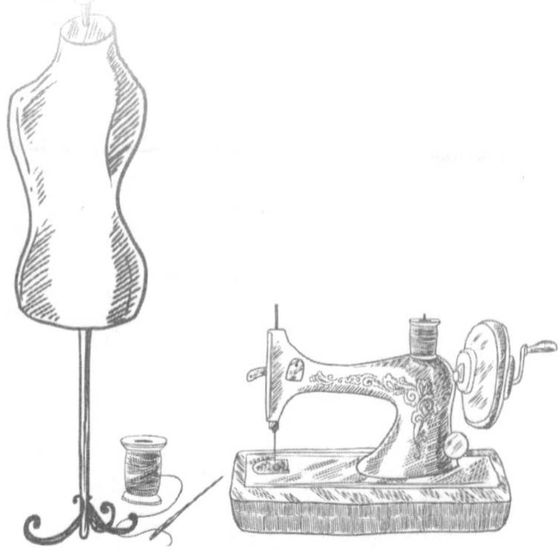